大学生のための文学トレーニング 古典編

テキスト

今井　上

中嶋真也

光延真哉

吉野朋美

［編著］

三省堂

本文組版・装幀　(有)オーポン　五味崇宏

はじめに

一　本書の成り立ち

この本は、日本の古典文学を学ぶ大学生を対象とした、新しいタイプの教材集です。先に刊行された『大学生のための文学トレーニング近代編』の姉妹編にあたります。その本の基本姿勢「学生が参加できる授業作りを」というものは、この本にも共通しています。ただ、古典は、近代と比べ、知識・個々のスキルを元にした読解がより必要となる側面があります。この本はその点を意識した内容となっています。古典を読む上で、どうしても知っておきたい知識や、感覚を、要領よく習得しうるよう、工夫しています。

また、一言で古典と言っても、時代別に上代（主に奈良時代）、中古（平安時代）、中世（鎌倉〜室町時代）、近世（江戸時代）という四つの区分で捉えられています。全時代を網羅すべく、各時代を専攻とする四名が集まり、自分たちの日々の指導経験を生かせるよう、教材を持ち寄り、議論し、結実させたのがこの本です。

古典を学ぶというと、品詞分解や単語の暗記に終始するイメージがあるかもしれません。確かにそのような作業が全く無意味なわけではありません。しかし、言葉が単なる記号の羅列のように見えては、作品を読めたことにはなりません。長い年数をかけ、育まれた豊饒な古典の世界が存在します。この本が、それを満喫する一助となってほしいという思いは執筆者全員の願いであります。

二　古典文学を学ぶ礎

ここで、大学で古典文学を学ぶ上での基本スタンスに触れておきましょう。次の文章を読んでください。

春はあけぼの。やう〳〵しろくなりゆく山ぎは、すこしあかりてむらさきだちたる雲のほそくたなびきたる。

夏はよる。月の比はさらなり。やみも猶、ほたるとびちがひたる。雨など降るさへおかし。

秋は夕暮。夕日花やかにさして、山ぎはいと近くなりたるに、からすのねどころへ行とて、みつ、よつ、ふたつなど、とびゆくさへあはれなり。まして雁などの　つらねたるが、いとちいさく見ゆる、いとおかし。日いりはてゝ、風の音、虫の音など。

冬はつとめて。雪のふりたるはいふべきにもあらず。霜などのいとしろく、又さらでもいとさむきに、火などいそぎをこして、すみもてわたるも、いとつき〳〵し。ひるになりて、ぬるくゆるびもて行ば、すびつ・火おけの火も、しろきはいがちになりてわろし。

「春はあけぼの」と始まり、一読して有名な『枕草子』冒頭と判断できたでしょうが、みなさんが知っている『枕草子』とは、どこか違いませんか？　例えば、夏に関しては「蛍の多く飛び違ひたる。また、ただ一つ二つなど、ほのかにうち光りて行くもをかし。雨など降るもをかし」と記憶している人も少なくないのではないでしょうか？　その「蛍の多く〜」も『枕草子』ならば、「ほたるとびちがひたる」

も『枕草子』なのです。仮名遣いも異なります。なぜこのような状況が生じたのでしょうか？　古典文学は、江戸時代に出版が普及するまで、書写され受け継がれ行くものでした。単なる誤写もあったかもしれませんが、写し手たちの理解を反映させたり、わかりやすくしようとする思いで、本文は変わり行く可能性を秘めるものでした。このような存在を知ること、その作品を読むために、どの本文を選ぶか、そして本来のあるべきテキストを作成していくこと、これらが実は古典文学を学ぶ上での究極的な基礎作業なのです。

　ここで引用した『枕草子』は「能因本」と呼ばれます。現在ポピュラーな系統は「三巻本」と呼ばれます。その他に編纂方針自体も異なる本も『枕草子』にはあります。有名な作品ゆえ、抱え込む問題とも言えます。江戸時代に普及した『枕草子』は「能因本」の方でした。唯一無二なテキストが存在するとは限らないのが古典作品であるということ。我々解説執筆者が伝えたい大切な考えの一つです。そしてそれは大学で古典文学を学ぶ礎に他ならないのです。

三　本書の構成

　この本は、以下の三部構成になっています。

セクション1　文学作品のさまざまな貌
セクション2　オリジナルとその変容
セクション3　文体・メディア・あそび

　これらは、相互に独立していますので、どこから読み始めてもかまいません。今述べた礎を重視して、段階を踏んで学習しようという場合は、セクション1から読み進めてください。そして、また各セクション内の配列は、作品の成立順を基本としています。いろいろな時代の作品を、さまざまなアプローチから学べるようにしています。

　セクション1「文学作品のさまざまな貌」では、多くの古典作品が、一つの作品のようで、実はさまざまな貌を見せることを実感してもらう構成にしました。有名な章段の背景や享受の様相を学ぶ『伊勢物語』、読解を通して作品の構成などが見えてくる『古今和歌集』、表現の揺れ動きを実体験する『狭衣物語』、諸本による細かい描写の異なりを味わう『平家物語』、推敲と虚構とが織り交ぜられた『おくのほそ道』。これらのさまざまな貌を学びます。

　セクション2「オリジナルとその変容」では、一つのテーマが、同時代の別の作品や、時代を越えた作品でどのように捉えられているのかを学びます。蛇と神話のありようを辿る『日本書紀』、能や後代の絵画との関係をあぶり出す『源氏物語』、『古今和歌集』『源氏物語』と受け継がれていく「宇治の橋姫」に関わる言説の行方を追跡する『新古今和歌集』・謡曲『江口』、西行の諸伝を江戸時代の上田秋成がどのように作品に取り込んでいるかを把握する『雨月物語』。古典文学が、前代の作品の享受と深く関わり生まれることもつかんでください。

　セクション3「文体・メディア・あそび」は、多様なアプローチから古典作品を楽しもうというねらいのもと構成しました。漢字で日本語を書く時代を探求する『万葉集』、絵巻と物語の距離を歩む『源氏物語』、カルタとして親しまれてゆく『百人一首』、歌舞伎、絵画と複合的に立ち上がる『東海道四谷怪談』。人々の心を楽しませる娯楽ともなっていた古典文学を味わいましょう。

　どこから学んでもかまいません。ゆたけき古典の世界の扉を、自らの手で開いてほしいと願っています。

本書の使い方

本書は「テキスト」と、その内容に対応した「トレーニングシート」の二冊からなり、作品の読解や研究方法を、具体的な作業を通じて習得できるように工夫されています。一回一作一テーマで全十四章の構成は、大学での講義や演習用に適しておりますが、個人学習用や、鑑賞の手引きとしても幅広く楽しめるよう配慮しています。

「テキスト」と「トレーニングシート」は連動するようになっています。基本的に次のようにお使いください。

①テキスト「本文」を読む。
②トレーニングシート「おもて」を解く。
③テキスト「解説」を読む。
④トレーニングシート「うら」を解く。

テキスト

- ●「テキスト」は「本文」「解説」と「参考資料」からなります。
- ●「本文」は上段に古典作品の本文を掲出し、原則下段にその通釈を載せています。
- ●「本文」は、まずは上段の本文を読んで、トレーニングシート「おもて」を解いてください。
- ●「解説」は「本文」を読解、分析する際のアプローチを紹介したものです。
- ●「解説」の中にある✎（鉛筆）マークは、対応する設問や作業項目がトレーニングシートにあることを示しています。必ずしも「解説」の読解を中断してトレーニングシートに取り組む必要はありませんが、そこで取り組んだ方が、より理解が深まるでしょう。
- ●「セクション○-○参照」として他の章との関連を示した箇所についても、適宜予習や復習に役立ててください。
- ●「解説」のあとにはさまざまな「参考資料」を収録しました。読解のためのいろいろな古典作品や、諸資料を掲載し、時代状況や古典世界をイメージしやすくしました。多くはトレーニングシートと連動しています。
- ●大学の演習では、自分で選んだ対象作について調べ、発表する機会も増えますが、その際準備する資料（レジュメ）作りの参考としても活用してください。

トレーニングシート

- ●トレーニングシートは「テキスト」の各章に対応した両面シートからなります。一回につき複数の設問・作業項目を用意してあります。
- ●トレーニングシート「おもて」には「解説」を読む前に、まず解いてほしい設問が並んでいます。
- ●トレーニングシート「うら」には「解説」を読んだ後に、もしくは「解説」を読みながら解いてほしい設問が並んでいます。
- ●本書を授業の教科書として使う場合は、先生の指示にしたがって各設問に取り組んでください。
- ●本書を教科書として採用してくださる先生方には解説集を提供する予定です。詳しくは、三省堂ＨＰ（http://www.sanseido.co.jp/）をご覧ください。

CONTENTS

はじめに／本書の使い方 001

SECTION 1
文学作品のさまざまな貌

1 時代と文化を越えて『伊勢物語』 008
2 花と紅葉と和歌『古今和歌集』 015
3 異本の世界をのぞく『狭衣物語』 025
4 「先帝身投」の叙述と諸本『平家物語』 032
5 芭蕉の推敲の跡をたどる『おくのほそ道』 043

SECTION 2
オリジナルとその変容

6 三輪山伝説をめぐって『日本書紀』 052
7 誤読か？ 創造か？『源氏物語』葵巻 063

8 「宇治の橋姫」をめぐって　『新古今和歌集』他　070
9 「宇治の橋姫」の変容　謡曲『江口』他　080
10 よみがえる魔王　『雨月物語』　095

SECTION 3
文体・メディア・あそび

11 漢字であそび、漢字とたたかう　『万葉集』　108
12 絵は何を語るか　『源氏物語』柏木巻　117
13 百首から広がる豊かな世界　『百人一首』　123
14 古典怪談の決定版　『東海道四谷怪談』　136

主要参考文献一覧　146
旧国名・都道府県名対照図　156

凡例

- 本文の底本については、比較的手に入りやすいものを中心に取り上げた。掲載本文の文末に、書名、校注・訳注者名、初版刊行年、出版社名を掲げた。
- 本文については、学習者の便を考え、句点・読点をつけ、改行をおこない、また、難読文字にはルビを振り、漢字を宛てるなど適宜本文を改めた。ルビは初出の場合にのみ振ることを原則としたが、版本を底本にするものなどについては例外とした。

SECTION 1

文学作品のさまざまな貌《かお》

例えば『源氏物語』といったら、たった一種類しかないと思っている人はいませんか？　高校の教科書に掲載された、あるいは書店の棚に並んでいる『源氏物語』は、実は、世の中に数多く伝わっている『源氏物語』の、一つにすぎません。

大まかに言って江戸時代以前、印刷技術が普及する前の時代においては、書物はみな、人の手によって写されるしかありませんでした。人がやる事ですから、必ず写しまちがいが起こります。人気のある作品であればあるほど、多くの人によって写され、その過程で、少しずつ違った『源氏物語』や、『伊勢物語』が、たくさん出来あがってゆきます。

このように、古典作品は、数多くの異本を抱えているのが普通なのです。このセクションでは、『狭衣物語』や『平家物語』には、さまざまな本があったり、あの『おくのほそ道』を、弟子の日記とつきあわせて読んでみると、また別の印象が浮かびあがってきたりというように、古典作品にはさまざまな貌があることを学びましょう。

SECTION 1

1

時代と文化を越えて

『伊勢物語』

昔男と伊勢の斎宮との禁忌の恋を扱った六十九段を読みといてみましょう。

むかし、男ありけり。その男、伊勢の国に、狩の使ひに行きけるに、かの伊勢の斎宮《さいぐう》なりける人の親、「常の使ひよりは、この人、よくいたはれ」と言ひやれりければ、親の言《こと》なりければ、いと懇《ねむご》ろに、いたはりけり。朝《あした》には狩にいだし立ててやり、夕さりは帰りつつ、そこに来《こ》させけり。かくて懇ろにいたづきけり。二日といふ夜、男、「われてあはむ」と言ふ。女もはた、いとあはじとも思へらず。されど、人目しげければ、えあはず。使ひざねとある人なれば、遠くも宿さず。女のねや近く

【通釈】

昔、男がいた。その男が伊勢の国に狩の使い（朝廷で用いる野禽をとらえる鷹狩の使いのこと）として行った際、その伊勢の斎宮《さいぐう》だった人の親が、「いつもの勅使よりも、この人を、よく慰労なさい」と言ってやったので、親の言いつけであったので、じゅうぶんに心をこめて世話にあたった。朝には、狩に出してやり、夕方に帰ってくれば、自分の御所に来させた。このようにして、心をこめて世話をした。二日目の夜、男が「ぜひにあいたい」と言う。女も、どうしてもあう

ありければ、女、人をしづめて、子《ね》一つばかりに、男のもとに来たりけり。男はた寝らざりければ、外《と》の方《かた》を見いだして臥《ふ》せるに、月のおぼろなるに、小さき童《わらは》を先に立てて、人立てり。男いとうれしくて我が寝《ぬ》る所に、率《ゐ》ていりて、子一つより丑三《うしみ》つまであるに、まだ何事も語らはぬに、帰りにけり。男いとかなしくて、寝ずなりにけり。つとめて、いぶかしけれど、わが人をやるべきにしあらねば、いと心もとなくて待ちをれば、明けはなれてしばしあるに、女のもとより、言葉はなくて、

　君や来し我や行きけむおもほえず夢かうつつか寝てかさめてか

男、いといたう泣きてよめる。

　かきくらす心の闇にまどひにき夢うつつとは今宵《こよひ》定めよ

とよみてやりて、狩に出でぬ。

　野にありけど、心はそらにて、今宵だに人しづめて、いととくあはむと思ふに、国の守《かみ》、斎《いつき》の宮の頭《かみ》かけたる、狩の使ひありと聞きて、夜ひと夜、酒飲みしければ、もはらあひごともえせで、明けば尾張の国へたちなむとすれば、男も人知れず血の涙を流せど、えあはず。夜やうやう明けなむとする程に、女方よりいだす盃《さかづき》の皿に、歌を書きていだしたり。とりて見れば、

　かち人の渡れどぬれぬえにしあれば

と書きて、末はなし、その盃の皿に、続松《ついまつ》の炭して、歌の末を書きつく。

わけにはゆかない、とまでは思わない。が、周りの目も多いので、あうことはできない。男は狩の使いの中心であったので、斎宮の居所から離れた所には休ませず、女の寝所近くにいたので、女は、周りの者を寝静まらせて、子《ね》一つのころ（午後十一時ごろ）に男のもとへやって来た。男もまた、寝られなかったので、外を眺めつつ体を横たえていると、おぼろ月夜のなか、小さな童女を前に立たせて、人が立っている。男はたいそううれしくて、自分の寝所にみちびき入れて、子一つから、丑三《うしみ》つのころ（午前二時半ごろ）まで一緒にいたが、まだどれほどのことも語らわぬうちに、女は帰ってしまった。男はたいそうかなしくて、寝ないまま夜を明かしてしまった。翌朝、気にかかるけれども、自分の方から人をやるわけにもいかないので、たいそうじれったく思いながら待っていると、夜がすっかり明けてしばらくして、女の所から、歌以外の言葉は一切なく、

　昨夜は、あなたがいらっしゃったのか、私が伺ったのか、はっきりしません。夢だったのか、現実だったのか、寝ていたのか、醒めていたのか。

男は、たいそうひどく泣きながら、詠んだ。

　昨夜は、まっくらになってしまった心の闇に、私も惑乱いたしました。夢だったのか現実だったのか、今夜いらして、お決めください。

またあふさかの関は越えなむ

とて、明くれば、尾張の国へ越えにけり。

斎宮は水の尾の御時、文徳天皇の御むすめ、惟喬《これたか》の親王《みこ》の妹。

本文『新版　伊勢物語』角川ソフィア文庫、石田穣二訳注（一九七九、角川学芸出版）

と詠み、女におくって、狩に出かけた。

野を歩きまわっても、心はうわの空で、せめて今夜、人を寝静まらせて、何とか早くあおうと思っていたのに、伊勢の国の守《かみ》で斎宮寮の長官を兼任している人が、狩の使いがいると聞いて、一晩じゅう酒宴をひらいたので、まったく逢瀬を持つことができず、夜が明けると一行は尾張の国へ出立しようというので、男もひそかに血の涙を流したが、あうことはできない。夜がしだいに明けようかというときに、女の方から出した盃《さかずき》を置く皿に歌を書いてよこした。取って見ると、

徒歩《かち》で行く人が渡っても、濡れることのない浅い江《え》ですので——私たちも、同じように浅い縁《えに》でしたので（「江に」に「縁」をかける）

と、書いてあって、下の句はない。男は、その盃の皿に、たいまつの炭で、下の句を書きつけた。

またいつか逢坂の関を越えましょう——ともに逢瀬を持ちましょう（「逢《あふ》坂」に「逢《あ》ふ」をかける）

と書いて、夜明けとともに、尾張の国へ越えて行ってしまった。斎宮は清和天皇の御代の方で、文徳天皇の御娘、惟喬《これたかの》親王《みこ》の妹にあたる方。

解説

1 『伊勢物語』ってどんな作品?

『伊勢物語』は、本にもよりますが、百二十五段前後の小さな章段が集まって、全体をかたちづくる歌物語です。全ての章段がいっぺんに作られたのではなく、かなり長い時間をかけ、複数の作者によって、今見るようなかたちに成長したと考える説が、ひろく知られています。よって統一的に捉えることが難しいのですが、中に、全体の核となるような、いくつかの章段があり、それをおさえることが、『伊勢物語』の理解には近道となります。

2 斎宮との恋

六十九段も、そうした重要な章段の一つで、「狩の使い章段」とか「伊勢の斎宮《さいぐう》章段」などと呼ばれています。そもそも『伊勢物語』は、なぜ『伊勢物語』という名前なのか? この物語の中でも、もっとも重要な章段が、「伊勢の斎宮」との恋を語る、六十九段だからだとする説が、古くからあるくらいです。では、この六十九段で、男と恋に落ちる「斎宮」とは、どのような存在なのでしょうか?

斎宮とは、天皇の代がわりごとに伊勢神宮に派遣され、その地で奉仕する、未婚の内親王または女王のことです。賀茂神社に仕える斎《さい》院《いん》(セクション1-3参照)とともに神聖な存在として、後醍醐天皇の皇女、祥子内親王(元弘三年〈一三三三〉に卜定《ぼくじょう》。卜定というのは卜《うらない》で決まること)まで続きました。斎宮に卜定されると、宮中での潔斎、野宮《ののみや》での潔斎を経て、いよいよ伊勢に下ります。古代の文学で、いち早く斎宮を、重要な人物として登場させたのが、この『伊勢物語』。そしてさらに詳しく描いたのは、『源氏物語』です。葵・賢木両巻において、亡き春宮《とうぐう》と、六条御息所《ろくじょうみやすどころ》(セクション2-7参照)の間にもうけられた娘(のちの秋好中宮《あきこのむちゅうぐう》)は、斎宮に卜定され伊勢に下っていきます。

そうした神に仕える女と、男との、はかない契りを描いたのが、六十九段です。困難な相手との恋にこそ挑んでゆく、この物語の主人公の面目が躍如としています。ライバル藤原氏の、それも天皇のキサキとなることが約束されていた女との恋を描いた章段(「二条后《にじょうのきさき》章段」と呼ぶ)と並んで、『伊勢物語』の中でもとくに重要な章段、それが六十九段なのです。

3 業平と恬子

もちろん、この六十九段の内容を事実ありのままの話と受けとるのは、さまざまの問題があります。『伊勢物語』の主人公は?と問われると、在原業平《ありわらのなりひら》!と答える人は少なくないはずです。が、実は物語の本文のどこにも、この主人公を業平であると明記したところはなくて、単に「男」とあるだけです。とは言え、『伊勢物語』において「男」の歌ったとされる和歌は、『古今和歌集』などの権威ある書物に、在原業平の歌として採録されていますから、平安時代の読者であれば、自然と『伊勢物語』の「男」と、業平とを重ね合わせながら、この物語を楽しんだはずです。六歌仙《ろっかせん》のひとりたる和歌の達人、かつ天皇家の血を受け継いだ美貌の貴公子として有名な業平であれば、斎宮恬子内親王との間に実事があったというのは本当のことに違いない、そう考える読者が出てきても、おかしなことではありません。

藤原行成《ふじわらのこうぜい》と言えば、一条天皇の御代を代表する政治家ですが、その彼が、一条天皇のふたりの皇子、敦康《あつやす》親王と、敦成《あつひら》親王のうち、どちらを春宮とするべきか、という問題が持ち上がった際に、敦成親王を推して次のように奏上したことはよく知られています。すなわち敦康親王の生母、定子《ていし》には高階師尚《たかしなのもろひさ》の血が流れ込んでいるが、その師尚こそ、この六十九段に描かれた、業平と恬子内親王の密通によって生まれた、不義の子に他ならない、と。『伊勢物語』をはじめとした「歌物語」が、純粋な意味での虚構作品（「歌物語」に対して、「作り物語」と呼ぶ）ではなく、現実の実在の人物に取材してつくられたジャンルであるからこそのことと言えましょう。

4　真名本『伊勢物語』・『鶯々伝』

さて、本セクションのテーマは「文学作品のさまざまな貌《かお》」ですが、参考資料1に掲げたのは、江戸時代に建部綾足《たけべあやたり》（一七一九〜七四）によってつくられた、全て漢字で書かれた『伊勢物語』です。本来かなで書かれた物語を、漢字でリライトしたわけですが、「けり」「き」など、日本語独特の助詞や助動詞が、どのように漢字化されているか、綾足の工夫を味わってみましょう。（☞P2課題四）

江戸時代には国学《こくがく》という学問が発達し、かなが発明される以前に、全て漢字で書かれた『万葉集』などの研究が深化しました（セクション3－11参照）。綾足もまた、そうした国学者で、賀茂真淵《かものまぶち》の門弟でした。このいわゆる真名本『伊勢物語』（真名とは、漢字のこと）には、国学者たちの漢字文献についての研究成果が、存分に発揮されています。随分と手間のかかる遊びをしたものだと、呆れる人もいるかもしれませんが、実は『伊勢物語』の六十九段じたい、もとはと言えば、中国の唐代に描かれた『鶯々伝《おうおうでん》』を、かなに書きかえた、翻案ものと考えられていることも、最後に紹介しておきましょう（→参考資料2）。

中唐の時代を代表する詩人である白居易《はくきょい》、その友人である元稹《げんじん》は、次のような小説を書きました。張生という男が、ある時、たまたま崔氏の娘、鶯々と知り合う。張生は、鶯々に恋心を訴えたものの、思うようにいかず、半ばあきらめていたが、ある夜、張生が軒《のき》に臨んで寝ていると、夜着をたずさえた召使を先に立てて、鶯々が現れた。ころしも二月、「斜月」がふたりを照らし出す。やがて朝になると、鶯々は去ってゆき、張生は、その一夜を夢ではなかったかと、反芻する——『伊勢物語』六十九段の設定や、表現に通じるところがあると思いませんか？（☞P2課題五）

もともと漢字で書かれた『鶯々伝』が、平安時代に、舞台を日本にうつした、かなの『伊勢物語』に生まれ変わる、そして今度は、江戸時代に再び漢字によって、真名本『伊勢物語』に転生する——とき、ところ、文化を越えて、文学作品は転生をつづけ、そのたびに、さまざまな貌を見せてくれます。

参考資料

1『旧本伊勢物語』

昔、男在来《ムカシヲトコアリケリ》。其男《ソノヲトコ》、以勢国方《イセノクニヘ》狩使尒《カリノツカヒニ》往計留《イキケル》。彼以勢乃斎宮在計《カノイセノサイクウナリケ》留《ル》人乃母《ヒトノハハ》、従平使此人能勤《ツネノツカヒヨリコノヒトヨクイタハレ》止云遣《トイヒツカハシ》計礼婆《ケレバ》、母乃言有計礼婆《ハハノコトナリケレバ》、痛《イト》懇《ネモゴロ》尒《ニ》労来《イタハリケリ》。朝庭狩仁《アシタニハカリニ》出立而遣《イダシタテテヤリ》、夜佐里者《ヨサリハ》其処尒《ソコニ》令還来計里《カヘリコサセケリ》。二日止云夜《フツカトイフヨ》、破而会牟止云布《ワレテアハムトイフ》。女毛波多不会止波不思有計礼杼《ヲンナモハタアハジトハオモハザリケレド》、痛人《イトヒト》目繁計礼婆吉不会《メシゲケレバエアハズ》。使実止有人在例婆《ツカヒザネトアルヒトナレバ》、登保久裳不宿《トホクモヤドサズ》、女乃閨毛近有《ヲンナノネヤモチカカリ》計礼婆《ケレバ》、女比止乎寝而《ヲンナヒトヲシヅメテ》、子一津程仁《ネヒトツバカリニ》男許丹《ヲトコノモトニ》来有計里《キタリケリ》。男者不寝有計《ヲトコハネラレザリケ》例婆《レバ》、外方乎見出而臥仁《トノカタヲミイダシテフセルニ》、月乃朧有尒《ツキノオボロナルニ》人影能為計留袁《ヒトノカゲノシケルヲ》見礼婆《ミレバ》、少《チヒサ》幾童乎《キワラハヲ》前仁立而《サキニタテテ》人立利《ヒトタテリ》。男痛嬉而《ヲトコイトウレシクテ》、我寝所仁《ワガヌルトコロニ》将入而《ヰテイリテ》、子一従《ネヒトツヨリ》、丑三至在尒《ウシミツマデアルニ》、未何事毛《マダナニゴトモ》語波奴仁《カタラハヌニ》還尒来《カヘリニケリ》。男悲而《ヲトコカナシクテ》不眠成尒来《ネズナリニケリ》。晨而《ツトメテ》痛息深之計例土《イトイブカシケレド》、吾比止乎《ワレヒトヲ》可遣仁霜不有婆《ヤルベキニシモアラネバ》痛心本無而《イトココロモトナクテ》待袁留仁《マチヲルニ》明波《アケハ》奈礼而《ナレテ》暫在仁《シバシアルニ》従女許《ヲンナノモトヨリ》詞者無而《コトバハナクテ》、

　君哉来之《キミヤコシ》我哉行剣《ワレヤイキケン》不思歴《オモホヘズ》夢香現歟《ユメカウツツカ》寝弖可寤而歟《ネテカサメテカ》

男《ヲトコ》、痛痛久《イトイタク》打泣弖《ウチナキテ》読《ヨメル》。

　掻暮須《カキクラス》心之闇丹《ココロノヤミニ》迷尒来《マヨヒニキ》夢現止波《ユメウツツトハ》世人定与《ヨヒトサダメヨ》

止《ト》、読而遣天《ヨミテヤリテ》狩仁出奴《カリニイデヌ》。野者雖行《ノハイケド》心生空仁尒而《ココロハソラニテ》、今夜陀丹《コヨヒダニ》人寝米《ヒトシヅメ》而《テ》、痛速想牟《イトトクアハン》止思尒《トオモフニ》、国守斎宮守兼有《クニノカミイツキノミヤノカミカケタリ》計礼婆《ケレバ》、狩使有《カリノツカヒアリ》止聞而《トキキテ》、一夜《ヒトヨ》飲《サケノミ》為計礼婆《シケレバ》、専会五登毛《モハラアヒゴトモ》吉為泥《エセデ》、明婆《アクレバ》尾張国方《ヲハリノクニヘ》伊奴便計礼《イヌベケレ》婆《バ》、男毛《ヲトコモ》女毛《ヲムナモ》人不被知《ヒトシレズ》。血涙乎《チノナミダヲ》雖流《ナガセド》吉不想《エアハズ》。夜《ヨ》漸《ヤウヤウ》明南《アケナム》止為程尒《トスルホドニ》、従女方《ヲンナカタヨリ》令出《イダセル》杯仁《サカヅキニ》、歌乎《ウタヲ》書而《カキテ》出有《イダシタリ》。取弓《トリテ》見婆《ミレバ》、

　歩人乃《カチビトノ》雖渡《ワタレド》不沾《ヌレヌ》故尒之《エニシ》有婆《アレバ》

止《ト》書而《カキテ》末者無《スエハナシ》。其盃乃皿尒《ソノサカヅキノサラニ》続松酒炭為《ツイマツノスミシテ》、歌乃末乎《ウタノスエヲ》書続《カキツグ》。

　又逢坂乃《マタアウサカノ》関毛《セキモ》古兒奈牟《コエナム》、

止云而《トイヒテ》、明礼婆《アクレバ》尾張国方《ヲハリノクニヘ》越示来《コエニケリ》。

本文『建部綾足全集　七巻』建部綾足著作刊行会編（一九八八、国書刊行会）

2『鶯々伝』（抄出）

数夕、張生臨軒独寝。忽有人覚之。驚駭而起、則紅娘斂衾携枕而至、撫張曰、至矣、至矣。睡何為哉。並枕重衾而去。張生拭目危坐久之、猶疑夢寝。然而修謹以俟。俄而紅娘捧崔氏而至。至則嬌羞融冶、力不能運支体。曩時端荘、不復同矣。是夕、旬有八日也。斜月晶瑩、幽輝半床。張生飄飄然、且疑神仙之徒、不謂従人間至矣。有頃寺鐘鳴、天将曉。紅娘促去。崔氏嬌啼宛轉。紅娘又捧之而去。終夕無一言。張生弁色而興、自疑曰、豈其夢邪。及明覩、粧在臂、香在衣、涙光熒熒然、猶瑩於茵席而已。

是後又十余日、杳不復知。張生賦会真詩三十韻、未畢、而紅娘適至。因授之、以貽崔氏。自是復容之、朝隠而出、暮隠而入、同安於曩所謂西廂者、幾一月矣。張生常詰鄭氏之情、則曰、知不可奈何矣。因欲就成之。無何、張生将之長安、先以情諭之。崔氏宛無難詞。然而愁怨之

容動人矣。将行之再夕、不可復見。而張生遂西下。

【通釈】

それから二三日後の夜、張生が軒《のき》近くの室で独り寝ていると、急に人から呼びさまされて、びっくりして起き上がると、そこには紅娘が衾《しとね》をかかえ枕を携えてやって来ていた。そして張にさわりながら、「来ましたよ、来ましたよ。眠ってなどいられませんよ」と言うと、枕を並べ、衾を敷いて出て行った。張生は目をこすって坐り直したが、しばらくはなお夢かとばかり疑った。しかし、じっと心を落ちつけ緊張して待ちうけた。すると、急に紅娘が令嬢の身をささえながら現われた。そのはにかみを含んだなまめかしい姿は、その身を支える力さえなさそうで、この前のおごそかな態度はどこへやら、まるで別人のようだった。その夜十八日、傾きかけた月はさえて、そのきらめく光は寝床の半ばをゆかしく照らしていた。張生はふわふわと夢みる心地で、しばし神仙界の天女が天降ったかと疑い、この世からの人とは思いもよらなかった。ややあって、寺の鐘が鳴り響き、空は明けかかった。紅娘が帰りを促すと、女はなまめいた忍び泣きに、なよなよと身をくねらせている。紅娘がまたその身をささえて立ち去った。令嬢は夜もすがら一言も物を言わなかった。張は物の色が見分けられる頃になって、やっと起き出し、夢ではなかったかと疑ったが、すっかり明るくなってから見ると、臂《ひじ》には白粉《おしろい》のあとが残り、着物には移り香がただよい、涙のあとはきらきらとまだ茵席《しとね》に光っているのであった。

その後十日余りは、何も消息はなかった。張生は「会真詩」と題する三十韻の詩を作ったが、それがまだ書き終わらぬうちに紅娘が思いがけなく訪れて来たので、それに渡して令嬢に贈った。それからまた媾曳《あいびき》がかなうようになり、人目を忍んで朝帰るかと思えば、夜また訪れるというわけで、あの西の廂《ひさし》の間《ま》は二人が枕を交す室となってひと月近くも続いた。いつか張生が女に鄭夫人の気持を問いただして見ると、「母ももうどうにもならないことを知っていましょう」とのことであった。そこで張生は正式に結婚を申し込もうと考えたが、しかし間もなく長安に行かねばならなくなったので、まず真情を言いふくめると、女は素直に聞き入れて、恨み言は何もいわなかったが、その悲しげな表情は人の心をそそるものがあった。そして、いよいよ別れの前二晩は姿を見せず、張は遂に西へと旅立った。

本文『新釈漢文大系44　唐代伝奇』内田泉之助他著（一九七八、明治書院）

SECTION 1

2

花と紅葉《もみじ》と和歌《やまとうた》

『古今和歌集』

『古今和歌集』は日本最古の勅撰和歌集です。以後の文学作品の多くがこの『古今和歌集』の影響を受けました。『古今和歌集』を知ることは、日本文化の源泉を知ることでもあるのです。

1 『古今和歌集』巻二・春歌下　一一三　小野小町

（題しらず）　小野小町《おののこまち》

花の色《いろ》は移りにけりないたづらに我《わ》が身《み》世《よ》にふるながめせしまに

【通釈】

（題しらず）　小野小町《おののこまち》

花の色は、移ろってしまったなあ。空しく、古くなってしまった私が外を眺めながら物思いにふけっていたうちに、長雨が降っていたうちに。

2

『古今和歌集』巻五・秋歌下　二九三　素性、二九四　在原業平

二条《にでふ》の后《きさき》の東宮《とうぐう》の御息所《みやすどころ》と申しける時に、御屏風《びやうぶ》に竜田川《たつたがは》に紅葉《もみぢ》流れたるかたを描《か》けりけるを題にてよめる　素性《そせい》

もみち葉《ば》の流れてとまる水門《みなと》には紅深《くれなゐふか》き波や立つらむ

業平朝臣《なりひらのあそん》

ちはやぶる神代《かみよ》も聞かず竜田川《たつたがは》唐紅《からくれなゐ》に水くくるとは

本文『新版 古今和歌集』角川ソフィア文庫、高田祐彦訳注（二〇〇九、角川学芸出版）

二条《にじょう》の后《きさき》（藤原高子《たかいこ》）がまだ東宮《とうぐう》の御息所《みやすどころ》と申し上げていた時に、屏風《びょうぶ》の絵に竜田川《たつたがわ》に紅葉《もみじ》が流れているのが描《か》いてあったのを題にして詠んだ歌　素性《そせい》法師

紅葉が流れて留まる河口には、深い紅《くれない》色の波が立っているのでしょうか。

在原業平《ありわらのなりひら》

〈ちはやぶる〉神代《かみよ》の昔にも、こんなことがあったとは聞きません。竜田川で濃い紅色に水をくくり染めにするとは。

解説

1 『古今和歌集』ってどんな歌集？

『古今和歌集』は延喜《えんぎ》五年〈九〇五〉、醍醐《だいご》天皇の命《めい》により編纂《へんさん》された日本最古の勅撰《ちょくせん》和歌集です。編纂者は紀友則《きのとものり》、紀貫之《きのつらゆき》、凡河内躬恒《おおしこうちのみつね》、壬生忠岑《みぶのただみね》の四名です。全二十巻、およそ千百首の和歌を収めます。そのほとんどが五七五七七の短歌体で、その後の日本文学の主流の形式となります。巻の構成（→参考資料1）は、春夏秋冬の季節歌と恋歌とが大きな柱で、それぞれ原則、時間軸に沿って和歌が並べられ、緻密な構成意図が見られます。また「仮名序《かなじょ》」「真名序《まなじょ》」も有し、貫之の手になる「仮名序」は和歌の歴史などを語りつつ、自身の文学観などがうかがえる評論として意味の大きいものです。

2 古典の中の古典『古今和歌集』

日本文学は、基本的には江戸時代までは、まず手で写すことで継承されていました。そのような本を「写本《しゃほん》」と言います。元の本を一字一句間違えぬように写すことは、決して容易ではありません。現存写本の多さが、その本の古典としての価値を計るバロメーターと言っても過言ではないのです。その多さを知るには、『国書総目録《こくしょそうもくろく》』（岩波書店）が基本書で、さらに国文学研究資料館のウェブサイト「日本古典籍総合目録データベース」が『国書総目録』を電子化し、かつ継承・発展するものとして位置付けられ、極めて有用です。ぜひ、『古今和歌集』の写本の数を、確認してみてください。なお、成立当時の本は現存しません。二十巻揃いの写本で最古のものは「元永本《げんえいぼん》」と呼ばれる元永三年〈一一二〇〉に書写されたものです。東京国立博物館に時折展示されます。また「e国宝」というインターネットのサイトでも見られます。本章では、このような古典の中の古典『古今和歌集』の中から何首かを取り上げて読解していきましょう。

3 小野小町をめぐって

①基本確認

小野小町《おののこまち》という人物の詳細は不明です。その名は『古今和歌集』「仮名序」において論評されることで知られます。後代「六歌仙《ろっかせん》」のひとりと印象付けられますが、貫之は決して「歌仙」という言葉を使わず、「あはれなるやうにて、強《つよ》からず。いはば、よき女《をうな》のなやめる所あるに似たり」と弱々しく評価しています。それでも「仮名序」にその名を挙げるという点で貫之が評価していたのも事実です。

『百人一首』にも収められた小町の代表的な和歌「花の色は」には、課題一で確認したように、「ふる」と「ながめ」と二つの掛詞《かけことば》が用いられています。しかもその掛詞は相互に連関し、「降る」―「長雨」という外の景と、「古る（経る）」―「眺め」という心の内奥とを表現し、二重の文脈を巧みに形成しているのです。

②「花の色」をめぐって

掛詞は下《しも》二句に用いられていますが、上《かみ》二句では「花」が詠まれています。ここを素直に直訳すれば「花の色は、移ってしまったなあ」というほどの意になります。花の色の移ろいに気づき詠嘆した様相です。ここの「花」とは何でしょうか。詞書《ことばがき》には「題しらず」とあり、そこからは何の花なのか辿《たど》れません。1で説明したように、『古今和歌集』はその配列に大きな意味を持たせていました。小町の和歌がどこに収められているか見ておきましょう（→参考資料2）。

前後の和歌が、いずれも「花」を詠んでいるのは明確ですが、詞書を含め、何の「花」なのか不明です。『古今和歌集』の春歌は、梅→桜→花という順に収められており、この小町の一首は、桜や梅など限定して捉えるべきではない「花」ということになります。またその「花」を、「咲く」や「散る」ではなく、色というものが「移りにけりな」と詠んでいます。色あせた花のイメージでしょう。散るのではなく、花の形状を残しながら色があせてしまう、視覚的に好まれない様相を表現しているのでしょう。

なぜここで「花」は色あせたのでしょうか。一首からは「長雨」によると推測されます。『万葉集』以来、雨は、花を咲かせたり散らせたり、葉を色づかせたり散らせたりと、植物の良い状況を作り出すのも劣化させていくのも雨となっています。ここで雨が「花」を悪くするイメージは不自然でないのですが、散るのではなく、色が悪くなることを詠む点は特殊です。『古今和歌集』のこのあたりを読んでも色あせることを詠む例はありません（→参考資料2）。小町はこの一首で何を表現しようとしたのでしょうか。

③一首を考える

小町は、長雨がもたらした花の色の劣化に気づいたことを詠嘆しました。掛詞を用いることで、雨と花とで繰り広げられた外の景に、自身の内面、古くなった自分と、物思いにふけっていた自分とを関わらせています。では、なぜ物思いにふけっていたのでしょうか。この点に関して、一首は何も明確にしていません。

古代日本文学では、雨は、植物に変化をもたらすだけでなく、男女関係にも大きな意味を持ちました。古代の婚姻は、原則として男性が女性のもとに通うものでした。雨具が十分でなかったからでしょうが、雨が降ると男性は女性のもとに行けないというのが古代のルールでした。それを口実に行かない男もいたかもしれませんが、本気なら雨でも来いというような雰囲気は、『万葉集』にも、『伊勢物語』にもうかがえます（→参考資料3）。しかし、基本は長雨に降り込められた女性は待つしかなかったことになります。小町歌に即すと、我が身が古くなってしまった自覚、雨も降って長い間、誰もやって来ない孤独、それを実感した上で、花の色があせてしまったことを詠嘆しているのです。長雨がもたらしたものは、花の劣化だけでなく、自分自身の老いの痛感でもありました。それは散ることなく、美しくない色を残す「花」に「我が身」をなぞらえているかのようです。散らずに老醜をさらしている「花」が「我が身」と重なるのです。ただし、「花の色」が女性の容色を意味すると一般化するものでもないでしょう。あくまでも当該一首を読み込んだところでもたらされる意味でしょう。表向きは雨と花とで、色あせた花が残るさまを詠んでいます。しかし、掛詞から、老いた作者の物思いにふける姿が浮かび上がるのです。

なお、本解説では触れませんでしたが、「空しく」などと訳せる第三句「いたづらに」が上二句を修飾するのか、下二句を修飾するのか、それとも歌全体を覆うのか、現在でも説は定まっていません。そこは各自で考えてみてください（☞P4課題三）。

美しい花を知る人に、色あせた花は相当な衝撃でしょう。「いたづらに」が持つ空虚感は、雨上がりの花の色の劣化を包み込み、作者の心象《しんしょう》風景をも端的に描いているのでしょう。後代、美人薄幸《はっこう》の象徴のような、さまざまな小町伝説が作られます。確かな情報が少ないだけに、多様な言説（妄想？）が育《はぐく》まれたのでしょうが、この「花の色は」の和歌の影響は小さくなかったようです。「文学作品のさまざまな貌《かお》」の一端なのです。

4 在原業平をめぐって

①業平という人物

次に在原業平《ありわらのなりひら》を考えてみましょう。業平が『伊勢物語』の主人公と目されていたことは有名ですが（→セクション1-1）、業平も小町同様、『古今和歌集』「仮名序」において、いわゆる六歌仙のひとりとして掲出されています。やはり「その心あまりて、ことばたらず」と低評価です。和歌という「ことば」あってこその文学を嗜《たしな》んだはずの業平が、貫之の手にかかると「ことばたらず」と評されてしまうのです。業平に関しては、没時に記される事跡（薨伝《こうでん》と言います）が歴史書『日本三代実録《にほんさんだいじつろく》』にも残されています。父は阿保親王《あぼしんのう》（その父は平城《へいぜい》天皇）で、母は伊都内親王《いとないしんのう》（その父は桓武《かんむ》天皇）と皇族の血脈です。そこには「体貌閑麗《たいぼうかんれい》にして、放縦《ほうじゅう》拘《かかは》らず。略《ほぼ》才学《さいがく》無《な》くして、善《よ》く倭歌《わか》を作る」とあり、容姿が上品で、わがままで、漢学の才能は劣り、和歌をよく作ったようです。社会のルールにはまらない血筋のよい美男《イケメン》といったところでしょうか。出世のために必要な「才学」は無いけれども、和歌は巧みに作る、真の遊び人なのかもしれません。

②『古今和歌集』としての読解

この和歌は単独で読むものではありません。『古今和歌集』では詞書により、東宮《とうぐう》の御息所《みやすどころ》時代の二条后《にじょうのきさき》（藤原高子《たかいこ》）主催で、屏風《びょうぶ》に描かれた絵をテーマに和歌を詠むイベントが開かれたことがわかります。二条后と業平とにただならぬ関係があったようなことは『伊勢物語』からうかがえますが、詞書で確認できることは、屏風絵から和歌が作られたことです。研究上「屏風歌」と称されます。肝要なのは、屏風の絵が素材であり、実景から和歌を詠んだのではないということです。業平が詠んだ紅葉《もみじ》も現実の景ではなく、屏風に描かれた紅葉なのです。もちろん「竜田川《たつたがわ》」は実在し、現実の景を投影した屏風絵だったのでしょうが、和歌を詠じるにあたっては、絵を介在させているのです。

さて、絵との対話のような一首のはずですが、描かれた景をただただ詠むのが楽しみではなかったようです。共に収められた素性《そせい》は「紅《くれなゐ》深《ふか》き　波や立つらむ」とその様相の所以《ゆえん》を推測するように、描かれた景の向こう側に目をやっています。業平はどうでしょうか。「ち

はやぶる　神代《かみよ》も聞かず」と、枕詞《まくらことば》を用いて荘重《そうちょう》な雰囲気を演出しつつ、摩訶不思議《まかふしぎ》なことが起こりうる神代にも聞いたことがないという当代の神秘を詠出したことになるでしょう。このような発想は漢籍にも見られるようですが、絵を見て詠んだ和歌、視覚の印象が強いはずのところに、「聞く」ことを表に出した点におもしろみの一つがあるのでしょう。極めてアクロバティックな表現であり、「その心あまりて、ことばたらず」を実感できるような一首なのでしょう。

③『伊勢物語』としての読解

この和歌は『伊勢物語』にも収められています（→参考資料4）。短い散文と当該和歌一首のみから成っています。親王《みこ》たちが散策しているところに、業平と思《おぼ》しき男が合流しました。その面々が竜田川のほとりに至ります。遅れてやって来た男は「ちはやぶる」の一首を詠みます。その後の様相も描かれることなく、この章段は終わります。この一首が場面に合う優れたものと判断されたのでしょう。まるで男は歌を詠むために現れた、スーパースターのようです。

重要なのは、『古今和歌集』と一首の詠まれた状況が全く異なるということです。すなわち『古今和歌集』が「屏風歌」とされる、絵から触発される空想の景を詠じたのに対し、『伊勢物語』の方は、竜田川の実景を詠んだことになります。真相はどちらにあったのでしょうか。是非、自由に論じ合ってください（☞P4課題四）。

④竜田という場

考えてみれば、不思議な一首です。業平の生きた時代、すなわち平安時代の都は京都でした。ここで詠まれた「竜田」は奈良と大阪の境であり、奈良時代やそれ以前に極めて重要な場所でした。『万葉集』にもしばしば詠まれ、都から離れ、九州など西へ向かう人々にとっては、都から離れる思いを強くする場で、逆に西から帰って来た人にとっては、懐かしき故郷が目前であることを実感する場でした。必ずしも黄葉《もみじ》の名所だったわけでなく（『万葉集』では「紅葉」ではなく、「黄葉」と表記するのが一般的です）、境界としての意味が重要です。しかも『万葉集』においては、竜田の山を詠むばかりで、竜田の川は詠まれていません。しかし、業平は「竜田川」と詠じています。『伊勢物語』に拠るのであれば、たまたま出向いた竜田川の紅葉があまりに素晴らしく一首を詠じたと考えられます。一方、『古今和歌集』に拠るのであれば、竜田川の紅葉が絵になっているように、既に紅葉の名所となっていたと推測されるのです。何が竜田川を浮かび上がらせ、そして紅葉の名所としたのでしょうか。『万葉集』と『古今和歌集』という二つの歌集の間に、見えるようで、見えない関係性があります。繋がるようで、繋がっていない古代がここにあるのです。

⑤後の時代へ

この和歌は『百人一首』に収められたように、後代にも有名でした。そして解釈に多様性が見られますが、それは課題五に譲りましょう。また、十八世紀にはできていたと思われる古典落語『千早振《ちはやふ》る』（インターネットなどで筋は簡単に確認できます）は、ダイナミックかつ衝撃的な珍解釈です。古代和歌をパロディにしうる江戸時代の知も感じ取りたいところです。その落語が第一句を題にしながら、業平歌一首全体を意味するように、「ちはやぶる」＝業平歌という構図が確認されます。それは現在の漫画・アニメにも通ずるものでもあります。

参考資料

1 『古今和歌集』巻の様相

巻一　春歌上
巻二　春歌下
巻三　夏歌
巻四　秋歌上
巻五　秋歌下
巻六　冬歌
（巻一〜巻六：季節歌）
巻七　賀歌
巻八　離別歌
巻九　羇旅歌
巻十　物名

巻十一　恋歌一
巻十二　恋歌二
巻十三　恋歌三
巻十四　恋歌四
巻十五　恋歌五
（巻十一〜巻十五：恋歌）
巻十六　哀傷歌
巻十七　雑歌上
巻十八　雑歌下
巻十九　雑体歌（長歌・旋頭歌・誹諧歌）
巻二十　大歌所御歌・神遊びの歌・東歌

2 『古今和歌集』春歌下の配列

鶯《うぐひす》の鳴くをよめる　素性《そせい》

一〇九　木伝《こづた》へばおのが羽風に散る花を誰《たれ》におほせてここら鳴くらむ

鶯の花の木にて鳴くをよめる　躬恒《みつね》

一一〇　しるしなき音《ね》をも鳴くかな鶯の今年のみ散る花ならなくに

題知らず　よみ人知らず

一一一　駒並《な》めていざ見にゆかむふるさとは雪とのみこそ花は散るらめ

一一二　散る花を何《なに》か恨《うら》みむ世の中に我が身もともにあらむものかは　小野小町《をののこまち》

一一三　花の色は移りにけりないたづらに我が身世にふるながめせしまに

仁和の中将の御息所《みやすどころ》の家に、歌合せむとしける時によめる　素性

一一四　惜《を》しと思ふ心は糸によられなむ散る花ごとにぬきてとどめむ

志賀の山越えに女の多くあへりけるによみてつかはしける　貫之《つらゆき》

一一五　梓弓《あづさゆみ》はるの山辺を越え来れば道もさりあへず花ぞ散りける

本文『新版 古今和歌集』角川ソフィア文庫、高田祐彦訳注（二〇〇九、角川学芸出版）

【通釈】

鶯《うぐいす》が鳴くのを詠んだ歌　素性法師

一〇九　鶯が木から木へと飛んで行くと、自分が起す羽風で散る花を、誰にその責めを負わせて、あんなに鳴いているのだろうか。

鶯が花の咲く木で鳴くのを詠んだ歌　凡河内躬恒《おおしこうちのみつね》

一一〇　何の効果もない鳴き声で鳴いているなあ。鶯が、今年だけ散る花ではないというのに（花の散るのを惜しんでもどうにもならない）。

題知らず　よみ人知らず

一一一　馬を並べて、さあ見に行こう。旧都は、ひたすら雪が降っているかのように、花は散っているだろう。

一一二　散る花をどうして恨《うら》もうか。世の中に、我が身も花も共に生きていけるものであろうか、いやそんなことはない。

小野小町

一一三　花の色は、移ろってしまったなあ。空しく、古くなってしまった私が外を眺めながら物思いにふけていたうちに、長雨が降っていたうちに。

仁和帝（光孝天皇）の御代《みよ》の中将の御息所の家で歌合をしようとした時に詠んだ歌　素性法師

一一四　花を惜《お》しいと思う心は糸に縒《よ》られてほしい。散る花ごとに、糸に貫いて枝にとどめておこう。

志賀の山越えの途中で、女性にたくさん出会った時に、詠んで贈った歌　紀貫之《きのつらゆき》

一一五　梓弓《あずさゆみ》を張るという春の山路を越えて来ると、道をよけて通れないほど、花が散っていたことよ。

3　雨と恋

『万葉集』

春雨《はるさめ》に　衣《ころも》はいたく　通《とほ》らめや　七日《なぬか》し降らば　七日来《こ》じとや

（巻一〇・一九一七　春雑歌・詠雨　作者未詳）

本文『新編日本古典文学全集8　万葉集(3)』小島憲之他校注・訳（一九九四、小学館）

【通釈】

春雨《はるさめ》に衣《ころも》は激しく濡れ通るでしょうか。七日降るなら、七日来ないつもりなのでしょうか。

『伊勢物語』第百七段

むかし、あてなる男ありけり。その男のもとなりける人を、内記《ないき》にありける藤原《ふぢはら》の敏行《としゆき》といふ人よばひけり。されど、若ければ、文《ふみ》もをさをさしからず、ことばも言ひ知らず、いはむや歌は詠《よ》まざりければ、かの主《あるじ》なる人、案《あん》を書きて、書かせてやりけり。愛《め》でまどひにけり。さて、男の詠める、

つれづれのながめにまさる涙河《なみだがは》袖《そで》のみひちて逢《あ》ふよしもなし

返し、例の、男、女にかはりて、

浅みこそ袖はひつらめ涙河身さへ流ると聞かば頼まむ

と言へりければ、男いといたう愛でて、今まで巻きて文箱《ふばこ》に入れてありとなむいふなる。

男、文おこせたり。得《え》てのちのことなりけり。「雨の降りぬべきになむ、見わづらひはべる。身さいはひあらば、この雨は降らじ」と言

へりければ、例の、男、女にかはりて詠みてやらす、

数々《かずかず》に思ひ思はず問ひがたみ身を知る雨は降りぞまされる

と詠みてやれりければ、蓑《みの》も笠《かさ》も取りあへで、しとどに濡《ぬ》れてまどひ来《き》にけり。

本文『新版伊勢物語』角川ソフィア文庫、石田穣二訳注（一九七九、角川学芸出版）

【通釈】

昔、高貴な男がいた。その男の家にいた女を、内記《ないき》だった藤原《ふじわらの》敏行《としゆき》という人が求愛した。しかし、女は若いので、手紙もしっかり書けず、恋の言葉のあらわし方も知らず、まして歌は詠《よ》まなかったので、あの、女の家の主人である男が、手紙の案を書いて、それを女に書かせて贈った。敏行は賞賛し、わけがわからなくなってしまった。そして、その男（敏行）が詠んだ歌、

つれづれの……（私はなすこともなく物思いにふけっておりますが、その長雨のように、憂鬱《ゆううつ》な思いにもまして、落ちる涙は、河と流れ、袖《そで》だけがぐっしょりと濡《ぬ》れ、あなたにお逢いする手だてもありません）

返しの歌、いつものように男（あてなる男）が、女にかわって、

浅みこそ……（思いが浅いからこそ袖は水に浸《ひた》るのでしょう。涙の河があふれ、身体《からだ》までも流れると聞きましたら、あなたさまをお頼りしましょう）

と詠んだところ、相手の男はたいそう感嘆して、いまでも、その文《ふみ》を巻いて文箱《ふばこ》に入れているということだ。

相手の男が手紙をよこした。女を得《え》て後のことだった。「雨が降ってきそうなので、逢いに行きかねています。わが身に幸運があるならば、この雨は降らないでしょう」と言ってきたので、いつものように、男が、女にかわって歌を詠んで贈らせた歌、

かずかずに……（心底から思ってくださるのか、思ってくださらないのか、お尋ねしにくいので、お言葉ではわかりませんが、わが身をわかっているこの雨は、どんどん降ってゆく。まるで私の涙と同じように）

と詠んで贈ったところ、敏行は、蓑《みの》も笠《かさ》も用意するいとまもなく急いで、びっしょり濡れて、慌てて、やって来たのであった。

4 『伊勢物語』第百六段

むかし、男、親王《みこ》たちの逍遥《せうえう》し給ふ所にまうでて、竜田川《たつたがは》のほとりにて、

ちはやぶる神代も聞かず竜田川からくれなゐに水くくるとは

本文『新版伊勢物語』角川ソフィア文庫、石田穣二訳注（一九七九、角川学芸出版）

【通釈】

昔、男が、親王《みこ》たちが逍遥《しょうよう》しておいでになるところに参上して、竜《たつ》

田川《たがわ》のそばで、こう詠んだ。

ちはやぶる……〈〈ちはやぶる〉神代の昔にも、こんなことがあったとは聞きません。竜田川で濃い紅色に水をくくり染めにするとは〉

SECTION 1

3

異本の世界をのぞく
『狭衣物語』

次に掲げるのは、『源氏物語』以後に成った、物語文学の大作、『狭衣《さごろも》物語』の冒頭部分です。

少年の春、惜しめども留まらぬものなりければ、三月《やよひ》も半ば過ぎぬ。御前の木立、何となく青み渡れる中に、中島の藤は、松にとのみ思ひ顔に咲きかかりて、山ほととぎす待ち顔なり。池の汀《みぎは》の八重《やへ》山吹《やまぶき》は、井手のわたりにやと見えたり。光源氏、身も投げつべしとのたまひけんも、かくやなど、ひとり見給ふもあかねば、侍《さぶら》ひ童《わらは》の、ちひさきして、一房

【通釈】

春が過ぎ行くのをいくら惜しんでもとどまってはくれないので、三月《やよい》も半ばを過ぎた。お庭先の木立が、どれがということなく、全て青々と茂るなかで、池の中島の藤は、松にしかまとわりつくまいと言わんばかりに咲きかかって、山からホトトギスが飛んでくるのを待っているかの様子である。池の水際の八重山吹《やえやまぶき》は、まるでそこが、山吹の名所である井出

づつ折らせ給ひて、源氏の宮の御方へ持て参り給へれば、御前に、中納言、少、中将などいふ人々、絵かき、色どりなどせさせて、宮は御手習せさせ給ひて、添ひふしてぞおはしける。「この花どもの夕映《ば》えは、常よりもをかしう侍るものかな。春宮《とうぐう》の『盛りには、必ず見せよ』とのたまひしを、いかで一枝御覧ぜさせてしがな」とて、うち置き給ふを、宮、少し起きあがり給ひて、見おこせ給へるまみ、つらつきなどのうつくしさは、花の色々にも、こよなくまさり給へり。例の胸うち騒ぎて、つくづくとうちまもられ給ふ。「花こそ花の」と、とりわきて山吹を取らせ給へる御手つきなどの、世に知らずうつくしきを、人目も知らず、我が身に引き添へまほしく思さるる様ぞ、いみじきや。「くちなしにしも、咲きそめけん契りぞ、口惜しき。心の中《うち》、いかが苦しからむ」とのたまへば、中納言の君、「さるは、言の葉も繁く侍るものを」といふ。

いかにせん言はぬ色なる花なれば心の中を知る人はなし

と、思ひつづけられ給へど、げにぞ知る人なかりける。

本文『新編日本古典文学全集29　狭衣物語①』小町谷照彦他校注・訳（一九九九、小学館）／底本深川本

のあたりかと思うほど咲き誇っている。光源氏が『源氏物語』若菜上巻で、朧月夜《おぼろづきよ》と呼ばれた女君に「身を投げてしまいそうな藤だ」（「藤《ふち》」に「淵《ふち》」をかけて、このように言う）と詠みかけたのも、これほどの美しさであったかと、（狭衣は）ひとり眺めていても満ち足りぬので、そばに仕える童の小さな子を呼んで、藤をひと房ずつ折らせ、源氏の宮のもとへ持参すると、ちょうど源氏の宮の御前では、中納言とか、少将、中将といった女房たちに絵を描かせ、採色などをさせ、源氏の宮ご自身は、手すさびに筆をとりなさって脇息《きょうそく》によりかかっていらっしゃった。狭衣《さごろも》は、「この花々が夕日のなかで照り輝いているのは、いつもより素晴らしく見えます。春宮《とうぐう》さまが、『花盛りの折には、私にも必ず見せるように』とおっしゃったから、ぜひ一枝お目にかけたいものだ」と言って、そっと置きなさったのを、源氏の宮が少し身を起こしなさって、見やりなさった目のあたり、面立ちなどの可《か》憐《れん》さは、花の色とりどりの美しさにも、勝《まさ》っていらっしゃる。狭衣は、いつものように胸が騒ぎ、自然と目が釘づけになりなさる。源氏の宮が「花こそ花の」と言って、花々のなかから山吹の花を取りなさった御手つきなどが、たいそう愛らしいのを、狭衣が人目もはばからず、我が身に引き寄せたくお思いになるのは、この上もなくご執心のご様子である。（狭衣）「よりによって山吹の花が、くちなし色（黄色）に咲くこととなった運命は口惜しいことだ。心のうちで、どれほど苦しく思っていることか」とおっしゃると、女房の中納言

の君は「(山吹の花は、「くちなし色」だから) 言の葉を発することは出来なくても、葉じたいは、たくさん茂っておりますのにね」と言う。

(狭衣の歌) どうしたら良いものか。山吹の花は、「何も口に出して語らない」という名前の色、すなわち「くちなし色」であるから、その心のうちを知る人は誰もいないよ。

と思い続けられるが、なるほど実際、狭衣の心のうちの秘密を知る人は誰もいないのだった。

解説

1 『狭衣《さごろも》物語』ってどんな作品？

『狭衣物語』は、寛徳《かんとく》三年〈一〇四六〉に、斎院に卜定《ぼくじょう》された禖子《ばいし》内親王《ないしんのう》に仕えた六条斎院宣旨《ろくじょうさいいんせんじ》（源頼国女《みなもとのよりくにのむすめ》）が書いたとされる物語です。斎院とは、斎宮《さいぐう》（セクション1-1参照）と対をなし、賀茂神社に仕える未婚の内親王、または女王のこと。村上天皇の皇女、選子《せんし》内親王のように、中には文学的なサロンを形成する斎院もいました。禖子内親王も、そうしたうちのひとりで、『狭衣物語』は、彼女に仕えた女房によって書かれた作品です。『源氏物語』よりは小規模なものの、起伏に富んだストーリーと、複雑な人間関係をほこる、『源氏物語』以後の物語の中では、傑作として知られています。ではそのストーリーとはどのようなものだったのでしょうか。

　主人公狭衣は、堀川大臣の息子として、抜群の美貌の持ち主であり、しかもさまざまの才芸に恵まれた人物です。堀川大臣は、天皇の息子だったものの、臣下に下った人物、すなわち源氏です。一方狭衣の母親、堀川の上も、故先帝と呼ばれる、また別の天皇の妹だった人ですから、狭衣は、父、母ともに天皇家の出身という、きわめて高貴な生まれの人物でした。が、彼は、物語の始まりから深い憂愁の念にとらわれた人物として、私たちの前に姿を現します。いったい彼は、何に思い悩んでいるのでしょうか。

　その答えは、すぐに明かされます。彼は、自らの妹源氏の宮に恋をしているのです。いえ、もっと正確に言いなおす必要があります。源氏の宮というヒロインは、もともと故先帝（先述のとおり、堀川の上の兄）の娘だったが、両親と死別したため、堀川の上に引き取られた人物、つまりほんとうの妹ではないが、妹同然の存在として、狭衣とともに、育てられたのでした。

　そうした源氏の宮に、狭衣は恋してしまったのです。物語の冒頭部分から「山吹の花」が、このふたりの関係を象徴するかのようにクローズアップされてくる理由も、そのことに関わっています。狭衣が源氏の宮に贈る花は、山吹の花でなければならなかった――平安時代の読者たちなら、その理由にすぐに気づいたはずです。なぜでしょう？

2 「山吹の花」のモチーフ・引歌

　『古今和歌集』によく知られた、次のような歌があります。「山吹の花色衣《はないろごろも》ぬしやたれ問へど答へず口なしにして」――山吹色の衣に、お前さんの主はいったい誰だい？と聞いてみたところで、何も答えない。よく考えてみれば当たり前で、山吹の花は梔子《くちなし》色だもの――説明も不要でしょうが、「梔子《くちなし》」だから、「口無《くちな》し」という言葉遊び、和歌で言うところの掛詞《かけことば》です。狭衣が源氏の宮に山吹の花を贈ったのは、こうした歌の発想を踏まえているからなのです。妹として育てられた源氏の宮への恋心を口にするわけにはゆかない狭衣には、「くちなし」色（黄色）の山吹の花が似合います。（⇨P6課題四）

　『狭衣物語』の特徴の一つは、このように、和歌の表現をふんだんに引用して織りなされる華麗な文体にあります。いわゆる引歌《ひきうた》と呼ばれるもので、『源氏物語』でも、この技法はよく使われていますが、『狭衣物語』はさらに徹底して、文章を飾っていきます。そうした練りに練られた文章を味わうことも、『狭衣物語』を読む楽しみの一つにほかなりません。平安朝後期以降の歌人たちが、和歌の上達のために『狭衣物語』を必読文献としたのには、こうした背景がありました。

3 『狭衣物語』の新しさ

もちろん、『狭衣物語』の魅力は、文章の流麗さだけにあるわけではありません。『源氏物語』の登場は、日本文学の歴史において、それこそ大事件で、それ以後の文学作品は、多くが『源氏物語』から、さまざまに影響を受けています。『狭衣物語』も例外ではなく、主人公の狭衣にしてからが、『源氏物語』正篇の主人公光源氏と、続篇の主人公薫とを、合わせたような人物として設定されています。

が、『狭衣物語』が、『源氏物語』に追随しようとするだけの、単なる模倣作《エピゴーネン》だったら、これほど長く読みつがれることはなかったでしょう。先に述べたとおり、主人公狭衣は、妹同然の源氏の宮に恋しており、それが作品の重要なモチーフになっていますが、さまざまな女君たちに恋した光源氏も、妹に恋することはありませんでした。〈妹恋い〉の主題を設定したところには、やはり『源氏物語』の単なる模倣作には終わるまいとする『狭衣物語』の自己主張を見るべきでしょう。

あるいはまた、源氏の宮は、後に斎院に卜定され、いよいよ狭衣の手の届かぬ人物となってしまうのですが、『源氏物語』も十分に描くことのなかった斎院という存在、その生活について具体的に描いたのも、『狭衣物語』が最初でした。この物語の作者が、じっさいに斎院に仕えた女房であったことが、十分に生かされているわけです。

4 さまざまな『狭衣物語』

さて、そうした『狭衣物語』は、王朝文学の中で、きわめて多くの異本を持つという点でも、有名です。印刷技術が普及する以前、書物は人の手によって写されるしかありませんでした。それを写本《しゃほん》と呼びますが、そうである以上、ある程度の分量を有した作品には、必ず写し間違いが起こります。場合によっては、写す人が、もとの表現を意図的に書き換えてしまうこともあるでしょう。『狭衣物語』の場合も、ストーリーや人間関係そのものが大きく変わってしまうことこそないものの、本文（深川本）と、参考資料1の内閣文庫本、参考資料2の旧東京教育大本を比較してみると、表現がかなり揺れ動いていることが確認できるはずです。『源氏物語』でも、『古今集』でも、世の中には、一種類しか存在しないと思っている人はいませんか？　じつは、そうではないのです。私たちが高校の教科書などで出会う古典作品は、数多く伝わったさまざまな本（諸本）の中の一つに過ぎません。自分の目の前にある本が、唯一絶対のものではないということ、それを認識するところから、古典文学の世界への本格的な入門が始まります。（☞P6課題五）

参考資料

1　内閣文庫本

少年の春は、惜しめども留まらぬものなりければ、弥生《やよい》の二十日余りにもなりぬ。御前の木立、何となく青み渡れる中に、中島の藤は、「松にとのみも」思はず咲きかかりて、山ほととぎす待ち顔なるに、池の汀《みぎは》の八《や》重《へ》山吹《やまぶき》は、「井手のわたりにや」と見えたり。「光源氏の、『身も投げつべき』とのたまひけんも、かくや」と、一人見給ふもあかねば、侍《さぶら》ひ童《わらは》の、をかしげなる、小さきして、一枝（づつ）折らせ給て、源氏の宮の御方に持て参り給へれば、御前には、中納言、中将などいふ人々、絵かき、色どりなどせさせ給て、宮は御手習などせさせ給て、添ひふしてぞおはしける。「この花どもの夕映《ゆふばえ》は、常よりもをかしくさぶらふものかな。春宮《とうぐう》の『盛りには、必ず見せよ』とのたまはせしものを。いかで、一枝御覧ぜさせてしがな」とて、うち置き給へるを、宮、少し起きあがり給ひて、見おこせ給へる御まみ、つらつきなどの美しさは、花の色々にも、こよなう優り給へるを、例の胸さわぎて、花には目もとまらず、つくづくとまぼらせ給ふ。「花こそ春の」と、とり分きて山吹を取り給へる御手つきなども、世に知らずうつくしきを、人目も知らず、我が御身に引き添へまほしう思さるる様ぞ、いみじきや。「くちなしにしも、咲き初めにけん契りぞ、口惜しき。心のうち、いかに苦しからん」とのたまへば、中納言の君、「さるは、言の葉も繁う侍るものを」といふ。

いかにせん言はぬ色なる花なれば心の中《うち》を知る人もなし

と、思ひ続けられ給へど、げにぞ知る人もなかりける。

本文『日本古典文学大系79　狭衣物語』三谷栄一他校注（一九六五、岩波書店）

2　旧東京教育大本

少年の春は惜しめどもとどまらぬものなりければ、三月の二十日余りにもなりぬ。御前の木立、何となく青みわたりて木暗きなかに、中島の藤は、松にとのみ思はず咲きかかりて、山ほととぎす待ち顔なるに、池の汀の八重山吹は、井手のわたりにことならず見わたさるる夕映えのをかしさを、一人見給ふもあかねば、侍ひ童の、をかしげなるして、一枝折らせ給ひて、源氏の宮の御方に持て参り給へれば、御前には、中納言、中将などやうの人々、さぶらはせ給ひて、宮は御手習、絵などかきすさびて添ひふさせ給へるに、「この花の夕映えこそ、常よりもをかしく侍れ。春宮の『盛りには、必ず見せよ』とのたまはするものを」とて、うち置き給ふを、宮、少し起きあがりて、見おこせ給へる御まみ、つらつきなどのうつしさ、花のにほひ、藤のしなひにも、こよなくまさりて見え給ふを、例の、胸ふたがりまさりて、つくづくとまぼられ給ふに、「花こそ花の」と、とりわき給ひて、山吹を手まさぐりし給へる御手つきの、いとどもてはやされて、世に知らずうつくしげなるを、人目も知らず、我が身に引き添へまほしく思さるるぞ、いみじきや。「くちなしにしも、咲きそめけむ契りこそ、口惜しけれ。心のうち、いかに苦しかるらむ」とのたまへば、中納言の君、「さるは、言の葉は多く侍るものを」と言ふ。

いかにせむ言はぬ色なる花なれば心のうちを知る人ぞなき

と、思ひつづけられ給へど、げに人も知らざりけり。

本文『新潮日本古典集成　狭衣物語上』鈴木一雄校注（一九八五、新潮社）

SECTION 1

4

『平家物語』

「先帝身投《せんていみなげ》」の叙述と諸本

私たちの知っている『平家物語』は源平の争乱のほんの一面に過ぎなかった——？
一つの争い、悲劇をさまざまな立場から語らずにはいられなかったことから生まれた諸本のありようを、その表記の多様さも含めて眺めてみましょう。

〈作品梗概〉 平安時代末期、天皇家と摂関家それぞれの内紛に端を発した保元・平治の内乱のなか勢力を伸ばし、武士階級から初めて太政大臣にまでのぼりつめ、権力を握ったのが平清盛である。天皇の外戚にもなり、平氏一門は栄華を極めたが、その専横ぶりに朝廷でも批判が高まっていく。治承四年〈一一八〇〉、ついに関東で源頼朝が挙兵、平家打倒の動きが加速するなか、清盛が病没。一門は瞬く間に凋落《ちょうらく》の一途《いっと》をたどり、寿永二年〈一一八三〉七月、安徳天皇を奉じて都落ちする。

元暦二年〈一一八五〉三月二十四日、源氏の勢力によって本州西端（現、山口県下関市）に追い詰められた平氏一門は、壇ノ浦で、源義経の指揮する源氏軍との最後の海戦に臨む。最初は優勢に戦いをすすめた平家軍であったが、阿波民部重能《あわみんぶしげよし》の裏切りのために作戦が洩れ、さらに潮流が変化し源氏方への神の加護を示す奇瑞《きずい》も顕れ、舵取《かじとり》たちが殺されたために船が制御できなくなった平家軍は絶望的な戦況に陥る。知盛が安徳天皇の乗った船に敗戦を告げに来、さらに源氏の武士が船に迫るなか、平清盛の妻で天皇の祖母である二位尼は安徳天皇を抱き、三種の神器を身につけて船ばたに歩み出る。

1 覚一本《かくいちぼん》『平家物語』巻第十一「先帝身投」（抄出）

二位殿《にゐどの》はこの有様を御覧じて、日ごろおぼしめしまうけたる事なれば、にぶ色の二衣《ふたつぎぬ》うちかづき、練袴《ねりばかま》のそばたかくはさみ、神璽《しんし》をわきにはさみ、宝剣《ほうけん》を腰にさし、主上《しゆしやう》をいだき奉《たてま》ッて、「わが身は女なりとも、かたきの手にはかかるまじ。君の御供《おんとも》に参るなり。御心《おんこころ》ざし思ひ参らせ給はん人々は、いそぎつづき給へ」とて、ふなばたへあゆみ出でられけり。主上今年《ことし》は八歳《はつさい》にならせ給へども、御《おん》としの程よりはるかにねびさせ給ひて、御《おん》かたちうつくしく、あたりもてりかかやくばかりなり。御《おん》ぐし黒うゆら〳〵として、御《おん》せなか過ぎさせ給へり。あきれたる御様《おんさま》にて、「尼《あま》ぜ、われをばいづちへ具してゆかむとするぞ」と仰《おほ》せければ、いとけなき君にむかひ奉り、涙をおさへて申されけるは、「君はいまだ

【通釈】

二位殿《にいどの》（平時子。清盛妻、安徳天皇祖母）は、このありさまを御覧になって、日ごろ御覚悟をなさって準備していたことなので、濃い鼠色の二衣《ふたつぎぬ》を頭から被《かぶ》り、練絹《ねりぎぬ》の袴《はかま》の稜《そば》（ももだちという部分）をつまみ上げて帯に挟み、裾口が足にまといつかないようにして、神璽《しんじ》（三種の神器の一つ、八坂瓊《やさかにの》勾玉《まがたま》）を脇に挟み、宝剣《ほうけん》（三種の神器の一つ、天叢雲剣《あめのむらくものつるぎ》）を腰にさし、天皇をお抱き申し上げて、「私のこの身は女であっても、敵の手にはかかるまい。主上（天皇）の御供《おんとも》に参るのです。主上に御《おん》志を寄せ、忠誠をお尽くし申し上げようともし思う人々がいれば、急いであとに続きなさい」と言って、船べりに歩み出られた。主上は今年八歳におなりになったが、御年のほどよりもはるかに大人びていらっしゃって、

しろしめされさぶらはずや。先世《ぜんぜ》の十善戒行《じふぜんかいぎやう》の御力《おんちから》によッて、いま万《ばん》乗《じよう》の主《あるじ》と生《むま》れさせ給へども、悪縁にひかれて、御運すでにつきさせ給ひぬ。まづ東《ひんがし》にむかはせ給ひて、伊勢大神宮に御暇《おんいとま》申させ給ひ、其後《そののち》西《さい》方浄土《はうじやうど》の来迎《らいかう》にあづからむとおぼしめし、西にむかはせ給ひて御念仏《おんねんぶつ》さぶらふべし。この国は粟散辺地《ぞくさんへんち》とて心憂《こころう》きさかひにてさぶらへば、極《ごく》楽浄土《らくじやうど》とてめでたき処《ところ》へ具し参らせさぶらふぞ」と泣く〳〵申させ給ひければ、山鳩色《やまばといろ》の御衣《ぎよい》にびんづら結《ゆ》はせ給ひて、御涙《おんなみだ》におぼれ、ちいさくうつくしき御手《おんて》をあはせ、まづ東をふしをがみ、伊勢大神宮に御暇申させ給ひ、其後西にむかはせ給ひて、御念仏《おんねんぶつ》ありしかば、二位殿やがていだき奉り、「浪《なみ》の下《した》にも都のさぶらふぞ」となぐさめ奉《たてま》ッて、千尋《ちいろ》の底へぞ入り給ふ。

本文『新編日本古典文学全集46　平家物語②』市古貞次校注・訳（一九九四、小学館）／底本　東京大学国語研究室蔵高野本

お顔立ちがかわいらしく端麗で、周囲が照り輝くほどであった。御髪は黒くゆらゆらとして、御背中を過ぎたところまで垂れていらっしゃる。天皇が驚き戸惑った様子で、「尼《あま》ぜ、私をどこへ連れて行こうとするのだ」と仰《おお》せになると、二位殿はまだ幼い君にお向かい申し上げて、涙を抑えて申し上げなさることには、「あなたさまはまだご存じではございませんか。前世《ぜんせ》の十善戒行《じゅうぜんかいぎょう》（仏教の言う十の悪行を離れ、戒めに従って修行すること）の御力によって、いま帝王としてお生まれになりましたが、悪縁にひかれて、御運はすでに尽きておしまいになりました。まず、東にお向かいになって、伊勢大神宮に御いとまを申し上げなさり、その後、西方浄土《さいほうじょうど》の阿弥陀仏や仏菩薩のお迎えにあずかろうとお思いになって、西にお向かいになって御念仏《ねんぶつ》をお唱えください。この国は粟《そく》散辺地《さんへんじ》と言って辺鄙《へんぴ》なところにある粟粒のような小さな国で、救いのないところですので、極楽浄土と言ってすばらしいところにお連れ申し上げますよ」と泣きながら申し上げなさったので、山鳩色《やまばといろ》の御衣《ぎょい》に、角髪《みづら》をお結《ゆ》いになり、涙をお流しになりながら、小さくてかわいらしい御手《おんて》を合わせ、まず東を伏し拝み、伊勢大神宮に御暇を申し上げなさり、その後西にお向かいになって、御念仏を唱えられたので、二位殿はすぐにお抱き申し上げ、「浪《なみ》の下にも都がございますよ」とお慰め申し上げて、千尋《ちひろ》の海の底にお入りになる。

２ 屋代本《やしろぼん》『平家物語』巻第十一（抄出）

二位殿ハ是《これ》ヲ聞給《ききたまひ》テ、急ギ先帝ヲ懐《いだき》奉リ、帯ニテ御身ニ二所勁《つよ》ク結《むすび》付《つけ》奉リ、「後ノ世マデモ君ノ御守成《おんまもりなる》ベシ」トテ、宝剣ヲ腰ニ指シ、神璽ヲ脇挟ミ、練袴ノソバヲ高クハサミ、鈍色《にぶいろ》ノ衣《きぬ》打カヅキ、舷《ふなばた》ヘゾ出《いで》給ケル。「我ハ君ノ御共ニ参ルナリ。女也《なり》トモ、敵ノ手ニハカヽルマジキゾ。御恵《めぐみ》ニ随ハント思《おもは》ン人々ハ、急ギ御共ニ参《まゐり》給ヘヤ」ト宣《のたま》ヘバ、国母ヲ始進《はじめまいら》セテ、北政所、廓《くるわの》御方、帥典侍《そちのすけ》、大納言典侍以下ノ女房達、送《おくり》奉ラジト喚叫《をめきさけび》給ケリ。

先帝ハ、今年八歳ニ成《なら》セ給フ。御歳ノ程ヨリモ遥ニヲトナシク、御グシ黒クユラ〳〵ト、御背過《すぎ》サセ給ヘリ。アキレサセ給ヘル御様ニテ、「此ニ又何《いづ》チヘゾヤ、尼ゼ」ト仰ラレケル御詞《ことば》ノ未ダ㆑終《おはらぬ》ニ、二位殿、「是ハ西方浄土ヘ」トテ、海ニゾ沈ミ給ケル。

本文『屋代本・高野本対照　平家物語　三』麻原美子他編（一九九三、新典社）／底本　國學院大學蔵屋代本

二位殿は、これをお聞きになって、急いで先帝（安徳天皇）を懐《いだ》き申し上げ、帯でご自分の体に二箇所、強く結びつけなさって、「後世までも、神仏のご加護の象徴として（三種の神器が）きっと主上のお守りとなるでしょう」と言って、宝剣を腰に差し、神璽を脇に挟んで、練袴の稜《そば》（袴の股立ち）を高く挟み、鈍色《にびいろ》の衣を頭から被って、船ばたへとお出になった。「私は主上の御供に参ります。女であっても、敵の手にはかかるまいと思います。主上の御いつくしみに従おうと思う者たちがいたら、急いで御供に参上なさいな」とおしゃったので、国母である建礼門院徳子をはじめ、北政所（近衛基通《もとみち》の北の方。清盛 女《むすめ》 完子）、廓御方《くるわのおんかた》（清盛女、生母は常盤御前）、帥典侍《そちのすけ》（平時忠妻。葉室顕時女。安徳帝乳母）、大納言典侍（平重衡妻。藤原邦綱女。安徳帝乳母）をはじめとする女房たちは、お見送り申し上げまい（入水させまい）と、悲鳴を上げ、叫んでいらっしゃった。

先帝は、今年八歳におなりになる。御年のほどよりも、はるかに大人びていらっしゃって、御髪は黒くゆらゆらと、御背中を過ぎるくらいである。驚きとまどったご様子で、「ここにまた、どちらへというのだ、尼ぜ」とおっしゃった御言葉がまだ終わらぬうちに、二位殿は「これは西方浄土へ行こうというのですよ」と、海に沈んでしまわれたのだった。

3 延慶本《えんぎょうぼん》『平家物語』巻第十一　十五「檀浦合戦事　付平家滅事」（抄出）

二位殿ハ、「今ハカウ」ト思ワレケレバ、ネリバカマノソバ高挟《たかく》ミテ、先帝ヲ負《おひ》奉り、帯ニテ我御身ニ結合《ゆひあはせ》奉テ、宝剣ヲバ腰ニサシ、神璽ヲバ脇ニハサミテ、鈍色《にぶいろ》ノ二衣《ふたつぎぬ》打カヅキテ、今ハ限《かぎり》ノ船バタニゾ臨マセ給ケル。

先帝、今年ハ八ニ成セ給ケルガ、折シモ其《その》日ハ山鳩色ノ御衣《ぎょい》ヲ被レ召タリケレバ、海ノ上ヲ照シテミヘサセ給ケリ。御年ノ程ヨリモネビサセ給テ、御貌《かたち》ウツクシク、黒クユラ〳〵トシテ御肩ニスギテ、御背ニフサ〳〵トカ、ラセ玉ヘリ。二位殿カクシタ、メテ、船バタニ臨マレケレバ、アキレタル御気色ニテ、「此《これ》ハイヅチヘ行《いか》ムズルゾ」ト仰有《おほせ》ケレバ、「君ハ知食《しろしめ》サズヤ、穢土《ゑど》ハ心憂《こころうき》所ニテ、夷《えびす》共ガ御舟ヘ矢ヲ進《まゐ》ラセ候トキニ、極楽トテ、ヨニ目出《めでた》キ所ヘ具シ進《まゐら》セ候ゾヨ」トテ、王城ノ方ヲ伏拝《ふしをがみ》給テ、クダカレケルコソ哀ナレ。「南無帰命頂礼、天照大神、正八幡宮、慥《たしか》ニ聞食《きこしめ》セ。吾《わが》君十善ノ戒行限リ御坐《おはしま》セバ、我国ノ主ト生《うまれ》サセ給タレドモ、未《いまだ》幼クオワシマセバ、善悪ノ政ヲ行《おこなひ》給ワズ。何ノ御罪ニ依テカ、百王鎮護ノ御誓ニ漏サセ給ベキ。今カ、ル御事ニ成セ給ヌル事、併《しかしなが》ラ我等ガ累葉一門、万人ヲ軽シメ、朝家ヲ忽緒《こつしよ》シ奉《たてまつり》、雅意《がい》ニ任《まかせ》テ自《みづから》昇進ニ驕《おごり》シ故也。願《ねがは》クハ今生《こんじやう》世俗ノ垂迹《すいじやく》、三摩耶ノ神明達、賞罰新《あらた》ニオワシマサバ、設今世《たとひこんぜ》ニハ此誡《このいましめ》ニ沈ムトモ、来世ニハ大日遍照弥陀如来、大悲方便廻《だいひのはうべんをめぐら》シテ、必ズ引接《いんぜふ》シ玉ヘ。

二位殿は、「今はこれまで」とお思いになったので、練絹の袴の股立ちを高く帯に挟んで、先帝を背負い申し上げ、帯で自分の御体に結い合わせ申し上げ、宝剣を腰に差し、神璽を脇に挟んで、鈍色の二衣を頭から被って、今は最後となる船べりに立たれた。

先帝は、今年は八つにおなりになったが、折しもその日は山鳩色の御衣《ぎょい》をお召しになっていらっしゃったので、海の上を照らしているようにお見えになった。御年のほどよりも大人びていらっしゃって、ご容貌も美しく、（御髪が）黒くゆらゆらとして御肩を過ぎて、御背中にふさふさとかかっていらっしゃる。二位殿がこのように（三種の神器を持つなど）準備なさって、船べりにお立ちになっていたので、先帝は驚きとまどったご様子で、「これはどこへ行こうとするのだ」との仰せがあった。そこで、「あなたさまはご存じではありませんか、煩悩にまみれたこの世はつらいところで、荒々しい東国の武士どもが御船に矢を射申し上げておりますときに、極楽と言って、ほんとうにすばらしいところにお連れ申し上げましょうよ」と言って、都のほうを伏し拝みなさって、祈願なさることこそ哀れである。「南無帰命頂礼《なむきみょうちょうらい》（仏に祈るときに唱える語）、天照大神《あまてらすおおみかみ》、正《しょう》八幡宮の神よ、たしかにお聞きください。我が君は前世に十善の戒行の限りをお尽くしになったので、我が国の主としてお生まれになりま今ゾシルミモスソ川ノ流《ながれ》ニハ浪ノ下ニモ都アリトハ」
ト詠ジ給テ、最後ノ十念唱《となへ》ツヽ、波ノ底ヘゾ被《いら》レ入《れ》ニケル。

本文『校訂延慶本平家物語㈩』高山利弘他編（二〇〇九、汲古書院）／底本　大東急記念文庫蔵応永書写本

したが、まだ幼くていらっしゃるので、善政も悪政もおこなってはいらっしゃいません。何の御罪によって、百王鎮護の御誓い（伊勢大神宮や八幡神が永遠に代々の天子を守護し、国家を鎮護するという誓願）にお漏れになったのでしょうか。今、このような御事におなりになったことは、ことごとく我らが一門一族が万人を軽んじ、天皇家をないがしろにし申し上げ、自分勝手な考えにまかせて自ら昇進に驕ったゆえです。願わくば、今生《こんじよう》世俗に垂迹《すいじやく》された神々、三摩耶《さんまや》の神明たち（仏と衆生とは平等一如であるという義のもとにある神たち）よ、賞罰があらたかにおありになるのであれば、たとえ今世はこの戒めによって沈むとしても、来世には大日遍照阿弥陀如来が大悲《だいひ》の方便《ほうべん》を巡らして、必ず極楽に引き入れてください。

今になってよくわかりました。伊勢の内宮を流れている五十鈴《いすず》川の流れをくむ帝（天皇は皇祖神天照大神の子孫と信じられていたことによる言い方）にとっては、海の波の下にも都があるということを。

とお詠みになって、最後の十念を唱《とな》えながら、波の底へお入りになったのだった。

4 『源平盛衰記《げんぺいじょうすいき》』巻第四十三（抄出）

二位殿今ハ限リト見ハテ給ヒニケレバ、練《ネリ》色ノ二ッ衣ヌ引キ纏《マトヒ》、白ロ袴ノソバ高ク挟《ハサミ》テ、先帝ヲ奉リレ懐《いだ》キ、帯ニテ我ガ身ニ結スヒ合セ進ラセ、宝剣ヲ腰シニサシ、神璽《シ》ヲ脇キニ挟《ハサミ》テ舷《フナバタ》ニ臨ミ給。先帝ハ八《やつ》ニゾ成ラセ給ケル。御年ノ程ヨリハネビト、ノホラセ給テ、御形チアテニウツクシ、御髪《グシ》黒クフサヤカニシテ御背《セナカ》ニ懸給ヘル御貌チ、無クレ類クヒゾ見エサセ給ケル。御心迷ヒタル御気色《みけしき》ニテ、「コハイドコヘ行クベキゾ」ト被レレ仰セケルコソ悲シケレ。二位殿ハ、「兵《つはもの》共ガ御舟ニ矢ヲ進ラセ候ヘバ、別ノ御船ヘ行幸ナシ進ラセ候」トテ、

今ゾシル御裳濯河《みもすそがは》ノ流ニハ浪ノ下ニモ都アリトハ

ト宣ヒモハテズ海ニ入給ケレバ、八条殿ノ同クツヾキテ入リ給ニケリ。国母《モ》建礼門院ヲ始メ奉テ、先帝ノ御乳母帥《めのとそち》ノ典侍《すけ》、大納言典侍《スケ》已下ノ女房達、船ノ艫舳《トモヘ》ニ臥シマロビ、声ヲ調《トヽノヘ》テ叫ビ給モ夥《ヲビタヽ》シ。軍サ喚《ヲメキ》ニゾ似タリケリ。浮キモヤ上ラセ給ト、暫バシハ見奉リケレ共、二位殿ノモ八条殿ノモ深ク沈ミテ不二見給ハ一。

本文 『源平盛衰記 第六冊』渥美かをる解説（一九七八、勉誠社）／底本 国立公文書館蔵慶長古活字本

二位殿は、今はもうこれまでと、最後まで（戦況を）見届けなさったので、練色《ねり》（薄く黄ばんだ色で、出家者や年配者が着る色）の二衣を頭から引き被り、白い袴のももだちをつまみ上げて帯に挟み、先帝（安徳天皇）をお抱き申し上げ、帯で自分の体に結び合わせ申し上げ、宝剣を腰に差し、神璽を脇に挟んで、船の先端にお立ちになる。先帝は八歳におなりになっている。御年のほどよりは大人びてしっかりなさっていて、ととのった顔立ちをなさって、御すがたは上品で優美、御髪は黒くふさふさとして御背中にかかっているそのご容貌は、比べるものがないほどにお見受けする。御心が迷っていらっしゃるご様子で、「これはどこへ行くのだ」とおっしゃるのは悲しいことである。二位殿は、「兵士達が御船に矢を射掛け参らせているので、別の御船に行幸をするようにし申し上げましょう」と言って、

今になってよくわかりました。伊勢内宮の五十鈴川の流れを汲む帝にとっては、この海の波の下にも都があるということを。

とおっしゃるのも果てないうちに海にお入りになったので、八条殿も同じく続けてお入りになった。国母建礼門院をはじめ、先帝の御乳母帥典侍《めのとそちのすけ》（平時忠の妻）、大納言典侍（平重衡の妻）以下の女房たちは、船の艫《とも》・舳《へ》に臥しまろび、転げながら声をそろえてお叫びになるのも夥《おびただ》しい。まるで戦いで叫んでいるようであった。浮かび上がっていらっしゃるのではないかと、しばらくは見申し上げているけれども、二位殿も八条殿も深く沈んでお見えにならない。

解説

1 『平家物語』とは？

「祇園精舎の鐘の声、諸行無常の響きあり」（→参考資料1）という語り出しで有名な『平家物語』は、いわゆる治承《じしょう》・寿永《じゅえい》の内乱（一一八〇〜八五）を中心に、平清盛を頂点とする平氏一門の栄華と滅亡を歴史の必然として描いたものです。承久《じょうきゅう》の乱（一二二一年）以後に成立したと考えられています。

物語全編は、因果応報・盛者必衰《じょうしゃひっすい》の仏教思想に貫かれ、さらに無常観、末法思想、王権、運命、鎮魂など、さまざまな考えや思想に彩られています。また内容は、前半では長承《ちょうしょう》元年〈一一三二〉の平清盛の父忠盛《ただもり》昇殿に始まり、清盛ら平氏一門が権勢をほしいままにし栄華を極めていくさま、後白河法皇周辺の人々による平家打倒の陰謀とその失敗、清盛息の重盛の死、以仁《もちひと》王と源頼政の挙兵と敗死、福原遷都、源頼朝・義仲の挙兵、南都炎上、高倉上皇と清盛の死までが描かれ、後半では、平家の都落ち、一ノ谷・屋島・壇ノ浦の戦いとその関連話、また平家滅亡と後日譚が、登場人物の行動や心情を中心に描かれています。

『徒然草』に、作者は信濃前司《しなののぜんじ》行長《ゆきなが》という後鳥羽院の時代の人物で、琵琶法師の生仏《しょうぶつ》に語らせたとあります（二百二十六段）。ただし、その説はにわかには信じがたく、他の史料には違う人名が複数作者として見えており、結局作者はわかっていません。もっとも、誰が作者かという考え方が、この物語にはそもそもふさわしくないとも言えるでしょう。実は、『平家物語』には、一つの作品とは思えないほど諸本によって本文に大きな異同があり、巻数や表記、文体までもがまちまちで、そのそれぞれにさまざまに関与したと思われる氏族や人物の名が浮かんでくるのです。そしてそれは、『平家物語』が、物語世界の大枠は変えられることなく、この物語を語り、聞き、読み、書いたさまざまな立場の人の意志や願望、思惑、祈りなどによって、地域を限らず、時代を越え、何次にもわたり意図的に「改作」されていったことを示すと考えられるのです。

2 『平家物語』の諸本

『平家物語』というと、一般的には①に挙げた、覚一本《かくいちぼん》の本文を指しています。高校の教科書に載っているのも、この本文です。覚一本は、『平家物語』の諸本のうち、琵琶法師が「平曲《へいきょく》」として語った台本、およびそれに近い形態を持つ語り本系諸本の、さらに一方《いちかた》系に分類されます。南北朝期に活躍した琵琶法師である覚一検校《けんぎょう》によって正本《しょうほん》として制定されたものです。十二巻仕立てで、さらに、高倉天皇の后《きさき》、安徳天皇生母の建礼門院徳子の往生までの後日譚が語られる灌頂巻《かんじょうのまき》が特立されています。

同じ語り本系でも、八坂《やさか》系に分類される諸本には灌頂巻がなく、平維盛《これもり》嫡男の六代《ろくだい》の処刑を描き平家の子孫が断絶したという結末で終わります（なお、「一方」「八坂」は琵琶法師の流派です）。②の屋代本《やしろぼん》はこの系統です。語り本系には、他に、百二十句本、中院本などがあります。これらの語り本は、かつてはほとんどが平曲の台本と考えられ、その諸本の違いは「語り」による変化流動と考えられていましたが、現在では否定的な意見が多数を占めています。

いっぽう、語り本系諸本を除く諸本群は、読み本系と称されています。④に挙げた、四十八巻と最も長い本文を持つ『源平盛衰記』、擬似的な漢文体で記す四部合戦状《しぶかっせんじょう》本、③に挙げた、現存諸本のうち最も古い奥書を持つ十二巻仕立ての延慶本《えんぎょうぼん》、延慶本と近い本文を持つ二十巻形態の長門《ながと》本、一部分しか残っていない『源平闘諍録《とうじょう》』などが知られています。これらは、源頼朝の挙兵をはじめ東国側の情報や視点が入った記事を多く持つ点、記事量の豊富な諸本が多いのが総体的な特色です。例えば、頼朝挙兵の記事は、語り本系の覚一本では挙兵の様子が早馬《はやうま》でもたらされた報のみであるのに対し、読み本系の延慶本では早馬の報が書かれた後、頼朝の伊豆での流人生活、将軍たるべき器の人物であることを示す夢など関東の記事が多彩に語られ（↓参考資料2・3）、その後石橋山合戦の様子も語られていきます。

近年の『平家物語』研究においては、古態を多く留めていると考えられる延慶本と他の諸本との関係や距離を探ることが主流となっていますが、延慶本自体にも、多くの流動・変遷を経て行き着いた覚一本や『源平盛衰記』の本文に近い後補部分があるなど、諸本の関係をめぐっては、なお多くの問題が残されています。

なお、諸本のなかで覚一本が代表的な本文となった背景には、覚一本が古くから琵琶語りの正本と見なされていたこと、物語に首尾一貫した文学的完成度の高さが見えること、語りを思わせる洗練された詞章で書かれていることなど、そのテキストとしての到達度が高く評価されてきたことがあります。ただ、それは覚一本が必ずしも諸本において優位であることを意味しているわけではないのです。

3　それぞれの『平家物語』

本文では、同じ安徳帝（先帝）の入水場面を、いくつかの代表的な諸本の本文で列挙しました。確かに、安徳帝が祖母である清盛妻の二位尼に抱かれ千尋《ちひろ》の海の底へ沈んでいった、という点では一致していますが、その入水にいたるまでの二位尼の言動・安徳帝の様子に違いがあることがわかると思います。①の覚一本では、二位尼に抱かれ驚き戸惑う安徳帝に、尼は帝運の尽きたことを諭し、極楽浄土にお連れすると言って、皇祖神である伊勢大神宮に暇乞《いとまご》いをさせ、西方浄土に向かって安徳帝が念仏を唱える間に「浪の下にも都のさぶらふぞ」と慰めつつ入水します。覚一本では、安徳帝を最期まで先帝と呼ばずに「主上」と呼び、三種の神器も持つ正統の、本来都におわすべき真の帝が幼くして運命に翻弄され、それをわからぬまま受け入れるさまが感動的に描かれるのです。同じ語り本系でも②の屋代本では、安徳帝がどちらへと尋ねる言葉も終わらぬうちに、尼は西方浄土へと一言述べて入水しています。屋代本では、追い詰められて入水する、その場の緊迫感が伝わるような簡潔な描かれ方です。読み本系③④の描写の特徴については、みなさんで考えてみましょう（⇨P8課題五）。本文にあげた安徳帝の入水場面の、各諸本における差異は一見小さいようですが、これらがなぜ違う語り方をするのかは、単に表現の差にとどまらず、それぞれの本が何を描こうとしているのかに関わってくる問題なのです。

参考資料

1　覚一本『平家物語』巻第一　祇園精舎（抄出）

祇園精舎の鐘の声、諸行無常《しよぎやうむじやう》の響《ひびき》あり。娑羅双樹《しやらさうじゆ》の花の色、盛者《じやうしや》必衰《ひつすい》の理《ことわり》をあらはす。おごれる人も久しからず、唯《ただ》春の夜《よ》の夢のごとし。たけき者も遂《つひ》にはほろびぬ、偏《ひとへ》に風の前の塵《ちり》に同じ。遠く異朝をとぶらへば、秦《しん》の趙高《てうかう》、漢《かん》の王莽《わうまう》、梁《りやう》の周伊《しうい》、唐《たう》の禄山《ろくさん》、是等《これら》は皆旧主先皇《きうしゆせんくわう》の政《まつりごと》にもしたがはず、楽しみをきはめ、諫《いさめ》をも思ひいれず、天下《てんか》の乱れむ事をさとらずして、民間の愁《うれ》ふる所を知らざッしかば、久しからずして、亡《ばう》じにし者どもなり。近く本朝をうかがふに、承《しよう》平《へい》の将門《まさかど》、天慶《てんきやう》の純友《すみとも》、康和《かうわ》の義親《ぎしん》、平治《へいぢ》の信頼《のぶより》、此等《これら》はおごれる心もたけき事も、皆とり〴〵にこそありしかども、まぢかくは六波羅《ろくはら》の入道前太政大臣平朝臣清盛公《にふだうさきのだいじやうだいじんたひらのあつそんきよもりこう》と申しし人の有様《ありさま》、伝へ承るこそ、心も詞《ことば》も及ばれね。

本文『新編日本古典文学全集45　平家物語①』市古貞次校注・訳（一九九四・小学館）

2　覚一本『平家物語』巻第五　早馬（抄出）

同《おなじき》九月二日《ふつかのひ》、相模国《さがみのくに》の住人、大庭三郎景親《おほばのさぶらうかげちか》、福原へ早馬《はやうま》をもッて申しけるは、「去《さんぬる》八月十七日、伊豆国流人右兵衛佐頼朝《いづのくにのるにんうひやうゑのすけよりとも》、しうと北条四郎時政《ほうでうのしらうときまさ》をつかはして、伊豆の目代《もくだい》、和泉判官兼高《いづみのほうぐわんかねたか》を、やまきが館《たち》で夜《よ》うちにうち候ひぬ。其後《そののち》土肥《とひ》、土屋《つちや》、岡崎《をかざき》をはじめとして三百余騎、石橋山《いしばしやま》に立籠《たてごも》ッて候《さうらふ》ところに、景親、御方《みかた》に心ざしを存ずる者ども、一千余騎を引率《いんぞつ》して、おし寄せせめ候程に、兵衛佐七八騎にうちなされ、大童《おほわらは》にたたかひなッて、土肥の椙山《すぎやま》へにげこもり候ひぬ。其後畠山《はたけやま》五百余騎で御方を仕る。三浦大介義明《みうらのおほすけよしあきら》が子共《こども》、三百余騎で源氏方《げんじがた》をして、湯井《ゆゐ》、小坪《こつぼ》の浦でたたかふに、畠山《はたけやま》いくさにまけて、武蔵国《むさしのくに》へひきしりぞく。その後畠山が一族、河越《かはごえ》、稲毛《いなげ》、小《を》山田《やまだ》、江戸《えど》、笠井《かさゐ》、惣じて其外七党《そのほかななたう》の兵《つはもの》ども、三千余騎を相具《あひぐ》して、三浦衣笠《みうらきぬがさ》の城《じやう》におし寄せてせめたたかふ。大介義明うたれ候ひぬ。子共はくり浜《ばま》の浦より舟に乗り、安房上総《あはかづさ》へわたり候ひぬ」とこそ申したれ。

平家の人々、都うつりもはや興《きよう》さめぬ。わかき公卿殿上人《くぎやうてんじやうびと》は、「あはれ、とく事《こと》のいでこよかし。打手《うつて》にむかはう」なンどいふぞはかなき。畠山の庄司重能《しやうじしげよし》、小山田の別当有重《べつたうありしげ》、宇都宮左衛門朝綱《うつのみやさゑもんともつな》、大《おほ》番役《ばんやく》にてをりふし在京したりけり。畠山申しけるは、「僻事《ひがこと》にてぞ候らん。したしうなッて候なれば、北条は知り候はず、自余《じよ》の輩《ともがら》は、よも朝敵《てうてき》が方人《かたうど》をば仕り候はじ。いまきこしめしなほさんずる物を」と申しければ、「げにも」といふ人もあり、「いや〳〵只今天下《てんか》の大事に及びなんず」と、ささやく者もおほかりけり。入道相国《にふだうしやうこく》いかられける様《やう》なのめならず。「頼朝《よりとも》をばすでに死罪《しざい》におこなはるべかりしを、故池殿《こいけどの》のあながちになげき宣《のたま》ひしあひだ、流罪《るざい》に申しなだめたり。しかるに其恩《そのおん》忘れて、当家《たうけ》にむかッて弓をひくにこそあんなれ。神明三《しんめいさん》宝《ばう》も、いかでかゆるさせ給ふべき。只今天《てん》の責《せめ》かうむらんずる頼朝なり」とぞ宣ひける。

本文『新編日本古典文学全集45　平家物語①』市古貞次校注・訳（一九九四・小学館）

3　延慶本『平家物語』巻第二中　三十五〜三十八

九月二日、東国ヨリ早馬着テ申ケルハ、「伊豆国流人、前兵衛佐《さきのひやうゑのすけ》源頼朝、一院ノ院宣 幷《ならびに》 高倉宮令旨アリトテ、忽《たちまち》ニ謀叛ヲ企テ、去《さんぬる》八月十七日夜、同国住人和泉判官兼隆ガ屋牧ノ館ヘ押寄テ、兼隆ヲ討《うち》、館ニ火ヲ懸テ焼払フ。伊豆国住人北条四郎時政、土肥次郎実平ヲ先トシ、一類、伊豆、相模両国ノ住人等同心与力シテ、三百余騎ノ兵ヲ卒シテ、石橋ト云所ニ立籠《たてごも》ル。依《これによりて》㆑之相模国住人大庭三郎景親ヲ大将軍トシテ、大山田三郎重成、糟尾権守盛久、渋谷庄司重国、足利大郎景行、山内三郎経俊、海老名源八季宗等、惣《そうじ》テ平家ニ志アル者三千余人、同廿三日、石橋ト云所ニテ数剋合戦シテ、頼朝散々ニ被㆓打落㆒テ、纔《わづか》ニ六七騎ニ成テ、兵衛佐ハ大童《おほわらは》ニ成テ杉山ヘ入リヌ。三浦介義澄、和田小太郎義盛等、三百余騎ニテ頼朝ノ方ヘ参リケルガ、兵衛佐落ヌト聞テ、丸子河ト云所ヨリ引退ケルヲ、畠山次郎重忠五百余騎ニテ追懸ル程ニ、同廿四日、相模国鎌倉湯井ノ小壺ト云所ニテ合戦シテ、重忠散々ニ被㆓打落㆒ヌ」ト申ケリ。「後日ニ聞エケルハ、同廿六日、河越太郎重頼、中山次郎重実、江戸太郎重長等、数千騎ヲ卒シテ、三浦ヘ寄タリケリ。上総権守広常ハ兵衛佐ニ与《くみ》シテ、且舎弟金田小大夫頼常ヲ先立《さきだて》タリケルガ、渡海ニ遅々シテ石橋ニハ行《ゆき》アハズ。義澄等籠《こもり》タル三浦衣笠ノ柵ニ加《くはは》リケリ。重頼等押寄《おしよせ》、矢《や》合計《あはせばかり》ハシタリケレドモ、義澄等ツヨク合戦ヲセズシテ落ニケリ」ト申ケレバ、平家ノ人々ハ是ヲ聞給テ、若キ人ハ興ニ入テ、「頼朝カ、出来《いでこ》ヨカシ。哀レ、討手ニ向ハバヤ」ナド云ヘドモ、少モ物ノ心ヲ弁《わきまへ》タル人々ハ、「アハ、大事出来《いでき》ヌ」トテサハギアヘリ。（中略）

前兵衛佐頼朝ハ、去《さんぬる》永暦元年、義朝ガ縁坐ニ依テ、伊豆国ヘ被㆓流罪㆒タリケルガ、武蔵、相模、伊豆、駿河ノ武士共、多《おほく》ハ頼朝ガ父祖重恩ノ輩也。其好《そのよし》ミ忽《たちまち》ニ可㆑忘ナラネバ、当時平家ノ恩顧ノ者ノ外、頼朝ニ心ヲカヨハシテ、軍《いくさ》ヲ発《おこ》サバ命ヲ可㆑棄之由シメス者、其《その》数有ケレバ、頼朝モ又心ニ深ク思キザス事有テ、世ノアリサマヲ伺ヒテゾ年月ヲ送ケル。（中略）

或夜ノ夢ニ藤九郎盛長《もりなが》ミケルハ、兵衛佐、足柄ノ矢倉ノ館ニ尻ヲ懸テ、左ノ足ニテハ外《ソト》ノ浜ヲフミ、右足ニテハ鬼海《きかい》ガ島ヲフミ、左右ノ脇ヨリ日月出テ光ヲ並ブ。伊法々師、金《こがね》ノ瓶子ヲイダキテ進出《すすみい》ヅ。盛綱、銀《しろかね》ノ折敷《をしき》ニ金《こがね》ノ盃ヲ居《すゑ》テ進ミ寄ル。盛長、銚子ヲ取テ酒ヲウケテ勧メレバ、兵衛佐、三度飲ト見テ夢覚《さめ》ニケリ。盛長、此夢ノ次第ヲ兵衛佐ニ語ケルニ、景能申ケルハ、「最上《さいじやうの》吉夢也。征夷将軍トシテ天下ヲ治メ給ベシ。日ハ主上、月ハ上皇トコソ伝ヘ承ハレ。今左右ノ御脇ヨリ光ヲ並べ給《たまふ》ハ、是レ国主尚将軍ノ勢ニツ、マレ給ベシ。東ハソトノ浜、西ハ鬼海島マデ帰伏シ奉ベシ。酒ハ是レ一旦ノ酔ヲ勧メテ、終ニ醒メテ本心ニ成ル。近《ちかく》ハ三月、遠ハ三年間ニ、酔ノ御心サメテ、此夢ノ告一《ひとつ》トシテ相違《あひたが》フ事不㆑可㆑有」トゾ申ケル。

本文『校訂延慶本平家物語(4)』櫻井陽子編（二〇〇二、汲古書院）

SECTION 1

5

芭蕉の推敲の跡をたどる

『おくのほそ道』

元禄二年〈一六八九〉三月二十七日、四十六歳の松尾芭蕉は深川の草庵を離れ、門人の河合曾良《そら》と共に東北・北陸地方への行脚に出立します。五百年前の西行《さいぎょう》を慕って各地の歌枕を尋ね歩くこの旅は、行程にして六百里（約二、三五〇㎞）、約五か月にわたる長大なものでした。出発からおよそ一か月半経った五月十三日、芭蕉一行が訪れたのは、かつて奥州藤原氏が繁栄を極め、かの源義経が戦死した平泉の地。あまりにも有名なこの章段で、紀行文『おくのほそ道』は前半のクライマックスを迎えます。

三代の栄耀《ええう》一睡《いっすい》の中《うち》にして、大門の跡は一里こなたに有《あり》。秀衡《ひでひら》が跡は田野《でんや》に成《なり》て、金鶏山《きんけいざん》のみ形を残す。先高館《まづたかだち》にのぼれば、北上川南部より

【通釈】

奥州藤原氏三代（清衡《きよひら》・基衡《もとひら》・秀衡《ひでひら》）の栄華も、中国邯鄲《かんたん》で盧生《ろせい》が粟《あわ》の一炊《いっすい》のうちに見たという夢のようにはかないも

流る、大河《たいが》也。衣川《ころもがは》は和泉《いづみ》が城《じやう》をめぐりて、高館の下にて大河に落入《おちいる》。泰衡《やすひら》等が旧跡は、衣《ころも》が関《せき》を隔《へだて》て、南部口《なんぶぐち》をさし堅め、夷《えぞ》をふせぐとみえたり。偖《さて》も義臣すぐつて此城《このしろ》にこもり、功名一時《こうみやういちじ》の叢《くさむら》となる。「国破れて山河《さんが》あり、城《しろ》春にして草青《くさあを》みたり」と、笠打敷《うちしき》て、時のうつるまで泪《なみだ》を落し侍りぬ。

　夏草や兵《つはもの》どもが夢の跡

　卯《う》の花《はな》に兼房《かねふさ》みゆる白毛《しらが》かな　曾良

兼《かね》て耳驚《おどろか》したる二堂開帳す。経堂《きやうだう》は三将の像をのこし、光堂《ひかりだう》は三代の棺《ひつぎ》を納め、三尊《さんぞん》の仏を安置《あんち》す。七宝散《しちほうちり》うせて、珠《たま》の扉《とぼそ》風にやぶれ、金《こがね》の柱霜雪《さうせつ》に朽《くち》て、既頽廃空虚《すでにたいはいくうきよ》の叢《くさむら》と成《なる》べきを、四面新《あらた》に囲《かこみ》て、甍《いらか》を覆《おほひ》て風雨を凌《しのぐ》。暫時千歳《しばらくせんざい》の記念《かたみ》とはなれり。

　五月雨《さみだれ》の降《ふり》のこしてや光堂

本文『芭蕉　おくのほそ道』岩波文庫、萩原恭男校註（一九七九、岩波書店）

ので、かつての平泉館《ひらいずみのたち》の大門跡は一里（約三・九㎞）手前にある。秀衡の邸宅跡は田野になって、彼が築かせた金鶏山だけが昔の姿をとどめている。まず、義経の居宅跡の高館《たかだち》にのぼったが、眼前には北上川が見えた。これは盛岡を中心とした南部《なんぶ》氏の領から流れてくる大河である。この支流の衣川は、和泉三郎忠衡《いずみのさぶろうただひら》（秀衡の三男）の城のまわりを巡って、高館の下で大河に合流する。泰衡《やすひら》（秀衡の次男）らの旧跡は、衣《ころも》が関《せき》を隔てた向こう側にあって、南部領への出入り口を堅く守り、蝦夷《えぞ》の侵入を防いでいたとみえる。それにしても、義経のよりすぐりの忠臣たちがこの高館の城に籠もって奮戦したが、彼らの功名も一時のものと終り、今はただの草むらとなってしまった。「国破れて山河あり　城春にして草青みたり（国は安禄山《あんろくざん》の乱で荒廃したが山と河は昔と変わらず、長安の都にはいつもと同じように春が訪れて草が青みを帯びている）」という、「春望《しゅんぼう》」の詩の一節が思い起こされ、笠を敷いて腰をおろし、時がうつろいゆくまで涙を落とした。

　かつて勇士たちが功名を夢見て戦ったその跡には、今や、はかなくも夏草ばかりが生い茂っている

　白い卯《う》の花を眺めていると、義経を守るため白髪を振り乱して奮戦した十郎権頭兼房《ごんのかみかねふさ》が偲ばれることよ

　かねてから話に聞くだけでも驚嘆していた中尊寺の二つのお堂が開帳していた。経堂《きょうどう》には清衡・基衡・秀衡の三将の像が残され、光堂《ひかりどう》にはこの三代の棺《ひつぎ》を納めて阿弥陀如来《あみだにょらい》・観音《かんのん》菩薩《ぼさつ》・勢至《せいし》菩薩の三尊の仏が安置されている。装飾の七宝は

散り失せ、珠玉の扉は風に煽《あお》られ、金色に輝く柱も霜や雪のために朽ちて、もう少しで廃墟の草むらになってしまいそうな光堂であったが、四方を新たに囲み、屋根で覆った鞘《さや》堂が鎌倉時代に造られ、今は風雨を凌いでいる。これでしばらくの間は、悠久の時の記念となった。

　光堂が今もこうして残っているのは、腐食を進ませる毎年の五月雨《さみだれ》がこの場所だけ降らなかったからであろうか

解説

1 芭蕉と旅

芭蕉は寛永《かんえい》二十一年〈一六四四〉、今の三重県の伊賀上野で生れました。芭蕉忍者説などというものもあるように忍者でよく知られた土地ですね。芭蕉はこの地を治める藤堂《とうどう》家の嫡男、良忠《よしただ》に仕えて、北村季吟《きぎん》の教えの下、貞門《ていもん》の俳諧を学びます。三十二歳の頃、江戸へ出て西山宗因《にしやまそういん》ら談林の俳人と交流し、宗匠《そうしょう》という指導的立場にもなりますが、延宝《えんぽう》八年〈一六八〇〉、深川に居を構えてからは独自の俳風を模索し始めます。当初は中国の思想書『荘子《そうじ》』に影響を受け漢詩文調の技巧的な句を詠んでいた芭蕉ですが、貞享《じょうきょう》元年〈一六八四〉の『野ざらし紀行』以降、『鹿島詣《かしまもうで》』『笈《おい》の小文《こぶみ》』『更科《さらしな》紀行』と続く旅で各地の歌枕に実際に訪れ、これまで観念的に捉えていた自然の中に美を見出し、旅の詩人の先輩である西行をはじめ古人の想いに自らを同化することができました。こうして芭蕉は和歌にも匹敵する閑寂《かんじゃく》な詩情を俳諧に求めていくようになります。

そして『おくのほそ道』の旅。芭蕉は万物に「不易流行《ふえきりゅうこう》」、つまり、永遠不変なものと移り変わるものとがあることに気づきます（→参考資料2・⇨P10課題三）。普遍的真理の追究のために表現の上で常に新しみを求める…。こうした考えは身近な題材を平易な言葉で率直に詠む「軽み」の俳風へとつながり、晩年の撰集『猿蓑《さるみの》』や『炭俵《すみだわら》』に結実します。芭蕉の高い芸術性は旅を通じて磨き上げられたのです。

2 虚構としての『おくのほそ道』

さて、『おくのほそ道』というと、旅の事実を記録したもののように思っている方もいるかもしれませんが、実はそうではありません。昭和十八年〈一九四三〉、随行者の曾良《そら》が旅の実際の行程を書き留めた『曾良旅日記』と称される資料が紹介され、『ほそ道』の本文に虚構が含まれていることが明らかになりました（→参考資料3・⇨P10課題四）。一例を挙げましょう。旅の初日（三月二十七日）の宿泊は、『ほそ道』では「漸《やうやう》草加と云宿《いふしゅく》にたどり着《つき》けり」とあるように、千住《せんじゅ》に次ぐ日光街道（宇都宮まで奥州街道と共通）の二番目の宿場、草加となっていますが、実際は『旅日記』に「廿七日夜、カスカベニ泊ル」とあるように、草加、越ヶ谷《こしがや》を通り越して粕壁《かすかべ》（現、埼玉県春日部市）でした。人々との別れを惜しみ「行道《ゆくみち》なをすゝまず」としている芭蕉ですが、実は足取りはそれなりに捗《はかど》っていたのです。

元禄二年〈一六八九〉の秋、現在の岐阜県大垣《おおがき》でこの旅は結ばれますが、その後芭蕉が本作を書き上げたのは元禄六年のことと考えられています。この間、約四年。芭蕉は推敲を重ね、あくまでも一つの文学作品としてこの紀行文を執筆したのです。

3 『おくのほそ道』の諸本

このように虚構も交えて綴られた『おくのほそ道』の完成稿となるのが、本文の底本とした西村本と呼ばれる本です。芭蕉はこの紀行文を故郷伊賀上野の兄半左衛門《はんざえもん》に贈るため、能書家の柏木素龍《そりゅう》に清書を依頼します。その清書本が成ったのが芭蕉の没年でもある元禄七年の四月のこと、表紙には芭蕉自筆で「おくのほそ道」の書名が記された題簽《だいせん》（タイトルを書いた紙片）が付されました。芭蕉はこれを携え江戸を出立、故郷をはじめ京や大津などに滞在の後、十月十二日、大坂で没します。この本は遺言で門人の向井去来《きょらい》に譲られ、その後幾人かの所蔵を経て、現在、福井県敦賀《つるが》市の西村家に伝わっています。以上の経緯から、この本のことを西村本、あるいは素龍清書本、芭蕉翁所持本などと称します。ちなみに、本作を「奥の細道」の表記で覚えている方が多いと思いますが、学術書などに見られる「おくのほそ道」の書名表記は西村本の題簽の記載に基づいたものです。

さて、この西村本を模写して、元禄十五年には京都の井筒屋《いづつや》庄兵《しょうべ》衛《え》という書肆《しょし》から版本《はんぽん》が刊行されます（元禄十一年刊行説もある）。この初版本には去来による跋文《ばつぶん》が付されていますが、そこには次のような一節があります。「又真蹟の書、門人野坡が許に有。草稿の書故、文章所々相違す」。真蹟、つまり芭蕉自筆の草稿本を門人の志太野坡《しだやば》が持っていたというのです。

平成八年〈一九九六〉十一月、この芭蕉自筆本と目されるものが発見されたとのニュースに世間は騒然となりました。所蔵者が大阪の古典籍商、中尾松泉堂であることから、この本は中尾本と呼ばれています。また、異論もありますが、同本が芭蕉自筆で間違いないとする立場からは芭蕉自筆本、あるいは先の去来の跋文に基づき野坡本とも称されます。自筆か否かの議論は措くとしても、加筆訂正の多く見られる中尾本が、『おくのほそ道』の初稿形態を伝えるものであることは概ね認められています（→参考資料4）。

この中尾本を写し（門人の利牛《りぎゅう》書写説がある）、芭蕉が添削の手を加えたと考えられている本が参考資料5の曾良本です。曾良が有していたものが、前掲『曾良旅日記』と共に甥《おい》の河西周徳《かさいしゅうとく》のもとに伝わり、現在は奈良県天理市の天理図書館綿屋《わたや》文庫の所蔵となっています。この曾良本における訂正を反映させる形で素龍が清書したのが、先に触れた西村本ということになります。なお、素龍が西村本とは別に曾良本を写した本（先後関係については諸説ある）として、兵庫県伊丹《いたみ》市の柿衛《かきもり》文庫に所蔵される柿衛本という本もあります。

4 芭蕉の推敲

これらの諸本を比較する（☞P10課題五）ことで、芭蕉がこの作品の文章をどのように練り上げていったのか、その形跡をたどることができます。例を挙げましょう。杜甫《とほ》の「春望《しゅんぼう》」の一節を踏まえた本文（西村本）の「草青みたり」という表現は、中尾本では「青〻たり」となっています。「〻」は繰り返しの記号で、つまり「青々《せいせい》たり」です。漢詩文によく見られる表現です。これが曾良本では「青ミたり」となりますが、「青」の字の右肩には朱筆で「草」の字が付け加えられました。こうして西村本の「草青みたり」の形になります。

また、中尾本では「五月雨や年〳〵降て五百たび」（五月雨が毎年同じように降って五百年も経ってしまった）と「蛍火の昼は消つゝ柱かな」（蛍の光が日中は掻き消されてしまう程まばゆい金堂の柱よ）の二句が詠まれていますが、曾良本での試行錯誤（☞P10課題六）を経て、西村本では両句のイメージを統合した「五月雨の降のこしてや光堂」の一句が載りました。我々が現在読む『おくのほそ道』の文章には、芭蕉の言葉への徹底したこだわりが隠されているのです。

参考資料

1　杜甫「春望」書き下し文

国破《くにやぶ》れて山河《さんが》在《あ》り
城《じよう》　春《はる》にして草木《そうもく》深《ふか》し
時《とき》に感《かん》じては花《はな》にも涙《なみだ》を濺《そそ》ぎ
別《わか》れを恨《うら》んでは鳥《とり》にも心《こころ》を驚《おどろ》かす
烽火《ほうか》　三月《さんがつ》に連《つら》なり
家書《かしよ》　万金《ばんきん》に抵《あた》る
白頭《はくとう》　掻《か》けば更《さら》に短《みじか》く
渾《すべ》て簪《しん》に勝《た》えざらんと欲《ほつ》す

本文『杜甫詩選』岩波文庫、黒川洋一編（一九九一、岩波書店）

2『おくのほそ道』「壺の碑」

壺　碑《つぼのいしぶみ》　市川村多賀城《いちかはむらたがじやう》に有《あり》。

つぼの石ぶみは、高サ六尺余、横三尺計《ばかり》歟《か》。苔を穿《うがち》て文字幽《かすか》也。四維国界之数理《しゆいこくかいのすうり》をしるす。（中略）聖武《しやうむ》皇帝の御時に当れり。むかしよりよみ置《おけ》る歌枕、おほく語伝《かたりつた》ふといへども、山崩《くづれ》川流《ながれ》て道あらたまり、石は埋《うづもれ》て土にかくれ、木は老《おい》て若木《わかき》にかはれば、時移り、代《よ》変《へん》じて、其跡《そのあと》たしかならぬ事のみを、爰《ここ》に至りて疑《うたがひ》なき千歳《せんざい》の記念《かたみ》、今眼前に古人の心を閲《けみ》す。行脚《あんぎや》の一徳、存命《ぞんめい》の悦《よろこ》び、羇旅《きりよ》の労をわすれて、泪《なみだ》も落《おつ》るばかり也。

本文『芭蕉　おくのほそ道』岩波文庫、萩原恭男校註（一九七九、岩波書店）

3『曾良旅日記』

一　十三日、天気明。巳《み》ノ尅ヨリ平泉へ趣。一リ、山ノ目。壱リ半、平泉（伊沢八幡壱リ余リ奥也）へ以上弐里半ト云ドモ弐リニ近シ。高館・衣川・衣ノ関・中尊寺・光堂（金色寺、別当案内）・泉城・さくら川・さくら山・秀平（衡）やしき等ヲ見ル。泉城ヨリ西霧山見ゆルト云ドモ見ヘズ。タツコクガ岩ヤへ不行《ゆかず》。三十町有由《あるよし》。月山・白山ヲ見ル。経堂ハ別当留主ニテ不開《あかず》。金雞山見ル。シミン（新御）堂、无量劫《むりやうこふ》院《ゐん》跡見、申《さる》ノ上尅帰ル。主《あるじ》、水風呂《すいふろ》（ママ）敷ヲシテ待。宿ス。

本文『奥の細道行脚』櫻井武次郎著（二〇〇六、岩波書店）

4　中尾本

兼て耳驚したる二堂開帳ス経堂は
三将の像を残し光堂は三代の棺を
納メ三躰《尊》の仏を安直ス七宝散うせて
玉の扉風に破れ金の柱霜雪に朽て
既頽廃空虚の草村となるへきを
四面新に囲て甍を覆て風雨を凌
暫時千歳の記念をは《と》なれり
　五月雨や年〳〵降て五百たひ
　蛍火の昼は消つゝ柱かな

本文『芭蕉自筆　奥の細道』上野洋三他編（一九九七、岩波書店）

5 曾良本

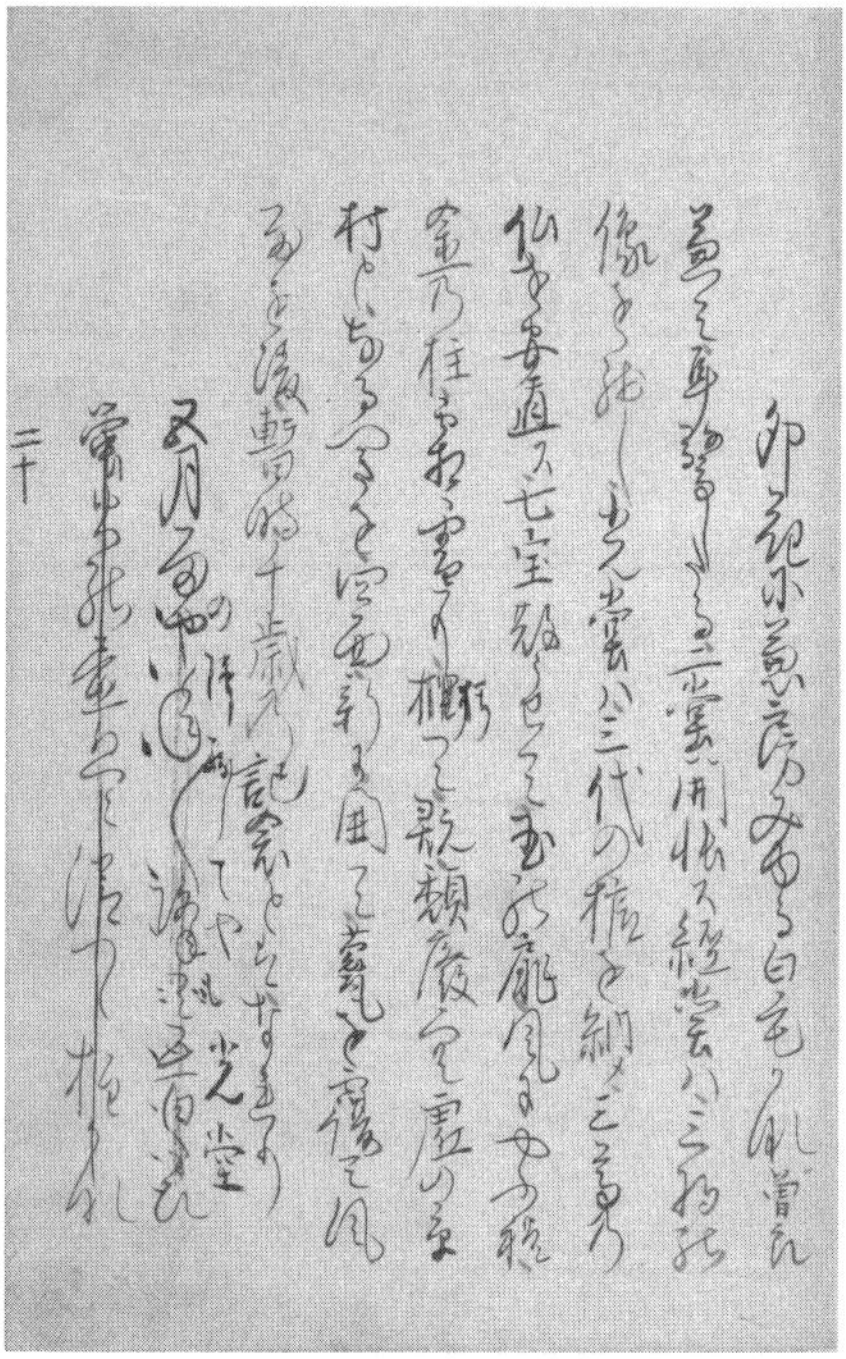

（天理大学附属天理図書館蔵）

兼て耳驚したる二堂開帳ス経堂は三将の
像を残し光堂は三代の棺を納メ三尊の
仏を安置ス七宝散うせて玉の扉風にやふれ
金の柱霜雪に擢《朽》て既頽廃空虚の草
村となるへきを四面新に囲て甍を覆て風
雨を凌暫時千歳の記念とはなれり
の降残してやも光堂
五月雨や年〳〵降て五百たひ
蛍火の昼は消つゝ柱かな

本文　『天理図書館善本叢書和書之部第十巻別冊　おくのほそ道　曽良本』天理図書館善本叢書和書之部編集委員会編（一九九四、八木書店）

SECTION 2

オリジナルとその変容

古典の作品一つ一つは、もちろんオリジナルのものとして自立しています。ですが、その発想やテーマ・人物造型・文章などあらゆる側面に、前代の作品に描かれたさまざまな要素を取り込むことで、作品としてできあがっているものでもあります。その点では、古典作品はつねに前代との関わりを意識し、何がどのようにその作品に取り込まれ、変容しているのかを見据えて読む必要があるのです。

ただ、ひとくちに変容と言っても、三輪山伝説のように、共通の発想基盤としての話型が作品の論理によって意図的に変容させられたもの、『雨月物語』のように、前代までに成立した有名な作品を翻案したりモチーフとして用いたりしながら、作者によってあらたな側面が創造されて変容したもの、「宇治の橋姫」のように、時代を越えてさまざまな話に取り上げられているうちに、そのモチーフの内包するイメージが変容していったものなど、いろいろなバリエーションがあります。『源氏物語』のように、近現代においても、新たな作品にその変容が描かれる場合もあります。

このセクションでは、各章の作品における「変容」の諸相を学びながら、取り上げられる作品とオリジナルとの関係を考えてみましょう。

SECTION 2

6

三輪山伝説をめぐって

『日本書紀』

『日本書紀』は七二〇年成立の漢文体による歴史書です。正史として成立直後から重視され、後代への影響も極めて大きいものです。ここでは、巻五・崇神天皇十年九月に見られる「三輪山伝説」を読んでみましょう。


　是《こ》の後に、倭迹迹日百襲姫命《やまとととひももそびめのみこと》、大物主神《おおものぬしのかみ》の妻《みめ》と為《な》る。然《しか》れども、其《そ》の神、常《つね》に昼は見えずして、夜《よる》のみ来《き》ます。倭迹迹姫命《やまとととびめのみこと》、夫《せ》に語りて曰《いは》く、

「君《きみ》、常に昼は見えたまはねば、分明《あきらか》に其の尊顔《みかほ》を視《み》たてまつること得《え》ず。願《ねが》はくは暫留《しましとど》まりたまへ。明旦《くるつあした》に仰《あふ》ぎて美麗《うるは》しき威儀《みすがた》を観《み》たてまつらむと欲《おも》ふ」

といふ。大神対《おほみかみこた》へて曰《のたま》はく、

【通釈】


　この後に、倭迹迹日百襲姫命《やまとととひももそびめのみこと》は大物主神《おおものぬしのかみ》の妻となった。ところが、その神はいつも昼は現れず夜だけ通って来られた。倭迹迹姫命は夫に語って、

「あなたは、いつも昼はお見えにならないので、はっきりとそのお顔を拝見することができません。どうかもうしばらく留まっていてください。明朝、謹んで美しい厳正なお姿を拝見いたしとうございます」

と言った。大神《おおみかみ》は答えて、

「言理灼然《ことわりいやちこ》なり。吾《われ》、明旦に汝《な》が櫛笥《くしげ》に入りて居《ゐ》む。願はくは吾《わ》が形《かたち》にな驚《おどろ》きそ」

とのたまふ。爰《ここ》に倭迹迹姫命、心の裏《うち》に密《ひそ》かに異《あや》しび、明《あ》くるを待ちて櫛笥を見れば、遂《つひ》に美麗しき小蛇《こをろち》有《あ》り。其の長さ大《ふと》さ衣《ころも》の紐《ひも》の如《ごと》し。則《すなは》ち驚きて叫啼《さけ》ぶ。時に大神、恥《は》ぢて忽《たちまち》に人の形《かたち》に化《な》り、其の妻に謂《かた》りて曰《のたま》はく、

「汝《なれ》、忍《しの》びずて吾《わ》に羞《はぢみ》せつ。吾《われ》、還《かへ》りて汝に羞せむ」

とのたまふ。仍《よ》りて大虚《おほぞら》を践《ふ》みて御諸山《みもろのやま》に登ります。爰《ここ》に倭迹迹姫命、仰ぎ見て悔《く》いて急居《つきう》。則ち箸《はし》に陰《ほと》を撞《つ》きて薨《かむさ》ります。乃《すなは》ち大市《おほいち》に葬《はぶ》る。故時人《かれときのひと》、其の墓を号《なづ》けて箸墓《はしのみはか》と謂《い》ふ。


本文『新編日本古典文学全集2　日本書紀①』小島憲之他校注・訳（一九九四、小学館）

「道理はもっともなことだ。私は、明朝お前の櫛笥《くしげ》に入っていよう。どうか私の姿に驚かないでくれ」

と言われた。そこで倭迹迹姫命は、心中ひそかに不思議に思い、夜が明けるのを待って櫛笥を見ると、美しい小蛇《こおろち》が入っていた。その長さ、太さは衣の紐《ひも》のようであった。とたんに倭迹迹姫命は驚き叫んだ。すると大神は恥辱を感じてたちまち人の姿に化身し、その妻に語って、

「お前は我慢できずに驚き叫んで、私に恥をかかせた。私も今度は逆にお前に恥をかかせよう」

と言われた。そして、天空を踏みとどろかして御諸山《みもろのやま》に登って行かれた。そこで倭迹迹姫命は、天空を去り行く神を仰ぎ見て後悔し、どすんとしりもちをついた。そして箸《はし》で陰部を突いて死んでしまわれた。そこで大市《おおいち》に葬った。それゆえ時の人は、その墓を名付けて箸墓《はしのみはか》と言った。

解説

1 三輪山《みわやま》伝説

日本文学には、別々の作品で似た筋《すじ》の話が出て来ることがあります。研究者は「話型《わけい》」という術語を用い、東国へ赴かされるヤマトタケルや、須磨をただよう光源氏など、高貴な人物が、不遇に地方を巡るような話型を「貴種流離譚《きしゅりゅうりたん》」と言ったりします。そういう古典文学の話型の一つに「三輪山伝説」があります。それは本文に提示したように、ある女性のもとに見知らぬ男性がやって来て、身ごもるが、男性の素性がわからない、ある日、男性を追跡すると、その男性は三輪山の神、大物主神《おおものぬしのかみ》であったというのが、基本的な型です。しかし、細部は異なることがままあります。ここでは、この三輪山伝説の古代における様相を学びましょう。ちなみに、三輪山は今の奈良県桜井市にあり、なだらかな美しい山容です（→参考資料1）。

2 『日本書紀』と『古事記』

三輪山伝説は『日本書紀』と『古事記』（→参考資料2）それぞれ崇神《すじん》天皇の代に確認されます。この二作品は、奈良時代に入って誕生しました。神の時代から天皇の時代への歴史を記しますが、異なる箇所は多々あります。簡略化して示すと次のようになります。

『日本書紀』七二〇年成立、舎人親王《とねりしんのう》等撰、漢文、全三十巻、神代から持統天皇代まで。

『古事記』七一二年成立、太安万侶《おおのやすまろ》録、日本語文、全三巻、神代から推古天皇代まで。

この二書は、文体と、取り扱う時期が特に大きな差異となります。現代では『古事記』の人気が高いですが、『日本書紀』は成立直後から、正史として重視され、日本文学史上、古典たる地位は『日本書紀』の方が圧倒的に高いものでした。同じプロットを両書で見比べると、往々にして『日本書紀』は筋の通った論理的な展開をするのに対し、『古事記』はやや場当たり的な、時に刺激的な展開が見られます。現在の人気と、過去の古典としての意味は必ずしも一致しません。

3 『日本書紀』の論理

今『日本書紀』を論理的としましたが、この三輪山伝説にもそれが窺《うかが》えます。相手の男性が蛇《おろち》、大物主神であることを知った倭迹迹姫《やまとととびめの》命《みこと》は箸で陰部を突いて死んでしまいます。不幸な結末です。約束を破り相手の男性を失ったことへの悔いで自ら死を選択したかのようです。しかし、大物主神の発言に注意しましょう。「汝《なれ》、忍《しの》びずて吾《わ》に羞《はぢみ》せつ。吾《われ》、還《かへ》りて汝《なれ》に羞《はぢみ》せむ」と、お前が私に恥をかかせたのだから、今度は私がお前に恥をかかせる、という「目には目を」的な発言です。姫が自死したのなら、大物主神が主体となって、恥をかかせたことにはなりません。ここは大物主神がしっかり発言通りのことをしていると読めそうです。というのは、三輪山伝説の前に、大物主神は、倭迹迹姫命に憑依《ひょうい》しているからです（→参考資料3）。姫は神が乗り移るような巫女《ふじょ》としての資質を持っていたわけですが、大事なのは、大物主神が、初めて崇神《すじん》天皇と関わる時に、神は姫に憑依することで会話を成立させた点です。姫の死の場面を思い起こすと、ショックで腰砕けのようになったところまでは姫の意志で良いのでしょう。そこから箸は唐突です。ここは大物主神が姫に憑依し、姫の意志とは別に箸で陰部を刺すことになったのではないでしょうか。それは「羞」というにふさわしい様相に思えます。『日本書紀』の有する論理的な展開と言えるでしょう。

4　蛇と『古事記』

次に『古事記』を考えましょう。まずは課題三をこなしてください。

ここで、注目したいのは蛇の存在です。『古事記』では針につけた麻糸が鍵穴を通ったと妙に細部にこだわっていますが、鍵穴をすっと抜けられることから、蛇のような形状を感じさせます。地名起源である糸が三勾《みわ》になったことも、とぐろを巻いた蛇のイメージが反映しているのかもしれません。しかし、「蛇」とは明記されていません。それはなぜでしょうか？

『古事記』はその点を明瞭にしていません。そもそも『古事記』に蛇は幾度も登場します。その代表は、スサノオが倒したヤマタノオロチです（→参考資料4）。最初は「八俣遠呂知《をろち》」とオロチは一字一音の仮名書きで登場します、漢字の表意性で示しようのない、わけのわからない存在としたかったのでしょう。その「遠呂知《をろち》」は酒を飲み酔っ払い「留《とどま》り伏《ふ》して寝《い》ねき」となったところで、初めて「其の蛇」と示されるのです。『古事記』は、動き回るオロチは何かわからぬ得体の知れぬものであり、静止して横たわった姿が「蛇」であると描いています。

また、『古事記』におけるヤマタノオロチ退治の意義を考えてみましょう。スサノオは出会った出雲の「国つ神」親子三名を助けるわけですが、成功の報酬は、「是《こ》の、汝《なむち》が女《むすめ》は、吾に奉らむや」とこの櫛《くし》名田比売《なだひめ》をもらうことであります。ただ、オロチを退治後のスサノオが、ヒメとどうなったかは書かれません。それは自明過ぎるからでしょう。天から降って来た（現実には追放された）スサノオが「国つ神」を助け、その娘を手に入れたことは出雲の支配に他ならないでしょう。だから、オロチを退治した後、娘との関係をくどくどしく語らずに、宮を作ることへ話は流れていくのです。つまり、スサノオが国を支配するためにはオロチ退治が必要であったということになります。オロチは、出雲を象徴し、権力者へ抗《あらが》う存在としての「蛇」のイメージを強く持たせます。紙面の都合で紹介しきれませんが、『古事記』の蛇は総じて反権力の象徴として現れます。その概念からは三輪山伝説において、大和国の神、大物主神を「蛇」とは描けなかったのではないでしょうか。なお、『日本書紀』でもヤマタノオロチは登場しますが、最初から「八岐大蛇」と表記されています。『古事記』と『日本書紀』とでは、こだわるポイントが異なるのです。

なお、平安時代末期、院政期に、和歌を学ぶ「歌学」が発達しました。その中、五番目の勅撰和歌集『金葉《きんよう》和歌集』の撰者 源 俊頼《みなもとのとしより》の手になる『俊頼髄脳《としよりずいのう》』に三輪山伝説が確認できます（→参考資料5）。この内容に関しては、課題四に譲りましょう（☞P12課題四）。

参考資料

1 三輪山

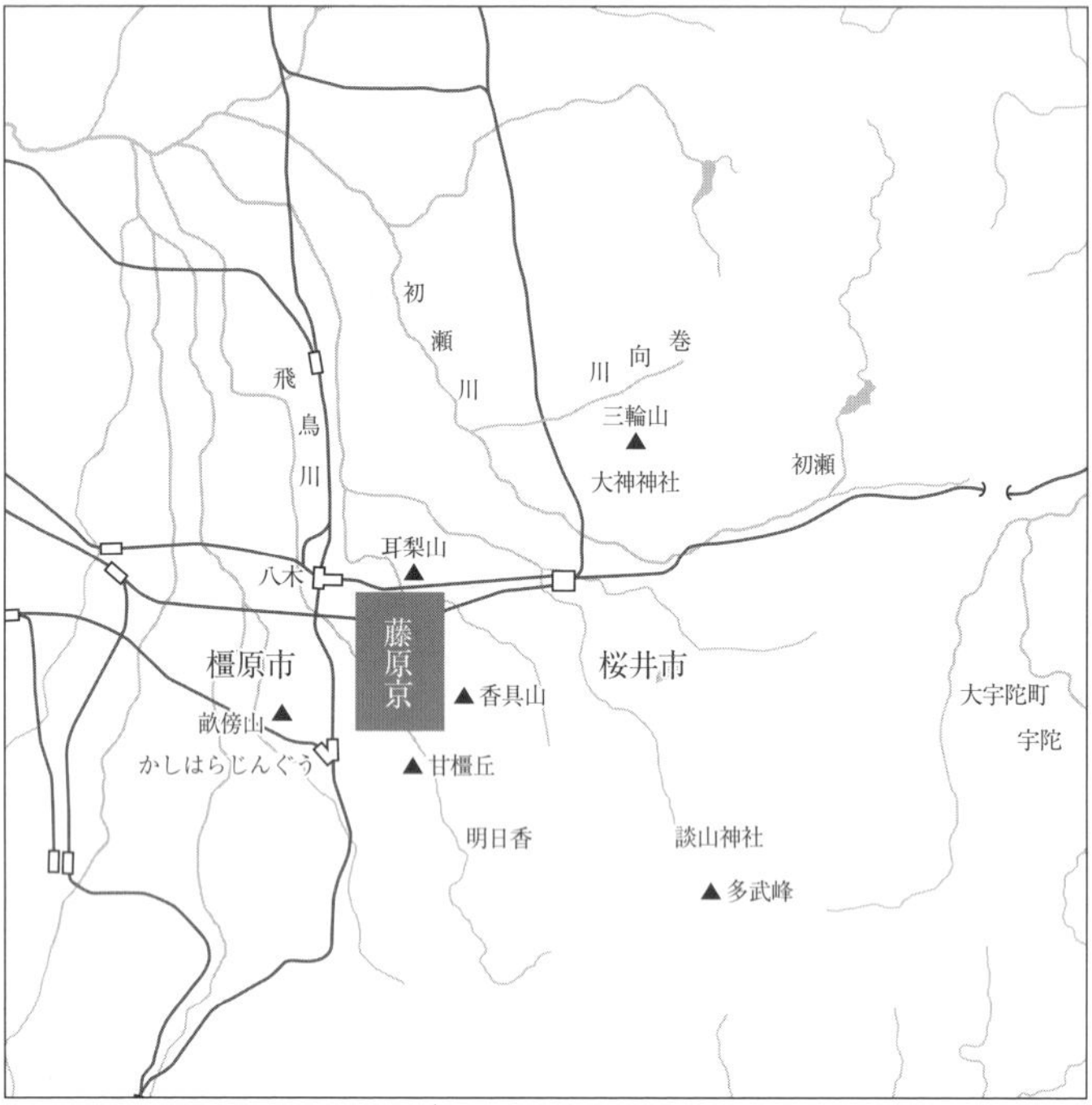

（執筆者撮影）

2 『古事記』崇神《すじん》天皇

此《こ》の、意富多々泥古《おほたたねこ》と謂ふ人を、神の子と知りし所以《ゆゑ》は、上《かみ》に云《い》へる活玉依毘売《いくたまよりびめ》、其の容姿端正《かたちきらぎら》し。是《ここ》に、壮夫《をとこ》有り。其形姿《かたち》・威儀《よそほひ》、時に比無《たぐひ》し。夜半《よなか》の時に、儵忽《たちま》ちに到来《きた》りぬ。故《かれ》、相感《あひめ》でて、共に婚《あ》ひ供に住《す》める間《あひだ》に、未だ幾《いく》ばくの時も経《へ》ぬに、其の美人《をとめ》、妊身《はら》みき。

爾《しか》くして、父母《ちちはは》、其《そ》の妊身める事を怪《あや》しびて、其の女《むすめ》を問ひて曰《い》ひしく、「汝《なむち》は、自《おの》づから妊《はら》めり。夫無《をな》きに、何《なに》の由《ゆゑ》にか妊身める」といひき。答へて曰ひしく、「麗美《うるは》しき壮夫《をとこ》有り。其の姓《かばね》・名《な》を知らず。夕毎《よひごと》に到来りて、供に住《す》める間に、自然《おの》づから懐妊《はら》めり」といひき。是《ここ》を以《も》ちて、其の父母、其の人を知らむと欲《おも》ひて、其の女に誨《をし》へて曰ひしく、「赤《あか》き土《つち》を以《も》て床《とこ》の前に散らし、へその紡麻《うみを》を以て針《はり》に貫《ぬ》き、其の衣《きぬ》の襴《すそ》に刺せ」といひき。

故《かれ》、教《をしへ》の如《ごと》くして、旦時《あした》に見れば、針に著《つ》けたる麻《を》は、戸の鉤穴《かぎあな》より控《ひ》き通《とほ》りて出《い》で、唯《ただ》に遺《のこ》れる麻は、三勾《みわ》のみなり。爾くして、即《すなは》ち鉤穴より出でし状《かたち》を知りて、糸《いと》に従ひて尋《たづ》ね行けば、美和山《みわのやま》に至りて、神の社《やしろ》に留《とど》まりき。故、其の神の子と知りき。故、其の麻の三勾遺《のこ》りしに因《よ》りて、其地《そこ》を名づけて美和と謂《い》ふぞ。

本文 『新編日本古典文学全集1 古事記』山口佳紀他校注・訳（一九九七、小学館）

【通釈】

この意富多々泥古《おおたたねこ》という人を、大物主大神《おおものぬしのおおかみ》の子と知った理由は、次のようである。先に述べた活玉依毘売《いくたまよりびめ》は、その容姿が整って美しかった。そこに、一人の若者がいた。その容姿や身なりは、当時比類ないほど立派だった。その男が、夜中に、突然姫のもとへやってきた。そして互いに愛し合い、結ばれて男が姫のところへ通っているうちに、まだいくらも時が経たないのに、その乙女は身ごもった。

そこで、姫の両親は、そうして身ごもったことを不思議に思って、その娘に尋ねて、「お前はひとりでに身ごもっている。夫もいないのに、どういうわけで身ごもったのか」と言った。娘は答えて、「美しい若者がいて、その姓名は分りませんが、夜毎にやってきて、ともに暮らしているうちに、自然と身ごもったのです」と言った。そこで、その両親は、その男の素性を知ろうと思って、その娘に教えて、「赤土を床《とこ》の前に撒《ま》き散らし、つむいだ麻糸を針《はり》に通して、それを男の着物の裾《すそ》に刺しなさい」と言った。

そこで、娘は教えられたとおりにして、朝になって見ると、針につけた麻糸は、戸の鍵穴から抜け通って出て、残っている麻糸は、糸巻にただ三巻だけだった。それで、即座に、男が鍵穴から出ていったということを知って、糸を頼りにたどって行くと、三輪山《みわやま》に着いて、神の社のところで終っていた。それで、その神の子と知った。そして、その麻糸が糸巻に三巻残ったことから、その地を名付けて三輪《みわ》というのである。

3 『日本書紀』崇神天皇七年二月

七年の春二月の丁丑《ていちう》の朔《つきたち》にして辛卯《しんばう》に、詔《みことのり》して曰《のたま》はく、「昔、我が皇祖《みおや》大《おほ》きに鴻基《こうき》を啓《ひら》きたまひ、其の後に聖業《せいげふ》逾《いよいよ》高《たか》く、王風《わうふう》転《うたた》盛《さかり》なり。意《おも》はざりき、今し朕《わ》が世《よ》に当《あ》たりて数《しばしば》災害《わざはひ》有《あ》らむとは。恐《おそ》らくは、朝《みかど》に善《よき》政《まつりごと》無《な》くして、咎《とが》を神祇《あまつかみくにつかみ》に取れるにか。蓋《なに》ぞ命神亀《うら》へて災《わざはひ》を致《いた》す所由《ゆゑ》を極《きは》めざらむ」とのたまふ。是《ここ》に天皇《すめらみこと》、乃《すなは》ち神浅茅原《かむあさぢはら》に幸《いでま》して、八十万《やそよろづ》神《のかみたち》を会《つど》へて卜問《うらと》ひたまふ。是《こ》の時に、神明《かみ》、倭迹迹日百襲姫命《やまとととひももそびめのみこと》に憑《かか》りて曰《のたま》はく、「天皇、何《なに》ぞ国の治《をさ》まらざることを憂《うれ》へたまふや。若《も》し能《よ》く我《われ》を敬《うやま》ひ祭《まつ》りたまはば、必当《かなら》ず自平《たひら》ぎなむ」とのたまふ。天皇問ひて曰はく、「如此《かく》教《のたま》ふは誰《いづれ》の神ぞ」とのたまふ。答へて曰はく、「我《われ》は是《これ》倭国《やまとのくに》の域《さかひ》の内に居《を》る神、名を大物主神《おほものぬしのかみ》と為《い》ふ」とのたまふ。時に、神語《かむごと》を得《え》て教《をしへ》の随《まま》に祭祀《いはひまつ》る。然《しか》れども猶《なほ》し事《こと》も験《しるし》無《な》し。天皇、乃ち沐浴斎戒《ゆかはあみものいみ》し、殿内《とののうち》を潔浄《きよ》めて祈《の》みて曰はく、「朕《われ》、神を礼《ゐやま》ふこと尚《なほ》し未《いま》だ尽《つ》くさざるか。何《なに》ぞ享《う》けたまはぬことの甚《はなは》しき。冀《ねが》はくは亦夢裏《またいめのうち》に教《をし》へて、神恩《かみのみうつくしび》を畢《を》へたまへ」とのたまふ。是の夜に、夢《みいめ》に一貴人《ひとりのうまひと》有り。殿戸《とのと》に対《むか》ひ立ち、自《みづか》ら大物主神と称《なの》りて曰はく、「天皇、復《また》な愁《うれ》へましそ。国の治《をさま》らざるは、是吾《これわ》が意《みこころ》なり。若《も》し吾が児大田田根子《こおほたたねこ》を以《も》ちて吾《われ》を祭《まつ》らしめたまはば、立《たちどころ》に平《たひら》ぎなむ。亦海外《わたのほか》の国有《あ》りて自《おの》づからに帰伏《まゐしたが》ひなむ」とのたまふ。

本文『新編日本古典文学全集2　日本書紀①』小島憲之他校注・訳（一九九四、小学館）

【通釈】

七年春二月の丁丑朔《ていちゆうついたち》の辛卯《しんぼう》（十五日）に、崇神《すじん》天皇は、「昔、我が皇祖《みおや》は大そう大きな基をお啓《ひら》きになり、その後、神聖な業はいよいよ高く、天皇の徳風もますます盛んになった。ところが思いもよらず、今我が治世になってから、しばしば災害に襲われた。これは、朝廷に善政がないために、天神地祇《てんじんちぎ》のお咎《とが》めを受けたのではあるまいか。ここはどうして神亀《じんき》の占いを行って災害の起るいわれを究めずにいられようか」と仰《おお》せられた。そこで天皇は、ただちに神浅茅原《かむあさじはら》に行幸され、八十万《やそよろず》の神々を集めて占い問われた。この時、神が倭迹迹日百襲姫命《やまとととひももそびめのみこと》に乗り移って、「天皇よ、どうして国の治まらないことを憂《うれ》えられるのか。もしよく私を敬《うやま》い祭《まつ》られるならば、必ず天下は平穏になるであろう」と言われた。天皇は尋ねて、「このようにご教示くださるのは、いずれの神なのでしょうか」と仰せられた。神は答えて、「私は倭国《やまとのくに》の国の内にいる神で、名を大物主神《おおものぬしのかみ》という」と言われた。そこで、神のお言葉を得て、教えに従って祭祀《さいし》を執《と》り行った。しかしなお一向に効験《こうげん》が現れなかった。天皇は、そこで沐浴斎戒《もくよくさいかい》して、殿内を清浄にし、お祈りして、「私は、神を敬うことをまだ十分尽《つ》くしていないのだろうか。どうしてこれほどまでに祈願を享受していただけないのだろうか。願わくは、もう一度夢の中で教示され、神恩を十分に垂れ給え」と仰せられた。その夜、夢に一人の貴人が現れた。御殿の戸に向い立って、自分から大物主神と名乗り、「天皇よ、もはや愁《うれ》え給うな。国が治まらないのは、我が心によるものだ。もし我が子の大田《おおた》田根子《たねこ》をして私を祭らせたならば、たちどころに平穏になるだろう。

また海外の国があって、その国も自然と帰伏《きふく》するだろう」と言われた。

4 『古事記』神代

故《かれ》、避《さ》り追《お》はえて、出雲国《いづものくに》の肥《ひ》の河上《かはかみ》、名《な》は鳥髪《とりかみ》といふ地《ところ》に降《くだ》りき。此《こ》の時《とき》に、箸《はし》、其《そ》の河より流れ下《くだ》りき。是《ここ》に、須佐之男命《すさのをのみこと》、「人、其の河上に有り」と以為《おも》ひて、尋《たづ》ね覓《もと》め上《のぼ》り往《ゆ》けば、老夫《おきな》と老女《おみな》と、二人《ふたり》在《あ》りて、童女《をとめ》を中に置きて泣けり。爾《しか》くして、問ひ賜《たま》ひしく、「汝等《なむちら》は誰《たれ》ぞ」ととひたまひき。故《かれ》、其の老夫が答《こた》へて言《い》ひしく、「僕《やつかれ》は、国《くに》つ神、大山津見神《おほやまつみのかみ》の子ぞ。僕が名は足名椎《あしなづち》と謂《い》ひ、妻《め》が名は手名椎《てなづち》と謂ひ、女《むすめ》が名は櫛名田比売《くしなだひめ》と謂ふ」といひき。亦《また》、問ひしく、「汝《なむち》が哭《な》く由《ゆゑ》は、何《なに》ぞ」ととひき。答へ白して言ひしく、「我《わ》が女《むすめ》は、本《もと》より八《や》たりの稚女《をとめ》在りしに、是《これ》を、高志《こし》の八俣《やまた》のをろち、年毎《としごと》に来て喫《く》ひき。今、其《そ》が来《く》べき時ぞ。故《かれ》、泣く」といひき。爾《しか》くして、問ひしく、「其の形は如何《いか》に」ととひき。答へて白ししく、「彼《そ》の目は、赤かがちの如《ごと》くして、身一つに八《や》つの頭《かしら》・八《や》つの尾有《をあ》り。亦《また》、其の身に蘿《ひかげ》と檜《ひ》・椙《すぎ》と生《お》ひ、其の長さは谿八谷《たにやたに》・峡八尾《をやを》に度《わた》りて、其の腹を見れば、悉《ことごと》く常に血《ち》え爛《ただ》れたり」とまをしき。

爾《しか》くして、速《はや》須佐之男命、其の老夫に詔《のりたま》ひしく、「是《こ》の、汝《なむち》が女《むすめ》は、吾《われ》に奉《まつ》らむや」とのりたまひき。答へて白ししく、「恐《かしこ》し。亦《また》、御名《みな》を覚《さと》らず」とまをしき。爾くして、答へて詔ひしく、「吾は、天照大御神《あまてらすおほみかみ》のいろせぞ。故《かれ》、今天《あめ》より降《くだ》り坐《ま》しぬ」とのりたまひき。爾くして、足名椎・手名椎の神の白ししく、「然坐《しかいま》さば、恐し。立《た》て奉《まつ》らむ」とまをしき。爾くして、速須佐之男命、乃《すなは》ち湯津爪櫛《ゆつつまくし》に其の童女を取り成して、御《み》みづらに刺して、其の足名椎・手名椎の神に告《の》らししく、「汝等、八塩折《やしほをり》の酒を醸《か》み、亦、垣《かき》を作り廻《めぐ》らし、其の垣に八つの門《かど》を作り、門毎に八つのさずきを結《ゆ》ひ、其のさずき毎に酒船《さかぶね》を置きて、船毎に其の八塩折の酒を盛《も》りて待て」とのらしき。故《かれ》、告《の》らしし随《まにま》に如此《かく》設《まう》け備《そな》へて待つ時に、其の八俣のをろち、信《まこと》に言《こと》の如《ごと》く来て、乃《すなは》ち船毎に己《おの》が頭《かしら》を垂《た》れ入《い》れ、其の酒を飲みき。是《ここ》に、飲み酔《ゑ》ひ留《とど》まり伏《ふ》して寝《い》ねき。爾くして、速須佐之男命、其の御佩《みは》かしせる十拳《とつか》の剣《つるぎ》を抜き、其の蛇《へみ》を切り散らししかば、肥河《ひのかは》、血に変はりて流れき。故《かれ》、其の中の尾を切りし時に、御刀《みはかし》の刃《は》、毀《こほ》れき。爾くして、怪《あや》しと思ひ、御刀の前《さき》を以《もち》て刺《さ》し割《さ》きて見《み》れば、つむ羽《は》の大刀在《たちあ》り。故、此の大刀を取り、異《け》しき物と思ひて、天照大御神に白し上げき。是は、草那芸之大刀《くさなぎのたち》ぞ。

故是《かれここ》を以《もち》て、其《そ》の速須佐之男命、宮《みや》を造作《つく》るべき地《ところ》を出雲国に求めき。爾くして、須賀《すが》といふ地に到《いた》り坐《ま》して、詔はく、「吾《あれ》、此地《ここ》に来て、我《あ》が御心《みこころ》、すがすがし」とのりたまひて、其地《そこ》に宮を作りて坐《いま》しき。故《かれ》、其地は、今に須賀《すが》と云ふ。茲《こ》の大神、初め須賀の宮を作りし時に、其地より雲《くも》立ち騰《のぼ》りき。爾くして、御歌《みうた》を作りき。其の歌に曰《い》はく、

八雲《やくも》立つ　出雲《いづも》八重垣《やへがき》　妻籠《つまご》みに　八重垣作る　その八重垣を

【通釈】

さて、須佐之男命《すさのおのみこと》は追いやられて、出雲国《いずものくに》の肥《ひ》の河《かわ》の上流、地名は鳥髪《とりかみ》というところに降《くだ》った。この時、箸がその河を流れ下ってきた。そこで、須佐之男命は「その河の上流に人がいる」と思って、尋ね求めて上《のぼ》っていったところ、老人と老女が二人いて、女の子を間において泣いていた。そこで須佐之男命は「お前たちは誰か」とお尋ねになった。するとその老人は答えて、「私めは国《くに》つ神《かみ》で、大山津見神《おおやまつみのかみ》の子です。私めの名は足名椎《あしなづち》といい、妻の名は手名椎《てなづち》といい、娘の名は櫛《くし》名田比売《なだひめ》と言います」と言った。須佐之男命はまた、「お前の泣くわけは何か」と尋ねた。足名椎は答えて、「私には、もともと八人の娘がいたのですが、高志《こし》の八俣《やまた》のおろちが毎年やって来て食べてしまったのです。今、そのおろちがやって来ようという時です。だから泣いているのです」と申し上げた。そこで須佐之男命は、「そのおろちの姿形はどのようか」と尋ねた。足名椎は答えて、「その眼は赤かがち（酸漿《ほおずき》）のようで、一つの身体に八つの頭と八つの尾があります。また、その身体には日陰蔓《ひかげかずら》と檜《ひのき》・杉が生え、その長さは谷八つ、山八つにわたっていて、その腹を見ると、どこもみないつも血が流れ、ただれています」と申し上げた。

そこで、速須佐之男命はその老人に「このお前の娘は私にくださる意志はあるか」と仰せられた。老人は答えて、「畏《おそ》れ多いことです。しかしまた、あなたのお名前を私たちは知っておりません」と申し上げた。そこで、速須佐之男命は答えて、「私は天照大御神《あまてらすおおみかみ》の同母の弟である。そして、今、天からお降りになったのだ」と仰せられた。すると、足名椎・手名椎の神は、「さようでいらっしゃいますならば、畏れ多いことです。娘を差し上げましょう」と申し上げた。そこで、速須佐之男命は、たちまち神聖な爪櫛《つまくし》にその娘を変えて、御みずら（男性の結《ゆ》った髪）に刺して、足名椎・手名椎の神に告げて、「お前たちは、何度も繰り返し醸造した強い酒を造り、また垣を作りめぐらし、その垣に八つの入り口を作り、その入り口ごとに八つの仮の棚を設け、その棚ごとに船型の酒の器を置いて、器ごとに何度も繰り返し醸造した強い酒を盛って、待ちなさい」と仰せになった。それで仰せのとおりにして、そのように作り準備して待っていると、その八俣のおろちが、本当にさきほどの言葉どおりやって来て、ただちに船型の大きな器ごとに自分の頭を垂らし入れて、その酒を飲んだ。そして、酒を飲んで酔い、その場で突っ伏して寝てしまった。そこで、速須佐之男命は、腰に帯びられた十拳《とつか》の剣《つるぎ》を抜き、その蛇を斬り散らしたところ、肥の河は血の川となって流れた。そして、その蛇の中ほどの尾を斬った時に、刀の刃が欠けた。そこで、妙《みょう》だと思って刀の先端で刺し、裂いて、中を見ると、つむ羽《は》の大刀《たち》があった。それで、この大刀を取って、不思議な物と思い、天照大御神《あまてらすおおみかみ》に申し上げて献上した。これは草《くさ》なぎの大刀である。

さてこうして、その速須佐之男命は宮を作るのにふさわしい土地を出雲国に求めた。そして須賀《すが》の地にお着きになって、「私は、この地に来て、私の御心《みこころ》はすがすがしい」と仰せられ、その地に宮を作ってお住まいになった。それで、その地は今、須賀という。この大神が、初め須賀の宮を作った時に、そこから雲が立ち上《のぼ》った。そこで、御歌を作った。その歌に言う、

八雲《やくも》立つ……（〈八雲立つ〉出雲の地に、雲のように幾重にも垣をめぐらし、妻を置くところとして幾重にも垣を作っている。ああ、この幾重にもめぐらした垣よ）

5 『俊頼髄脳《としよりずいのう》』

三輪の明神《みやうじん》の歌、

恋しくはとぶらひ来《き》ませちはやふる三輪の山もと杉立てる門《かど》

これは、三輪の明神の、住吉《すみよし》の明神に、奉《たてまつ》り給《たま》へる歌とぞ言ひ伝へたる。

住吉のきしもせざらむものゆゑにねたくや人に待つと言はれむ

これも、住吉の明神の御歌とぞ申し伝へたる。僻事《ひがごと》にや。

伊勢《いせ》が、枇杷《びは》の大臣《おとど》に忘られ奉りて、親の、大和《やまと》の守継蔭《かみつぎかげ》がもとへ、まかるとて詠める歌、

三輪の山いかに待ち見む年経《としふ》とも尋《たづ》ぬる人もあらじと思へば

これは、あの三輪の明神の御歌を思ひて、詠めるなり。

我がやどの松はしるしもなかりけり杉むらならば尋ね来《き》なまし

杉をしるしにて、三輪の山を尋ぬと詠むも、みなゆゑあるべし。

むかし大和の国に、男《をとこ》・女《をんな》あひすみて、年来《ねんらい》になりにけれど、昼とどまりて見ることなかりければ、女の怨《うら》みて、「年来の仲なれど、いまだ容姿《かたち》を見ることなし」と怨みければ、男、「怨むる所道理《ことわり》なり。ただし、我が容姿見ては、定めて怖《を》ぢ恐《おそ》れむがいかに」と言ひければ、「このなからひ、年を数《かぞ》へむはいくそばくぞ。たとひ、その容姿醜《みにく》しといふとも、ただ見え給へ」と言へば、「しかなり。さらば、その御《み》匣《くしげ》の中に居《を》らむ。一人開《ひら》き給へ」と言ひて帰りぬ。いつしか開《あ》けて見れば、蛇《くちなは》わだかまりて見ゆ。驚き思ひて、蓋《ふた》を覆《おほ》ひて退《の》きぬ。その夜、また来《き》たりて、「我を見て、驚き思へり。まことに道理なり。我もまた、来らむこと恥《はぢ》なきにあらず」と言ひ、契《ちぎ》りて、泣く泣く別《わか》れ去りぬ。女、うとましながら、恋しからむ事を、嘆き思ひて、麻《を》の、巻《ま》き集めたるをば、綜麻《へそ》といへり。その綜麻に針《はり》をつけて、その針を、狩衣《かりぎぬ》のしりにさしつ。夜明けぬれば、その麻をしるべにて、尋ね行きて見れば、三輪の明神の御神庫《ほくら》の内《うち》に入《い》れり。その麻の残りの、みわけ残りたれば、みわの山とは言ふなりといへり。

本文　『新編日本古典文学全集87　歌論集』橋本不美男他校注・訳（二〇〇二、小学館）

【通釈】

三輪明神《みようじん》の歌、

恋しくお思いならば、お尋ねになってください。〈ちはやふる〉三輪の山のふもとで、杉が立っている門の所に

これは、三輪明神が、住吉《すみよし》明神に、差し上げなさった歌と言い伝えていた。

住吉の岸ではないが、今までもそしてこれからも来ることをあなたはしないでしょうから、悔しいことに他の人に、住吉の松さながらに、ずっと待っていると言われるのでしょう

これも、住吉明神の御歌とぞ申し伝えていた。間違えでないだろうか。

伊勢《いせ》が、枇杷《びわ》の大臣《おとど》（藤原仲平）に忘れられ申し上げて、伊勢の親で、大和《やまと》国守になった藤原継蔭《つぎかげ》がもとへ、下ると言って詠んだ歌、

三輪の山をどのように、あなたを待ちながら見ることになるのでしょう。年が経っても訪ねて来る人もいないだろうと思いますから

これは、あの三輪明神の御歌を思って、詠んだのである。

私の住まいの松は効果もなかったのですねえ。たくさんの杉であるならば、あなたはお尋ねになったでしょうに

杉を目標に、三輪山を尋ねると詠むのも、皆、所以《ゆえん》があるに違いない。

むかし大和の国（今の奈良県）に、男と女が婚姻関係にあって、何年にもなったが、男は昼、家に留まって、女が男の姿を見ることがなかったので、女はねたましく思って、「何年もの仲ですが、いまだあなたの姿を見ていません」と言ったところ、男、「恨み言を言うのも当然です。ただし、私の姿を見てしまうと、あなたはきっと恐れおののくだろうと思いますが、どうでしょうか」と言ったところ、「この二人の関係、年を数えるのは何年に及びましょうか。たとえ、あなたの姿が醜いといっても、ただお見せください」と言うと、「そうですね。それならば、私はその化粧箱の中におりましょう。ひとりでお開きになってください」と言って帰った。早く早くと待って開けて見ると、蛇がとぐろを巻いて見える。女は驚いて、化粧箱の蓋《ふた》をして、その場を立ち去った。その夜、男はまたやって来て、「私を見て、あなたは驚いていました。本当に当然のことです。私もまた、ここにやって来るようなことは、恥ずかしくないわけではない」と言い、思いを交わして、泣く泣く別れ去った。女、男のことを疎ましく思いながら、恋しい気持ちを、嘆いて――麻を巻き集めたものを、綜麻《へそ》という――その綜麻に針《はり》をつけて、その針を、男の着ている狩衣《かりぎぬ》の後ろに刺した。夜が明けたので、その麻を道しるべにして、尋ねて行って見ると、三輪明神の御神殿の中に入っていた。その麻の残りが、三巻、つまり三輪《さんりん》残っていたので、三輪《みわ》の山とは言うのだと伝えている。

SECTION 2

7

『源氏物語』葵巻

誤読か？　創造か？

光源氏の正妻、葵上《あおいのうえ》がたの乱暴によって、その車がしたたか破壊された、源氏の愛人六条《ろくじょう》御息所《みやすどころ》は、たいへんな屈辱を味わいます。賀茂祭に先がけて行われる斎院の御禊《ごけい》見物の日のことでした。

斎宮《さいぐう》の御母御息所《みやすどころ》、「もの思し乱るる慰めにもや」と、忍びて出で給へるなりけり。つれなしづくれど、おのづから、見知りぬ。（葵上がたの従者）「さばかりにては、さな言はせそ。大将殿をぞ、豪家《がうけ》には思ひ聞《きこ》ゆらむ」などいふを、その御方の人も、まじれれば、「いとほし」と見ながら、用意せむもわづらはしければ、知らず顔をつくる。つひに、

【通釈】

斎宮《さいぐう》の御母君、六条御息所《みやすどころ》は「物思いが慰められる事もあろうか」と、こっそりと新斎院の御禊《ごけい》見物へとお出ましになったのだった。それと知られぬようにしたつもりではあったけれども、おのずから、露見してしまった。（葵上がたの従者）「その程度の車に、どかないなどと、好きなことを言わ

御車どもたて続けつれば、副車《ひとだまひ》の奥に、おしやられて、ものも見えず。心やましきをば、さるものにて、かかるやつれを、それと知られぬるが、いみじうねたきこと、限りなし。榻《しぢ》なども、みな押し折られて、すずろなる車の筒《どう》に、うちかけたれば、またなう、人わろく、くやしう、「なにに来つらむ」と思ふに、かひなし。「物も見で、帰らむ」とし給へど、通り出でむひまもなきに、「ことなりぬ」といへば、さすがに、つらき人の御前わたりの待たるるも、心弱しや。「笹の隈《くま》」にだに、あらねばにや、つれなく過ぎ給ふにつけても、なかなか御心づくしなり。げに、常よりも、好み整へたる車どもの、我も我もと、乗りこぼれたる下簾《したすだれ》のすきまどもも、さらぬ顔なれど、ほほゑみつつ、しりめにとどめ給ふもあり。大殿のは、しるければ、まめだちて渡り給ふ。御ともの人々、うちかしこまり、心ばへありつつ渡るを、おしけたれたる有様、こよなう思さる。

影をのみみたらし川のつれなきに身のうきほどぞいとど知らるる

と、涙のこぼるるを、人の見るも、はしたなけれど、「目もあやなる御様、かたちの、いとどしう、出でばえを、見ざらましかば」と、思さる。

（中略）

大殿には、御物の気いたうおこりて、いみじうわづらひ給ふ。「この御生霊《いきすだま》、故父大臣《おとど》の御霊《らう》など言ふものあり」と聞き給ふにつけて、思しつづくれば、「身一つのうき嘆きよりほかに、人を悪しかれなど思ふ心もなけれど、もの思ひにあくがるなる魂は、さもやあらむ」と思し知ら

せまい。大将どの（光源氏）のことを、頼みと思い申し上げているのだろう」などと言う。光源氏がたの人も、葵上の従者に交じっていたから「気の毒なことだ」と見つつも、あいだをとりなすわけにもいかないので、知らぬふりをしている。ついに、葵上がたの人々は、御息所の車をどかせて、自分たちの車を停めてしまったから、御息所の車は、副車《ひとだまい》（お供の者が乗る車）の奥に押しやられて、何も見ることができなくなってしまった。屈辱感を抱いたのは言うまでもないこととして、こうして我が身をそれと知られないようにしてやってきたにもかかわらず、その正体を明かされてしまったことが、なんとも悔やまれること、この上もない。榻《しじ》（轅《ながえ》という牛車の前方につき出ている二本の棒を乗せるための道具）などはみな折られてしまって、他のつまらぬ車の轂《こしき》にかけてあるため、この上なく体裁悪く、後悔の念がつのり、「どうして、見物などに出かけて来てしまったのだろう」と思ってみても、いまさらどうしようもない。「何も見ずに、帰ろう」となさるが、見物の車がぎっしりで抜け出す隙間もないところに、折しも「行列が来たぞ」と言うので、その声を聞くと、そうは言ってもふたたび心が揺らいで、みずからにつめたい光源氏さまが前を通ってらっしゃるのが、いまかいまかと、思わず待たれてしまうのも、弱い女ごころであるよ。とは言え「笹の隈」でさえないからか（古今集歌「笹の隈ひの隈川に駒とめてしばし水かへ影をだに見ん」を踏まえ、御息所は「笹の隈」ではないから、源氏も「駒とめ」ることなく、先

るることもあり。
　年ごろ、よろづに思ひ残すことなく過ぐしつれど、かうしも砕けぬを、はかなきことの折に、人の思ひ消ち、なきものにもてなすさまなりし御禊《みそぎ》の後、ひとふしに思し浮かれにし心、しづまりがたう思さるるけにや、すこしうちまどろみ給ふ夢には、かの姫君とおぼしき人の、いときよらにてある所に行きて、とかく引きまさぐり、うつつにも似ず、たけくいかきひたぶる心出で来て、うちかなぐるなど見え給ふこと、度かさなりにけり。

本文『源氏物語　第二巻』角川ソフィア文庫、玉上琢彌訳注（一九六五、角川学芸出版）

図Ｉa『あさきゆめみし』（大和和紀・講談社1983）

に進んでしまうということ）、御息所に気づくこともなく、通り過ぎなさるにつけても、かえってその姿を拝見しなければ良かったと、心は乱れる一方である。なるほど、いつもより気取った装いをこらし、我も我もと乗り込んだ車の下簾《したすだれ》の隙間にも、源氏は素知らぬふりをしながらも、にっこりとほほ笑んで見せて、流し眼に御覧になるものもある。葵上を乗せた、左大臣家の車は誰の目にもはっきりとわかるので、源氏もその前を通るときは、まじめになさる。供の者たちもかしこまって、心遣いをしつつ通ってゆくが、御息所は、追いやられた無残な我が身のさまを、この上なく情けないものとお思いになる。

（御息所の歌）御手洗川で禊《みそぎ》する斎院の行列に従った光
源氏さまの御姿だけを見た、そのつれなさに、我が身の
つたなさが、いよいよ思い知らされたこと

と、涙が思わずこぼれるのを、周りに見られるのも、きまりわるい思いがするけれども、「目もあやなる光源氏のご様子、風貌が、今日はまた一段と輝いていらっしゃるのを、拝見しなかったら、やはり後悔されたことだろう」と、お思いになる。

（中略）

　左大臣邸では、御物の気がひどくおこって、葵上はたいそうお苦しみになる。「葵上を苦しめているのは、御息所の

図Ⅱ　上村松園「焔」（東京国立博物館蔵）
Image：TNM Image Archives

図Ｉｂ　『あさきゆめみし』（大和和紀・講談社　1983）

生霊《いきすだま》や、亡き御息所の父大臣の死霊だなどと言う人がいる」と、お聞きになるにつけて、御息所は、つらつら考えてみると、「我が身の不運を嘆くよりほかに、人に危害をくわえようなどという思いはないのだが、物思いを続けていると、おのずから魂が身を抜け出してしまうというのは、さては、こうしたことであろうか」と、お思いになることもある。

数年来、もの思いの限りを尽くしてきたとは言え、こんなにも苦しい思いをしたことはなかったのに、あの、ちょっとしたことの折に、自身をないがしろにし、人を人とも思わぬような態度に出た御禊の日の後は、ただその一事のために、落着きを失ってしまった心が、しずまりがたくお思いになられたせいか、少しうとうととなさる夢に、あの葵上と思われる人が、御産に備えて清浄にしているところまで行って、あちこち引き掻き廻し、現実とも思えぬほど、猛々しく激しい乱暴な心が出てきて、荒々しく打擲《ちょうちゃく》するに及ぶなどと、夢に見ることが度重なるようになった。

解説

1 『あさきゆめみし』の六条御息所

まずはじめに、図Ⅰa・bを見てみましょう。大和和紀の漫画『あさきゆめみし』に描かれた六条御息所《ろくじょうみやすどころ》です。彼女は、『源氏物語』の女君たちの中でも、格別の教養と、思慮深さを有した女君ですが、ここでは御息所が、生霊《いきすだま》となり、「憎い」の語を繰り返しながら、光源氏の正妻である葵上をとり殺してしまうさまが描かれています。

身にまとった衣には蜘蛛の巣の模様があしらわれ、光源氏であろうと、葵上であろうと、御息所の恨みをかった者は、みな彼女の魔の手にかかってしまいそうな不気味なイメージをかもし出してもいます。

とは言え、『源氏物語』の原文には、御息所が、蜘蛛の巣の模様の衣を身につけているなどは、どこにも書いてありません。では、そうした『あさきゆめみし』の御息所のイメージは、どのように作りあげられたのでしょうか。

2 上村松園「焔」の六条御息所

そこで注目したいのは、図Ⅱ、上村松園《うえむらしょうえん》という明治生まれの女流画家の筆になる「焔」という絵です。後れ毛を噛む女の、憂いをたたえた表情は、なんとも言えない妖艶さと不気味さを感じさせますが、この「焔」に描かれている人物こそ、御息所にほかなりません。彼女の衣に注目しましょう。すぐに気づかれるように、ここにもまた、藤の花とともに、蜘蛛の巣が、全体にあしらわれています。『あさきゆめみし』の御息所に、松園の描き出した御息所のイメージが、影響を与えている可能性があるのではないでしょうか。

3 謡曲「葵上」の六条御息所

では、こうした御息所のイメージを、松園は、全く独自に思いついたのか?と、さらに問うてみましょう。おそらくそうでは、なさそうです。中世には、『源氏物語』をもとにして、複数の能が作られましたが、その一つに「葵上」があります。その筋を簡単に説明すると、以下のようになります。

シテは六条御息所の生霊。彼女は、賀茂の祭の際に受けた侮辱に耐えられず、生霊となって葵上を苦しめている。葵上は、舞台に登場せず、生霊に苦しんでいることを、一枚の小袖を舞台に寝かすことで表現する。修験者である横川の小聖の祈禱が始まると、生霊は鬼の姿で現れるが、最後は法力によって浄化される。

松園の描き出した、恨めしそうな表情をたたえた、おそろしい御息所のイメージは、実は、この謡曲「葵上」の影響を受けています。

そしてこうした、恨む女、蜘蛛の巣の模様がぴったりな、人を憎んだら決して許さない、おそろしい女、といったイメージは、実は『源氏物語』が描き出す御息所とは、大きくかけ離れていることに、ここで注意したいと思います。

4 葵巻の六条御息所

あらためて『源氏物語』の原文を、ふり返ってみましょう。六条御息所は、もともと大臣家の娘として、春宮《とうぐう》に入内し、やがては帝のキサキとなることが期待されていた女性でした。春宮と、御息所の間には女の子も生まれ、文字通り順風満帆な前半生であったと言ってよいでしょうが、そのあたりから、運命の歯車が狂いはじめます。春宮が若くして、亡くなってしまうのです。つまり彼女は、未亡人となったわけですが、光源氏との間に関係が生じたのは、その頃のことです。

その御息所と、光源氏の正妻と言ってよい葵上との間についに衝突が起きます。事件が起きたのは新斎院の御禊《ごけい》の日のことでした。御禊というのは、新たに斎院に卜定《ぼくじょう》された人が、賀茂川で禊《みそぎ》、つまり身を清めることです。それを見物しようと、多くの人々がおしあいへしあい集う中、葵上がたの従者が、ことさらにやつした様子の車を見つけ、それを権柄《けんぺい》づくに、どかそうとしました。どかされそうになった車は、それに従わず、抵抗します。もうすでに予想がつくでしょうが、葵上がたに乱暴を働かれた車の主こそ、六条御息所にほかなりませんでした。

御息所は、我が身の屈辱を、その日以来深く思い悩むようになるのですが、『源氏物語』の原文には、例えば『あさきゆめみし』とは違って、「憎し」、「恨めし」などの言葉が、いっさい書かれていないことに、ここで注意しましょう。それらの形容詞の代わりに繰り返されるのは、「くやし」「うし」などの形容詞です。例えば「うし」について、『岩波古語辞典』を引いてみると、次のように説明されています。

> 事の応対に疲れ、不満がいつも内攻して、つくづく晴れない気持ち。類義語ツラシは他人のわが身に対する仕打ちについていう語。

不満が、他者や外に向かうのではなく、自らを責め、内へ内へと蓄積してゆくような心理、そうした嘆きが「うし」だということです。御息所は、車争いののちも、葵上を恨むことなどなく、その心は、「うし」と、わが身の拙さ、あの日、軽率にも御禊見物などに繰り出してしまったことについての後悔「くやし」に、占められています。そのように我が身を責めるばかりであったがゆえに、彼女の心は、知らず知らずのうちに、身を離れ、さまよいだすようになってしまった――物語はそのように、御息所が生霊化するまでの経緯を説明しています。そうした事態にいたって、誰よりも驚き、自らのうちにおぞましい他者が住みついていることに傷ついたのは、六条御息所自身にほかなりません。御息所は、葵上をなき者にしようと、襲いかかった鬼女ではないのです。

5 オリジナルとその変容

オリジナルとしての『源氏物語』が描き出す、御息所の物語は、「恨みの果てに、憎きライバル葵上をとり殺してしまう女の復讐劇」ではありませんでした。そうした御息所の物語を変容させ、教養深い貴婦人の心に巣くう怨念の物語として仕立て直してみせたのが、謡曲「葵上」であり、松園の「焔」、そして『あさきゆめみし』であったと言って良いでしょう。それを単なる誤解と言うべきか、意図的な変容と積極的に評価すべきか、皆さんはどう考えますか？

参考資料

謡曲「葵上」(部分)

[クドキ]　シテ　ただいま梓《あずさ》の弓の音に、引かれて現はれ出でたるをば、いかなる者とか思しめす、これは六条の御息所の怨霊なり、われ世にありしいにしへは、雲上の花の宴、春の朝の御遊に慣れ、仙洞のもみぢの秋の夜は、月に戯れ色香に染み、花やかなりし身なれども、衰へぬれば朝顔の、日影待つ間の有様なり、ただいつとなきわが心、ものうき野べの早蕨《さわらび》の、萌え出で初めし思ひの露、かかる恨みを晴らさんとて、これまで現はれ出でたるなり

[下ゲ歌]　地　思ひ知らずや世の中の、情は人のためならず

[上ゲ歌]　地　われ人のため辛ければ、われ人のため辛ければ、必ず身にも報ふなり。なにを嘆くぞ葛の葉の、恨みはさらに尽きすまじ、恨みはさらに尽きすまじ

[掛ケ合]　シテ　あら恨めしや、いまは打たではかなひ候ふまじ

ツレ　あらあさましや六条の御息所ほどのおん身にて、後妻《うわなり》打ちのおんふるまひ、いかでさること候ふべき　ただ思しめし止まり給へ

本文『新潮日本古典集成　謡曲集上』伊藤正義校注(一九八三、新潮社)

SECTION 2

8

「宇治の橋姫」をめぐって『新古今和歌集』他

『古今和歌集』恋四に
「さむしろに衣片敷き今宵もや我を待つらむ宇治の橋姫」という一首があります。
この歌、そしてここに詠まれた世界は、後世の物語や和歌、あるいは歌学に
どのように享受されたのでしょうか。
本歌取りという技法で、この一首の世界を新しい歌に摂取していった
『新古今和歌集』を中心に見てみましょう。

1 『新古今和歌集』所収の「宇治《うじ》の橋姫《はしひめ》」詠

① 家に月五十首歌よませ侍りける時　　定家朝臣
さむしろや待つ夜《よ》の秋の風ふけて月を片敷《かたし》く宇治の橋姫
（巻四・秋上・四二〇）

【通釈】

① 藤原良経が邸で月五十首歌を詠ませました時（詠みました歌）　　藤原定家
寒い、幅の狭い筵《むしろ》に一人分の衣を敷き、独り寝しながら恋人を待つ夜はふけていく。秋風は冷たく、冴《さ》え冴えとした月光が衣に降り注いでいて、さながら月を片敷いて独り寝しているような宇治の橋姫。

② 橋上《けうじやう》ノ霜《しも》といへることをよみ侍りける　法印幸清《ほふいんこうしやう》
片敷きの袖をや霜に重《かさ》ぬらむ月に夜離《よが》るる宇治の橋姫
（巻六・冬・六一一）

③ 最勝《さいしよう》四天王院《してんわうゐん》の障子に、宇治川かきたるところ　太上天皇
橋姫の片敷き衣さむしろに待つ夜むなしき宇治のあけぼの
（巻六・冬・六三六）

④（同）　前大僧正《さきのだいそうじやう》慈円《じゑん》
網代木《あじろぎ》にいざよふ浪《なみ》の音ふけてひとりや寝ぬる宇治の橋姫
（巻六・冬・六三七）

⑤ 建久七年、入道前関白太政大臣、宇治にて人々に歌よませ侍りけるに　前大納言隆房
嬉しさや片敷く袖に包むらむけふ待ちえたる宇治の橋姫
（巻七・賀・七四二）

本文『新古今和歌集　上』角川ソフィア文庫、久保田淳訳注（二〇〇七、角川学芸出版）

○建久元年〈一一九〇〉九月十三夜に催された「花月百首」での詠。

② 橋の上に置く霜という題を詠みました（歌）法印幸清
独り寝の袖を霜の上に重ねていることであろうか。冴えわたる寒月の光に照らされることを気がねした男の夜の通いも途絶えた、宇治の橋姫は。

③ 最勝四天王院の障子に、宇治川の絵が描いてあるところ（に添えるために詠みました歌）　後鳥羽院
橋姫が、独り寝の衣も冷える寒い筵の上で一夜待った、その甲斐もついになかった宇治川の曙《あけぼの》よ。
○承元元年〈一二〇七〉十一月に、後鳥羽院の御所の一つ、最勝四天王院の障子を飾る和歌を詠ませた催しでの詠。

④（同じく最勝四天王院の障子に、宇治川の絵が描いてあるところに）　慈円
網代木《あじろぎ》に塞《せ》かれて漂う波の音が夜ふけを知らせている。独りさびしく寝たのであろうか、宇治の橋姫は。

⑤ 建久七年〈一一九六〉、藤原兼実が宇治で、人々に歌を詠ませました時に（詠みました歌）　藤原隆房
嬉しさを、片敷いている袖に包んでいるのであろうか。待つ甲斐あって、法会のおこなわれる今日の良き日にめぐりあえた宇治の橋姫は。
○三月五日に宇治で一切経会を催した後の詩歌会での詠。

2 藤原清輔著『奥義《おうぎ》抄』下・古今歌・六一

さむしろに衣片敷き今宵《こよひ》もやわれを待つらむ宇治の橋姫

此歌《このうた》、橋姫の物語と云《い》ふものにあり。昔、妻《め》二人持たりける男、本《もと》の妻の障《さは》りして七色の海布《め》を願ひける、求めに海辺に行きて、龍王にとられて失《う》せにけるを、本の妻尋ねありきけるほどに、浜辺なる庵《いほり》に宿りたりける夜、おのづからこの男にあひにけり。この歌をうたひて海辺より来たれりけるなり。さてことのありやう言ひて、明くれば失《う》せぬ。この妻泣く泣く帰りにけり。今の妻のこのことを聞きて、はじめのごとく行きてこの男を待つに、またこの歌をうたひて来ければ、我をば思ひ捨て本の妻を恋ふるにこそと妬《ねた》く思ひて、男にとりかかりたりければ、男も家も雪などの消ゆるごとくに失せにけり。世の古《ふる》物語なれば、くはしく書かず。集云、

ちはやぶる宇治の橋姫なれをしもあはれとは思ふ年のへぬれば

これもこの事を思ひて詠めるにこそ。かの男、本の妻に忍びたるものなれば、としごろ馴れける人などを橋姫によそへて詠めるとぞ見ゆる。ちはやぶる、とはかの男女《をとこ》むかしの世のことなれば、神にてはべりけるにこそは。又よろづの物にはその物を守る神あり。いはゆる魂なり。されば、橋を守る神を橋姫とはいふとも心得られたり。神は古きものなれば、年へたる人によそへたるにや。宇治の橋姫とさしたるぞ、心得ぬ。神を姫、守などいふこと常のことなり。さほ姫、龍田姫、山姫、嶋守、みな神なり。

藁《わら》で編んだ狭い筵《むしろ》に自分の衣だけを広げて独り寝をして、今宵《こよい》も私を待ってくれているでしょうか、宇治の橋姫よ。

この歌は、橋姫の物語というものにある。昔、ふたりの妻を持っている男がいた。男は、もともと連れ添っていた妻が病気になって七色の海藻を食べたがったので、妻の願いを聞いて海藻を取りに行ったところ、龍王にさらわれていなくなってしまった。それを、もとの妻が尋ね回って浜辺の宿に泊まった夜、思いがけず男と会った。男は「さむしろに衣片敷き」の歌を歌って海辺からやってきたのだった。事の次第を語って男は明け方には消えてしまった。この妻は泣く泣く帰って行った。今の妻がこのことを聞いて、最初にもとの妻がしたように浜辺に行って男を待っていたところ、またこの「さむしろに」の歌を歌いつつやってきたので、「私のことは見捨てて、もとの妻を恋しく思っているのだな」と妬《ねた》ましく思って男に襲いかかったところ、男も家（浜辺の庵《いおり》）も、雪が消えるように消えてしまった。世に伝える古い物語なので、詳しくは書かない。『古今和歌集』に言う、

宇治の橋姫よ、あなたを特にいとおしく思うのだ。長年にわたって慣れ親しんできたのだから。

この歌も、このことを思って詠んだのに違いない。かの男は、もとの妻に隠れて今の妻のところに通っていたので、長年慣れ親しんだ人などを、橋姫にことよせて詠んだのだと思われる。「ちはやぶる」とは、かの男女は、昔の世のこと

本文『日本歌学大系第一巻　奥義抄』佐佐木信綱編（一九五八、風間書房）

③ 顕昭《けんしょう》著『袖中抄《しゅうちゅうしょう》』第八「宇治の橋姫」（抄出）

ちはやぶる宇治の橋姫なれをしもあはれとは思ふ年のへぬれば

顕昭云、宇治の橋姫とは姫大明神とて、宇治の橋下におはする神を申すにや。その神のもとへ離宮《りくう》と申す神の、毎夜毎夜通ひたまふとて、その帰りたまふ時、しるしとて暁ごとに宇治川の波おびただしく立つ音のするとぞ申し伝へたる。（中略）かの神この歌を詠みたまはずとも、さやうの事を思ひて、世の人の詠ぜんことも同じことなり。

本文『歌論歌学集成第四巻　袖中抄［上］』川村晃生校注（二〇〇〇、三弥井書店）

なので、実は神でした、ということではないだろうか。また、すべての物には、その物を守る神がいる。いわゆる魂である。だから、橋を守る神を橋姫とは言うのだとも了解される。神は古いものなので、年を経た人にことよせたのではないか。ただ、宇治の橋姫と特定しているのが、理解できない。神を姫、守などいうことは常のことである。佐保姫、龍田姫、山姫、嶋守、みな神である。

ちはやぶる…

顕昭が言うには、宇治の橋姫とは、姫大明神と言って、宇治橋の下にいらっしゃる神を申すのではないか。その神のもとへ、離宮と申し上げる神が毎夜毎夜お通いになるということで、そのお帰りになるとき、しるしとして暁ごとに宇治川の波のしきりに激しく立つ音がするのだと申し伝えている。（中略）あの神がこの歌をお詠みにならないとしても、そのようなことを思って、世の人が詠むというのも同じことである。

解　説

1　『新古今和歌集』とは？

比叡山延暦寺の天台座主《ざす》を四度務めた僧慈円が、その著『愚管《ぐかん》抄《しょう》』で「ムサノ世」と称した保元の乱（一一五六年）からすでに五十年近く、また治承・寿永の内乱により平家一門が壇ノ浦で滅亡し（一一八五年）、源頼朝の武家政権による全国統治がおこなわれ、大きく政治体制が変わってから二十数年後、[1]に挙げた和歌の出典である『新古今和歌集』は成立しました。鎌倉時代に入ってはじめて撰集された勅撰和歌集です。安徳天皇が平家一門とともに西海に下って後、三種の神器のないまま即位し、十九歳で譲位後に院政を敷いた後鳥羽院の命《めい》により、源通具《みちとも》・藤原有家・藤原定家・藤原家隆・藤原雅経《まさつね》が撰進したものです。ただし、実質的な撰者は後鳥羽院とも言えるくらい、撰歌・部類《ぶるい》・排列すべてに院が関与しました。約千九百八十首・二十巻から成ります。

その成立過程は複雑で、作業の段階で四期に分けて考えられています。第一～三期は撰者による選歌から入集歌を選び分類・排列し二十巻にまとめるまで。そして『古今集』からちょうど三百年後の元久二年〈一二〇五〉に歌集完成を祝う竟宴を催しました。その直後から入集歌の加除（切継《きりつぎ》）がおこなわれたのが第四期。ここに至るまで、撰者たちは後鳥羽院の意向を汲んで最新の秀歌を集に反映させ、よりよい集の完成を目指し延々と作業をしました。ちなみに、その間に書写されたさまざまなバージョンが伝わっているので、『新古今集』の本文は多様です。

その後、鎌倉幕府を排除しようと企てた承久《じょうきゅう》の乱に敗れ、隠岐に配《はい》流《る》された後鳥羽院は、絶海の孤島で『新古今集』の精撰に取り組み、四百首ほどに削除の符号を付します。院にとってはそれが『新古今集』の完成形態だったのでしょう。

2　『新古今和歌集』の歌風

ところで、『新古今集』を編集するにあたって、後鳥羽院は「和歌《わか》所《どころ》」という和歌を司る機関を自らの御所に設け、そこに寄人《よりうど》（職員）として、摂政左大臣藤原良経《よしつね》、内大臣源通親《みちちか》、天台座主慈円、藤原俊成、定家や家隆ら後に撰者となる歌人たち、また院が見出した者たちを任命していました。その中に、今は『方丈記』の作者として知られる鴨長明もいました。長明は当時、歌人として後鳥羽院に認められていたのです。この和歌所での和歌の催しに、参加していた長明は、そこでの衝撃的な体験を、後に『無名抄《むみょうしょう》』という著作で「御所の御会につかうまつりしには、ふつと思ひ寄らぬ事をのみ人ごとによまれしかば、この道は早く底《そこ》もなく、際《きわ》もなき事になりにけりと、おそろしくこそおぼえ侍りしか」と回想しています（→参考資料）。

当時、和歌を詠む人々の間では、歌の詠み方をめぐって、主に守旧派と新風派とが対立していました。守旧派の代表は、[2]『奥義抄』の著者である藤原清輔、[3]『袖中《しゅうちゅう》抄』の著者である顕昭《けんしょう》です。ふたりはいずれも、藤原顕季《あきすえ》を祖とする六条藤家《とうけ》の一員で、顕輔の息子と養子です。六条藤家の歌人たちは「歌の家」として、学問を通して和歌の奥義《おうぎ》に至ろうと考え、古歌や難解な歌の解釈・鑑賞、歌病（歌の欠陥のこと)・歌語・歌枕・修辞法など和歌の知識を得る学問(=歌学)を熱心におこないます。彼らは中古以来の類型表現をもちいた王朝和歌の伝統的な風体を良しとして詠んでいました。

一方、定家の父俊成は、革新的な素材や語を詠んだ前代の源俊頼らに影響を受けつつ、より古い『古今集』をはじめとする三代集の正統的な和歌を範とし、さらに調べの美しさや余情、詩的雰囲気を重視しました。それらを和歌に生み出す方法として編み出されたのが、次にくわしく説明する本歌取りの技法です。定家や俊成の養子の寂蓮《じゃくれん》らは、父俊成の目指した和歌の風体をより先鋭化し、一首により複雑な情趣を醸し出すために、圧縮表現を用いたり、古歌や物語を積極的にふまえたりなど工夫を重ねていました。そのため一見複雑難解な歌となり、守旧派から、当時宋から伝来した禅宗になぞらえて、「達磨《だるま》歌《うた》」と揶揄されたりもしていたのです(→参考資料)。

鴨長明が参加した御所の歌会は、定家らの歌風が席捲していたため、先に挙げたような感想が出たのでしょう。『新古今集』の歌風は、この定家ら新風歌人の目指した優艶で情調豊かなものがメインです。

3 貴族社会の変容と本歌取り

『新古今集』には、『万葉集』以後鎌倉時代初頭までのさまざまな歌が、撰者たち、ひいては後鳥羽院の眼を通して収められ、歌集全体の特質に寄与しています。彼らの選択眼に働いている価値観、それは現実認識に通じる時代意識、歴史意識です。

『新古今集』に入集する和歌の特徴的な技法に、古歌や物語をふまえる本歌取りがあります。本歌取りとは、特定の古歌の一、二句を、はっきりとわかるように取り込んで(これを本歌という)、古歌の世界を背景に、新たな歌の世界を作り上げる技法で、『新古今集』の時代に自覚的に発達したものです。その技法を具体的に述べる定家の歌論『詠歌大概《えいがのたいがい》』によると、古歌の範囲は三代集までで、

i 古歌の二句プラス三、四字は取ってもよい

ii 本歌と季節や主題を変える

という原則がありました。ただし、実際は定家の述べる原則のようにはいかず、模倣とまがうような本歌取りの歌も多く見られます。

本歌取りの技法は、目の前で自らの属する貴族社会が崩れてゆく時代にあって、言葉で古代の理想社会を今によみがえらせようとする試みとも言えるものでした。古歌や物語という、貴族社会に属する者たちに共通の「教養」を通じ、貴族としての連帯をはかる具にもなるものだったのです(☞P16課題五・六)。

では、ここで1に戻りましょう。いずれも新古今時代の歌人の詠んだ①〜⑤に共通する本歌は『古今集』恋四に入集する次のよみ人しらずの歌、

さむしろに衣片敷き今宵もや我を待つらむ宇治の橋姫

【訳】藁《わら》で編んだ狭い筵《むしろ》に自分の衣だけを広げて独り寝して、今《こ》宵《よい》も私を待ってくれているであろうか、宇治の橋姫よ。

です。この古歌が背景にあることによって、①〜⑤の歌では、「橋姫」

の独りでむなしく寝ている様子、何かを待っている様子が共通して詠まれているのです。ただし、④の歌は、主題は「宇治の橋姫」の様子ですが、本歌としては「もののふの八十《やそ》宇治河のあじろ木にいさよふ浪の行方《ゆくへ》しらずも」（万葉集・巻三・柿本人麿）がメインで、『古今集』の宇治の橋姫詠は参考としたというところでしょう。

しかしいったい、ここに詠まれる「橋姫」とは誰なのでしょうか。

4 宇治の橋姫

そもそも「宇治の橋」とは、山城国の宇治（今の京都府宇治市）を流れる宇治川に架けられた橋のことです。大化二年〈六四六〉に架橋された記録を持つ古い橋で、交通・軍事の要衝としてたびたび歴史の舞台に名が登場しています。古くからあるので、古いもののたとえとしても挙げられる橋でした。

ところで、境界に立つ橋には多く、外部から進入する邪悪なものを防ぐために、橋の守り神である「橋姫」が祀られていました。橋姫は宇治のほかにも摂津の長柄《ながら》橋、近江の瀬田橋、京都の五条橋などにも祀られています。つまり、「宇治の橋姫」とは、第一義的には宇治橋の守り神ということになります。

ただ、『古今和歌集』の「さむしろに衣片敷き……」の歌は、恋歌です。しかも、恋四の部立に入っており、恋の進行状況にしたがって配列されている『古今集』の恋部においては、恋仲になって後の状況を詠んだものと解されます。つまり、この歌は、宇治にいる馴染みの女を古くからある宇治橋の守り神である「宇治の橋姫」にたとえ、恋仲にあるものの、何らかの事情があって通うことのできない男が、自分を待つ女のことを思いやった歌なのです。

もっとも、『古今集』の、来ない男を待つ女を橋姫にたとえるという発想からして、もともと「宇治の橋姫」には何らかの「待つ」伝承があったとも思われます。これについては、5でふれます。

5『源氏物語』の「宇治の橋姫」詠受容

ところで、『源氏物語』の宇治十帖には「橋姫」の語が四例あり、それは『古今集』に詠まれた「宇治の橋姫」詠を投影させている、と言われています（三角洋一「『橋姫物語』の位相」『物語の変貌』参照）。つまり、「待つ女」のイメージで女君がまず造型されているということです。

宇治十帖の概要は以下のとおりです。

八の宮は光源氏の異母弟である。かつて弘徽殿《こきでん》大后たち右大臣家に世継ぎ争いで利用され、光源氏の政界復帰後は忘れられた存在になる。正妻に先立たれふたりの娘を育てていたが、御殿も焼失し、宇治の山荘に移り住んで仏道修行に励んでいた。薫《かおる》は「俗聖」と呼ばれる八の宮のことを冷泉院に仕える阿闍梨《あじゃり》から聞き、八の宮を仏道の師と慕って宇治に通うようになる。三年経ったある夜、八の宮が山籠もりの修行中、そうとは知らず山荘を訪ねた薫は、有明の月の下で琴を合奏するふたりの姫君達の姿を垣間見て、その気品高い優雅さに心揺らぐ。薫は、その後対応に出た老女房から柏木の遺言を伝えたいと言われて心騒ぐ一方で、垣間見した姫君のうち大君《おおいきみ》にひかれ、心細い思いで父宮を待つ気持ちを思いやって、「橋姫の心を汲みて高瀬さす棹《さを》の滴に袖ぞ濡れぬる（宇治の姫君の気持ちをお察しして、浅瀬を行く舟の滴に舟人が袖を濡らすように、私も涙で袖が濡れてしまいました）」などの和歌を詠み、大君も返歌をして心を通わせる（橋姫巻）。

この後、八の宮が死に、薫は大君と結ばれたいと思うが、世をはかなんでいた大君は拒否、中君《なかのきみ》を薫にすすめようとする。しかし、中君のもとには匂宮が行き、ふたりは結ばれてしまう。が、身分の高い匂宮はなかなか中君のもとに通えず、都の身分高い姫との縁談話があることもわかり、大君は中君を心配して病にふせってしまい、薫の看病空しく死んでしまう。大君を忘れられない薫は、やがて亡き大君にそっくりな異母妹の浮舟《うきふね》を見いだし、自分のものとして宇治に囲って住まわせるが、匂宮がそのことを知って浮舟に近づいて契る。浮舟はふたりの男性の間で揺れて心悩まし、ついに入水を決意する……。

『源氏物語』宇治十帖に見る大君・中君は、宇治で侘び住まいをし、帰らぬ父宮を待っています。そこへ、薫・匂宮という心を揺らす男たちがあらわれるのですが、結局大君は薫を慕いながらも結ばれずに死に、思わぬ契りを結んだ中君はなかなか訪れない匂宮を待つ日々が続くのです（☞P16課題七）。

6 「橋姫の物語」

『源氏物語』宇治十帖には、宇治で侘び住まいをする女性が大君・中君、とふたり登場しますが、実はその筋立てには、歌学書・注釈書・お伽草子などに見える「橋姫の物語」との関係が考えられています。書物に書き留められたのは『源氏物語』より後の時代ですが、かなり古くから伝承された話だと考えられています。2では『奥義抄』から、その話を引用しました。ここに語られるような、橋姫にまつわる「二人妻」の伝承が、宇治十帖の大君・中君の物語に影響しているのだろうと言われています。

いっぽう、平安時代末期に顕昭によって書かれた歌学書『袖中抄』には、3に挙げたような、まったく別の伝承も記されています。つまり、『袖中抄』が書かれた時点では、橋姫について語られていた伝承には、主に二つパターンがあったということでしょう。同時代から鎌倉時代にかけて成立したほかの歌学書などにも、いずれかの説が中心に挙げられたり、本来の「橋の守り神」という説が挙げられたりしています。ただし、こういった歌学書で語られるような橋姫の物語は、1に見たような実作には何ら反映されていません。実際、この伝承を書き留めている清輔には「宇治の橋姫」を詠んだ歌はなく、かわりに、『古今集』の「ちはやぶる宇治の橋守なれをしぞあはれとや思ふ年の経ぬれば」を本歌とする「年へたる宇治の橋守こととはむ幾代《いくよ》になりぬ水の水上（年老いた宇治の橋守よ、尋ねよう、この宇治川が水上から流れ始めてから幾代になったのかと）」という歌が『新古今集』にあるだけです。この時代の歌学と実作が乖離していたことのわかる例でしょう。

さて、この「宇治の橋姫」は、中世に入ると意外な姿に変容していくことになります。その話はセクション2-9で見ることにしましょう。

参考資料

鴨長明著『無名抄』「近代の歌体」（抄出）

ある人問ひていはく、「この頃の人の歌ざま、二面に分かれたり。中頃《なかごろ》の体を執する人は、今の世の歌をばすずろ事のやうに思ひて、やや達磨宗《だるま》などいふ異名をつけて、誹《そし》り嘲《あざけ》る。又、この頃様《ごろやう》を好む人は、中頃の体をば、『俗に近し。見どころなし』と嫌ふ。やや宗論のたぐひにて、こときるべくもあらず。末学のため、是非にまどひぬべし。いかが心得べき」といふ。

ある人答へていはく、「これはこの世の歌仙の大きなる争ひなれば、たやすくいかが定めむ。（中略）昔はただ花を雲にまがへ、月を氷に似せ、紅葉を錦に思ひ寄するたぐひををかしきことにせしかど、今はその心いひつくして、雲の中にさまざまの雲を求め、氷にとりてめづらしき心を添へ、錦に異なる節をたづね、かやうにやすからずたしなみて思ひ得れば、めづらしき節は難くなりゆく。（中略）ここに今の人、歌のさまの世々に詠み古されにけることを知りて、さらに古風にかへりて幽玄の体を学ぶことの出で来たるなり。これによりて、中古の流れを習ふ輩《ともがら》、目を驚かして誹り嘲る。しかあれど、まことには心ざしは一つなれば、上手と秀歌とはいづ方にもそむかず。いはゆる清輔、頼政、俊恵、登蓮などがよみ口をば、今の世の人も捨てがたくす。今様姿《いまやう》の歌の中にも、よく詠みつるをば謗家《ばうけ》も謗ることなし。（中略）されば一方に偏執すまじきことにこそ」

……（中略）……

問ひていはく、「この二つの体、いづれか詠みやすく、また秀歌をも得つべき」。

答へていはく、「中頃の体は学びやすくして、しかも秀歌は難《かた》かるべし。言葉古《ふ》りてしかも風情《ふぜい》ばかりを詮とすべきゆゑなり。今の体は習ひがたくて、よく心得つれば詠みやすし。そのさまめづらしきにより、姿と心とにわたりて興あるべきゆゑなり」。

問ひていはく、「聞くがごとくならば、いづれも良きは良し、悪しきは悪かなり。学者はまた、われもわれもと争ふ。いかがしてその勝劣をば定むべき」。

答へていはく、「かならず勝劣を定むべきことかは。（中略）人のことは知らず、身にとりては、中頃《なかごろ》の人々あまたさし集まりて侍りし会に連なりて、人の歌ども聞きしには、わが思ひ至らぬ風情はいと少なかりき。わが続けたりつるよりは、これはよかりけりなどおぼゆることこそありしかど、いささかも心のめぐらぬことはありがたくなむ侍りし。しかあるを、御所の御会につかうまつりしには、ふつと思ひも寄らぬことをのみ人ごとに詠まれしかば、この道は早く底《そこ》もなく、際《きは》もなきことになりにけりと、恐ろしくこそ覚え侍りしか。

されば、いかにもこの体を心得ることは、骨法ある人の、境《さかひ》に入《い》り、峠を越えてのち、あるべきことなり。それすらなほしはづせば、聞きにくきこと多かり。いはむや、風情たらぬ人の、いまだ峰まで登り着かずして推《お》しはかりに学びたる、さるかたはらいたきことなし。化粧《けさう》をばすべきことと知りて、あやしの賤《しづ》の女《め》などが、心にまかせて物ども塗り付けたらんやうにぞおぼえ侍りし。かやうのたぐひは我とはえ作りたてず、人の詠みすてたる言葉どもを拾ひて、そのさまを学《まね》ぶばかりなり。いはゆる『露さびて』、『風ふけて』、『心の奥』、『あはれの底』、『月の有明』、『風の夕暮』、『春の古里』など、初めめづらしく詠める時こそあれ、ふたたびともなれば、念もなき言癖《ことぐせ》どもをぞ僅《わづ》かに学ぶめる。あるは又、おぼつかなく心こもりて詠まむとする程に、はてには自らもえ心得ず、違《たが》はぬまた無心所着になりぬ。かやうの列《つら》の歌は幽玄の境《さかひ》にはあらず。げに達磨《だるま》とも、これらをぞいふべき」。

本文『無名抄』角川ソフィア文庫、久保田淳訳注（二〇一三、角川学芸出版）

SECTION 2

9

「宇治の橋姫」の変容

謡曲『江口』他

『古今和歌集』に詠まれ、『源氏物語』宇治十帖を通して「待つ女」、「悲恋」のイメージを負った「宇治の橋姫」。そのイメージが、後世どのような変容をとげたかを、さまざまなジャンルの作品から見てみましょう。

〈作品梗概〉 摂津《せっつ》国江口の里（現、大阪府東大阪市）に来た僧が、ここで西行法師の詠んだ「世の中を厭《いと》ふまでこそかたからめ仮《かり》の宿りを惜しむ君かな」という歌を思って感慨にふけっていると、ひとりの女があらわれ、その折の江口の君（遊女）の返歌を知っているかと問いかけ、その「世を厭ふ人とし聞けば仮の宿に心留《と》むなと思ふばかりぞ」のごとく、俗世に心を留めるな、と言い置き、自分は江口の君の霊だと述べて姿を消す（前場）。

江口の君はふたりの遊女とともに舟で姿を見せ、遊女の身の上のはかなさを嘆き、舟遊《ふなあそ》びのありさまを見せ、遊女と生まれた罪業《ざいごう》の深さ、この世の無常を述べて舞を舞う。そして、執着を捨てれば迷いはないのだと説き、その身は普賢《ふげん》菩薩、舟は白象となって、西方浄土の空に消えていく（後場）。

＊掲出の場面は、後場、江口の君が遊女たちとともに現れ、舟の中で身の上のはかなさを嘆くところで、「宇治《うじ》の橋姫」に言及されるのは、能の舞台では地謡《じうたい》が詠《うた》う江口の君の台詞。

1 謡曲『江口』（抄出）

ワキ「さては江口の君の幽霊仮にあらはれ、われに言葉を交《かは》しけるぞや。〽いざ弔ひて浮べんと、

ワキ
ツレ〽〈上歌《あげうた》〉言ひもあへねば不思議やな、言ひもあへねば不思議やな、月澄みわたる川水《かはみづ》に、遊女の歌ふ舟遊び、月に見えたる不思議さよ、月に見えたる不思議さよ。

後見《こうけん》が屋形船《やかたぶね》の作り物を脇正面に置く。

［一声《いっせい》］の囃子《はやし》で、ツレ（主役の助演）の遊女、シテ（主役）の江口の君、ツレの遊女（片袖を脱いだ姿）の順に登場して舟に乗る。艫《とも》に乗ったうしろのツレは棹《さお》を持つ。地謡〈上歌〉〈下歌《さげうた》〉が謡われる。

［一声］

【通釈】

後場　僧が御経を読誦《どくじゅ》し始めると、月明かりのもと、遊女たちの船遊びの様子が見えてくる。

ワキ（旅僧）「さては江口の君の幽霊が仮にあらわれて、私に言葉を交わしたのだな。〽では弔いをして成仏させようと、

ワキ（旅僧）／ワキツレ（従僧）：〽言いも果てないうちに不思議なことだ、言いも果てないうちに不思議なことだ。月の澄みわたる川の水に、遊女が歌っている舟遊びの舟が、月の光に照らされて見える、その不思議なことよ。月の光のもとに見える不思議なことよ。

地謡（江口）：〽川舟を繋留して、波を枕としての一夜の契り、舟を留めて波の上での一夜の契り、波の上に浮かぶ夢のような享楽の世の暮らしに馴れ、この世が無明長夜の辛い世であることに気づかない我が身のはかなさよ。

地謡〽〈上歌〉川舟《かはぶね》を、留《と》めて逢瀬《あふせ》の波枕《なみまくら》、留めて逢瀬の波枕、憂き世の夢を見ならはしの、驚かぬ身のはかなさよ。佐用姫《さよひめ》が松浦潟《まつらがた》、片《かた》敷《し》く袖の涙の、唐土舟《もろこしぶね》の名残《なごり》なる。また宇治の橋姫も、訪はんともせぬ人を待つも、身の上とあはれなり（面を伏せる）。

地謡〽〈下歌〉よしや吉野の、よしや吉野の、花も雪も雲も波も、あはれ世に逢はばや。

ワキ（主役の相手）はシテに声をかける。掛合いの謡があって、地謡となると一同舟より下りる。シテは中央へ行き床几《しょうぎ》に腰をかけ、ツレは笛座前に着座する。

ワキ〽不思議やな月澄みわたる水の面《おも》に、遊女のあまた歌ふ謡《うたひ》、色めきあへる人影は、そも誰人《たれびと》の舟やらん。

シテ〽何《なに》この舟を誰《た》が舟とは、恥づかしながら古《いにしへ》の、江口の君の川逍《かはぜう》遥《えう》の、月の夜舟《よぶね》を御覧ぜよ。

ワキ〽そもや江口の遊女とは、それは去りにし古の、

シテ「いや古とは御覧ぜよ、月は昔に変はらめや。

ツレ〽われらもかやうに見え来《きた》るを、古人《いにしへびと》とは現《うつつ》なや。

シテ「よしよし何かと宣《のたま》ふとも、

ツレ〽言はじや聞かじ、

シテ〽むつかしや。

佐用姫《さよひめ》が松浦潟《まつらがた》で、任那《みまな》に行った狭手比古《さでひこ》のことを思いながら衣の片袖を敷いて流した涙は、彼の乗っていった唐船を袖を振って見送った名残である（『万葉集』巻五・八七一番歌の題詞などに見える松浦佐用姫の伝承）。また、宇治の橋姫も、狭い筵に片袖を敷いて訪れようともしない人を待っているのも、自分たち遊女の身の上と同じに思われ、あわれである。

地謡（江口）：〽まあ仕方がない。仕方ない。吉野山の花も雪も雲も波も、泡のごとくはかないもの。ああ、良い時世にめぐりあいたいものだ。

ワキ：〽不思議なことよ。月が澄みわたる水面に、たくさんの遊女が歌う歌声、華やかに艶めかしく振る舞いあっている人影が見える。それはそもそも誰の舟なのだろうか。

シテ（江口）：〽何と、この舟が誰の舟かとは驚きです。恥ずかしながら昔の、江口の君が川遊びをした、その月の夜舟を御覧ください。

ワキ：〽それはどうしたことだ、江口の遊女とは、それははるか昔のことだが……。

シテ（江口）「いや、昔とは。御覧ください、（あの業平が「月やあらぬ春や昔の春ならぬわが身ひとつはもとの身にして」と詠んだのと同じく）月だって昔に変わっているでしょうか。

ツレ（遊女）：〽私たちも、ほらこのように姿を見せてきているのに、昔の人だとは、気が確かではないのですか。

シテ
ツレ〽秋の水、漲《みなぎ》り落ちて、去る舟の、
シテ〽月も影さす（月を見あげ、下の水面を見る）、棹《さを》の歌、
地謡〽歌へや歌へうたかたの（シテ・ツレ向かい合う）、あはれ昔の恋しさを、今も遊女の舟遊び、世を渡る一節《ひとふし》を、歌ひていざや遊ばん（一同舟より下りる）。

本文『新編日本古典文学全集58 謡曲集①』小山弘志他校注・訳（一九九七、小学館）

2 屋代本『平家物語』剣《つるぎ》の巻（抄出）

〈抄出部分までの梗概〉 清和天皇の皇子のひとり貞能《さだよし》親王の御子経基《つねもと》の子、多田満仲《みつなか》は源姓を賜り、天下を守護するよう勅定《ちょくじょう》を賜った。そこで、満仲は天下守護のために名剣を得るべく腕利きの鍛冶《かじ》を集めて刀を作らせたが、うまくいかない。嘆いていると、或る者が、筑前国に唐渡りの良い刀鍛冶がいるというので呼び寄せて作らせたが、やはり今ひとつのできばえだった。しかし、このままでは名折れだ、と思った唐渡りの鍛冶は、仏神の加護を得ようと八幡に

シテ「よいよい、何のかのとおっしゃっても
ツレ（遊女）：〽何も言うまい、何も聞くまい。
シテ：〽わずらわしいことだ。
シテ／ツレ：〽秋の水が勢いよく流れ落ち、それに乗って去っていく舟の、
シテ：〽月も光をさし、その舟の上で棹を差して歌う舟歌、
地謡：〽歌えよ歌え。しばしの間。昔が恋しいと今も言って、遊女の舟遊び、憂き世を渡るための一節を歌って、さあ遊ぼうではないか。

その後、江口の君と遊女たちは舟を下り、地謡にあわせて舞いながら遊女の身と生まれた罪業を歎き、この世の無常を述べる。

満仲《みつなか》の代が終わり、嫡子である摂津守《かみ》頼光の代になって、さまざまの不可思議なことがあった。まず第一の不思議なことは、天下で人が多く失踪する事件があったことである。失踪する、というのは、死んでいなくなるわけでもなく、どこかへ行ってそのまま いなくなるわけでもなく、座敷に連なって集まっている中に、立つとも見えず、出て行ったとも見えず、かき消すようにいなくなってしまうのであった。あそこでも失踪した、ここでも失踪したと言う。行方もわからず、

参籠して七日間祈った。すると八幡大菩薩があらわれて、「はやくここから出て六十日鉄を鍛えて作れば、最上の剣が二振り作れるだろう」と告げた。そして唐渡りの鍛冶は、見事に二振りの剣を作った。満仲は喜んで罪人を試し切りし、それらの剣を「髭切《ひげきり》」「膝《ひざ》丸《まる》」と命名した。

　さて、満仲の嫡子源頼光《よりみつ》の代になると、変なことがたびたび起こっていた……。

満仲《みつなか》の代尽きて後、嫡子摂津守頼光の代に成りて、さまざまの不思議あり。先《まづ》第一の不思議には、天下に人多く失《う》せる事あり。失せると言ふは、死にて失せるにもあらず。ゆきて失せるにもあらず、座敷に連なりて集まり居る中にも、立つとも見えず、出づるとも見えず、掻き消す様にぞ失せにける。あそこにも失せたりと言ふ。ここにも失せたりと言ふ。行方も知らず、在所も聞こえずして失せる事多く有りければ、怖さと言ふもはかりなし。いかなる不思議ぞと、上下万人騒ぎあへり。これを委《くは》しく尋ぬれば、嵯峨天皇の御時、或る公卿の娘、余りに物を妬みて、貴船大明神に詣でて、七日籠もりて祈りけるは、「願はくは、生きながら鬼に成し給へ。妬ましと思はん女を取り害《ころ》さん」と申しける。示《じ》現《げん》にいはく、「鬼に成りたくは、姿を作り替へて、宇治の河瀬に行きて、三七日浸るべし。さらば鬼と成るべし」と示現あり。女房悦びて都へ帰りつつ、人も無き所に立ち入りて、長《たけ》なる髪を五に分けて、松やねを塗

いる場所も聞こえてこずに失踪することが多くあったので、その恐怖は言いようもなかった。いったいどのような神仏のお告げなのだろう、と身分の上下なく、万人が大騒ぎしあっていた。これを詳しく尋ねると、こういう顚末だった。

　嵯峨天皇の御時、ある公卿の娘があまりに嫉妬し、貴船《きぶね》大明神（現、京都市左京区鞍馬貴船町にある貴船神社）に詣でて、七日籠もって祈ったことには、「どうか生きながら鬼にしてください。妬ましいと思う女を取り殺したいのです」と申し上げた。すると神が霊験を示して言うには「鬼になりたいのであれば、姿を作り替えて、宇治の河瀬に行って二十一日間浸りなさい。そうすれば、鬼となるでしょう」と。この娘は悦んで都に帰り、人も居ないところに入って、長い髪を五つに分け、松脂《まつやに》を塗って巻き上げ、五つの角を作った。顔には朱をほどこし、体には赤土を塗り、頭には鉄輪《かなわ》（鉄の輪に三本足をつけ、火鉢などに置いて台とする道具。五徳《ごとく》）をかぶり、松明《たいまつ》三把に火を付けて、そのうちまんなかの一つを口にくわえ、夜深く、人が寝静まって後、大和大路《やまとおおじ》へ走り出て、南を指して走っていくと、頭から五つの炎が燃え上がる。たまたまこれに行き会った者は、驚きのあまり肝をつぶして倒れ臥し、皆死んでしまった。こうして宇治河の河瀬に行き二十一日間浸ったところ、貴船大明神の御はからいで、かの女は生きながら鬼となった。また、宇治の橋姫、ともこれを言うのだと承っている。鬼となり、妬ましいと思う女の縁者、自分のことを嫌って遠ざけた男の親類や配下の者、身

り、巻き上げて、五の角を作りけり。面には朱をさし、身には丹を塗り、頭には金輪を頂きて、続松《ついまつ》三把に火を付けて、中を口にくはへて、夜深く人閑《しづ》まりて後、大和大路《やまとおほぢ》へ走り出《いで》て、南を指して行きければ、頭より五の炎《ほむら》燃えあがる。自ら是《これ》に行き合ひたる者は、肝心を失い倒れ臥し、死に入らずといふ事なし。かくして宇治の河瀬に行きて三七日浸りたりければ、貴船大明神の御計らひにて、かの女生きながら鬼と成りぬ。又宇治の橋姫とも是を言ふとぞ承る。鬼と成りて、妬しと思ふ女のその縁の者、我をすさめし男の親類境界《きやうがい》、上下を撰ばず、男女を嫌《きら》はず、思ふ様に取り失ふ。男を取らんとては、すなわち好《よ》き女に変じ、女を取らんとては男と変じて、多くの人を取る間、怖さとも言ふはかりなし。かかりければ、京中上下、申の時より下《しも》にも成りぬれば、人をも入れず、来ることもなし。門戸を堅く閉ぢ、慎みてぞありける。

その頃、頼光の内に綱、公時《きんとき》、貞光、末武とて、四天王の郎等をぞ仕ひける。中にも四天王の其の一、綱は武蔵国箕田の源次とぞ申しける。一条大宮なる所に頼光問ひ尋ぬること有りて、綱を使者に遣はしけるが、夜陰《やいん》に及びて、「世間忽々《そうそう》なり。もしもの事もや有る」とて、髭切を佩《はか》せ、馬に乗せて遣はしけり。あそこ此《ここ》に行きて人を尋ねつつ、問答して帰る。一条堀川の戻り橋を渡りける時、東の橋爪に、齢廿余りと見たる女房の、膚《はだへ》は雪の如くにて、まことにみめよかりけり。紅梅の上着

分の上下を選ばず、男女を区別せず、思い通りに取り殺す。男を取ろうとするときは、すてきな女性に変身し、女を取ろうという時には男に変身して多くの人を取り殺したので、その恐怖は計り知れなかった。そのようなことで、都の町中では北も南も、申の刻（午後四時頃）より遅くなると、人も家に入れず、来ることもなかった。門を固く閉ざし、斎戒《さいかい》（飲食や行動を控えて心身を清めること）して家にひきこもっていたのであった。

その頃、頼光のところに綱（嵯峨源氏渡辺敦の子）・公《きん》時《とき》・貞光・末武と言って、四天王と言われた武士の従者が仕えていた。そのうちでも四天王の一番である綱は、武蔵国箕田（現、埼玉県鴻巣市箕田）の源次と申す者であった。一条大宮にある所に頼光が訪問することがあり、綱を使者に遣わせたのだが、夜暗い時分になったので「世間はいま物騒だ。もしものことがあるかもしれない」と思って、綱に名刀髭切《ひげきり》を佩《は》かせ、馬に乗せて遣わした。あそこ、ここと人を訪ねつつ、問答をして帰途についた。一条堀川の戻り橋（現、京都市上京区堀川下之町。堀川の一条大路にかかる橋。都の境にあたるところ）を渡った時、東の橋のたもとに、二十歳ちょっとと見える女房で、膚が雪のように白く、まことに容貌の綺麗な、紅梅の襲の上着に参拝のためのかけ帯をして、お守りを掛け、衣の袖に包むように経典を持っている女性がい

に掛け帯して、守かけて、衣の袖こめに御経持ちたるが、人も具せずして只一人、南を向けて行きけるが、綱が西をうち通るを見て、「やや、あれはいづくへおはするぞ。我は夫もなき者なり。五条渡りなる所へ用あってまかるが、夜深くて怖きに、送り給ひなむや」となつかしげに言ひければ、綱急ぎ馬より飛び下りて、「さらば御馬に召され候べし」と言ひければ、「嬉しくこそ」と言ふ。綱、近く寄って女房舁《か》き懐《いだ》きて馬にうち乗せて、我もやがて後より馬に乗りて、堀川東のつらを南へ向けて行きけるに、正親町《おほぎまち》の小路へ、今一二段ばかりうち出づる所にて、この女房後へ見向ひて申しけるは、「まことには、五条渡りには、さしたる用事もなし。我が住所は都の外に有るなり。それまで送り給ひなんや」と言ひければ、「さ承り候。いづくにて候とも、女房の御渡り有らん所へ送り奉るべし」と言ふを聞きて、女房やがて厳《いつく》しかりつる姿を引き替へて、怖《おそろ》しげなる鬼に成りて、「いざ、我が行く所は愛宕山《あたごやま》ぞ」と言ふままに、綱が髭《ひげ》を摑《つか》みて提げて、乾《いぬゐ》を指して愛宕山へ飛び行く。綱は兼ねて心得たりければ、少し騒がず、この料にこそ持ちたる剣なれば、帯びたる髭切をさと抜きて、空様《そらざま》に鬼の手を切る。切り果つれば、綱は北野の社《やしろ》の廻廊の上にどうとぞ落ちたりける。鬼は手切られながら、愛宕の山へ向かひて飛び行くこそ怖ろしけれ。綱廻廊より踊り下りて、鬢《びん》に取り付きたる鬼の手を取りて見れば、女房と見つる時、雪の膚と覚えけるが、鬼の手と見る時は、色黒くして土の如し。白き毛ひまなく生いたり。先はちう〳〵とかがまりて、銀の針をかがめたるが如し。

て、従者も連れずにただひとり、南に向かって歩いているのを、綱が西を通っていくのを見て、「もし、そなたはどちらへいらっしゃるのでしょうか。私は夫もない者です。五条のあたりに用があって参るのですが、夜もふけて怖いので、送ってくださいませんか」と魅惑的に言うので、綱は急いで馬から飛び降り、「では御馬にお乗りになると良いでしょう」と言うと、「嬉しいことで」と言う。綱は近くに寄って女房をかき抱いて馬に乗せ、自分もすぐに後ろから馬に乗って、堀川東をまっすぐ南に向けて行っていると、正親町《おおぎまち》の小路（現、京都市上京区新町通一条下ルのあたり）にあと一、二段（二十メートルほど）ばかりで出るところで、この女房が後ろに向いて言うことには「本当は、五条のあたりにはさしたる用事もないのです。私の住まいは都の外にあるのです。そこまで送ってくださいませんか」と言うので、「では、そのように承りました。どこであっても、女房殿のいらっしゃるところにお送り申し上げましょう」と言うのを聞いて、女房は、すぐに見た目にきれいだった姿を引き替え、恐ろしい鬼になって、「では、私の行くところは愛宕山《あたごやま》（現、京都市右京区京北町。山城国と丹波国の境にある山で、天狗の住処と考えれていた）だ」と言うや、綱の髭をつかんで提げ、戌亥（北西）の方角に向かって愛宕山へ飛んでいく。綱は前から心得ていたので、少しも騒がず、このために持っていた剣だから、と腰に帯びていた髭切をサッと抜いて、上向きに鬼の手を切った。切り終えると、綱は北野社（現、京都市上京

本文『屋代本・高野本対照　平家物語　三』麻原美子他編（一九九三、新典社）、原カタカナ書き

区馬喰町にある北野天満宮）の回廊の上にどさっと落ちていた。鬼は手を切られながら愛宕山に向かって飛んでいったのは恐ろしいことだった。綱は回廊からぱっと躍り下りて、鬢の毛に取りついていた鬼の手を取ってみると、女房だと思っていた時には雪のような膚だと思っていたのが、鬼の手と見ると、色黒く、土のようだった。白い毛がびっしりと生え、先の方はちりちりと、銀の針をかがめたようだった。

その後、綱がこの鬼の手を持って頼光に見せたところ、頼光は不思議なことだと安倍晴明を招いて占ってもらう。晴明は鬼の手を封じ、綱に対して、斎戒して家に七日間引きこもり、仁王経《にんのうきょう》を読誦するように言う。綱は、祈禱して籠もっていたが、果たして六日めの夜、頼光のいるところに女が訪ねてきて、一瞬の隙を衝いて、手を奪い返して去っていった……。

3 『古今集為家抄《ためいえ》』「さむしろに」詠注釈

題しらず

さむしろに衣かたしきこよひもや我を待つらん宇治の橋姫

又は宇治の玉姫とあり。宇治橋姫と云《い》ふ事、嵯峨ノ天皇の御時《おほんとき》、ある女、嫉妬によりて夫に捨てられけり。その後、余りの妬《ねた》さに百《もも》夜《よ》の間、かの河辺に行き、髪を水に浸して、願はくは我《われ》鬼神と成り、

題知らず

藁《わら》で編んだ狭い莚《むしろ》に自分の衣だけを広げて独り寝をして、今宵も私を待っていてくれるでしょうか、宇治の橋姫よ

または、宇治の玉姫、とある。宇治の橋姫ということは、嵯峨天皇の御時、ある女が嫉妬によって夫に捨てられた。そ

わが夫の今の妻を取らんと誓ひて水をたたき水神に祈りければ、百夜に満ずる時、すなわち鬼となりて今の女を取る。よって、鬼を公人、ここに祝ふと云へり。

又曰《いは》く、橋守の御神とも云へり。伊勢物語には、「さむしろに衣かたしき今夜もや恋しき人にあはでのみ寝ん」とあり、昔、宇治川のほとりに夫妻棲《す》みけるが、男新宮へ財もとめんとて行きて返らざりけるを、女恋ひ恋ひて、かの橋の辺において死にて神となる。よって、今橋守の御神と云ふ。種々の義あるか。さむしろとはせばき筵《むしろ》なり。

本文　国文学研究資料館所蔵　初雁文庫本4-384（マイクロフィルム35-9-1より翻刻して引用）

の後、余りのねたましさに百晩の間、宇治川の川辺に行く。髪を水に浸して、願わくば、鬼神となって、私の夫の今の妻を取り殺そう、と誓って、水を叩き、水神に祈ったところ、百晩の満願の時、鬼となって今の女を取り殺した。したがって、鬼を、人々はここに祀ったのだという。

また、橋守の御神とも言うという。『伊勢物語』には「さむしろに……（藁で編んだ狭い筵に自分の衣だけを広げ、今宵も私は恋しい人に逢わないで独り寝をするのだろうか）」とあり、昔、宇治川のほとりに夫妻が住んでいたのだが、その夫が新宮へ財を得ようと行ったまま帰ってこなかったのを、妻はひたすら恋しく思い、あの宇治橋のあたりで死んで神となった。よって、今、橋守の御神と言う。さまざまの意味があるのだろうか。「さむしろ」とは狭い筵のことである。

解説

1 「宇治の橋姫」受容の展開

セクション2－8では『新古今和歌集』の「宇治の橋姫」を詠む和歌を読み、それらが『古今和歌集』恋四に入集するよみ人知らず詠を本歌としていること、その古今歌は『源氏物語』宇治《うじ》十帖の女君たちの造型にも影響を与え、「宇治の橋姫」に「待つ女」「悲恋」といったイメージを付与したこと、『新古今集』の本歌取り詠は、『源氏物語』を通過してもたらされたイメージを投影させていることを学びました。いっぽうで、「宇治の橋姫」には歌学書などに載る「橋姫の物語」伝承もあり、そこでは、ふたりの妻と龍王にさらわれ帰らぬ夫との間で、愛と嫉妬の物語が繰り広げられていることにもふれました。

その「宇治の橋姫」のイメージは、後世どのように変容したのでしょうか。

2 待つ女から遊女へ

まず1では、中世に成立した演劇である能の作品、謡曲（能の台本）『江口』のなかに「宇治の橋姫」がどのように受容されているか見てみましょう。能は、平安時代におこなわれていた猿楽《さるがく》が鎌倉時代に歌舞劇として発展（猿楽の能）、南北朝期にいくつもの猿楽の座（劇団）が活躍するなか、先行の諸芸能の長所を取り込んで大胆な改革をおこない実践した観阿弥・世阿弥父子によって、現在見るかたちとなった芸能です。また、彼ら父子の時代に室町幕府の庇護を受けて、大きく発展しました。

さて、参考資料に挙げた『新古今集』や『撰集抄《せんじゅうしょう》』に見える西行と遊女のやりとり（→参考資料1・2）を題材にした世阿弥作の謡曲『江口』では、江口の里を訪れた僧の前にあらわれた遊女江口の君の霊が、遊女の身のつらさやはかなさを嘆き、自分のもとに来ない人を待ち続ける「松浦佐用姫《まつらさよひめ》」や「宇治の橋姫」も自分たち遊女と同じ境遇・身の上だ、と述べています。能の台本である謡曲の詞章は、古典の文章や和歌、内容、イメージを巧みに取り入れて作られていますが、ここでも客を待つ遊女に、ひたすら自分の思う人の訪れを待つ「松浦佐用姫」や「宇治の橋姫」といった古典の「待つ女」「悲恋」のイメージを重ねることで、来ないかも知れない客を「待つ」ことを生《なり》業《わい》とする遊女の悲しさ、むなしさ、けなげさを際立たせているのでしょう。と同時に、この『江口』の詞章で遊女と同列に書かれたことによって、宇治の橋姫とは宇治の遊女のことであるとも考えられていったのです。

3 嫉妬する女から鬼女へ

2は、『平家物語』諸本（→セクション1－4解説）のうち、屋代本『平家物語』、百二十句本『平家物語』などに書かれている「剣巻」からの一部分です。「剣巻」は、天皇家の宝剣と源家に伝わる名剣の由来と伝来の関わり、源頼朝に至るまでの日本の歴史を語る物語で、鎌倉時代末期から南北朝期ごろの成立かと言われています。『平家物語』や『太平記』と組み合わせたかたちで享受されていきました。ここでは、その「剣巻」から、源頼光のころに世間を騒がせていた鬼の正体が生きながら鬼になった女で、宇治の橋姫だと述べている部分と、さらに源家の名剣「髭切《ひげきり》」を用いてその鬼と渡り合った渡辺綱(源頼光の従者)の活躍を描いた部分を挙げました。この巻が鬼になった女のことを書くのは、もちろん、誰もが恐れたその鬼と渡り合った頼光の従者、綱の剛胆さと「髭切」の威力のすごさを示すためなのですが、ここで注目したいのは、この鬼になった女がなぜ「宇治の橋姫」と言われたのかです。

そもそもこの女は、なぜ生きながら鬼になったのでしょうか。それは、嫉妬に狂ったゆえです。では、なぜ嫉妬に狂ったのでしょうか。それは、自分の思う男が他の女に心を奪われ、自分のもとに来なくなったからです。来ぬ男を待つ女――そのイメージを代表するのは「宇治の橋姫」です。しかも「宇治の橋姫」と言えば、平安時代末期の歌学書に、行方不明の男を捜すふたりの妻がいて、もとの妻を大事にする男に対し、新しい妻が嫉妬のあまりつかみかかろうとする、という話も書かれていました。待てども来ぬ男を待つ女、男に裏切られ嫉妬する女……。ここで鬼になった女の姿は、「宇治の橋姫」詠が内包する要素が解釈の過程で肥大化したものと言えるでしょう。

では、このなかで具体的に語られる、生きながら鬼になる方法やその姿というのは、いったいどこから取り込まれたイメージなのでしょうか。実は、中世に書かれた『古今集』の注釈書のなかに、そのもととなったと思われる話があるのです。

4 鬼の形象

勅撰集の最初として尊重された『古今集』は、平安時代後期ごろから、その解釈の困難な語や歌、序に対し、多くの歌人や学者によって注釈がつけられ、書物に書かれるようになります。その背景には、当時の末法思想を背景に、ことがらの始原や原義、正しいものを知ろうとする意識が高まったことが挙げられます。中世になると和歌の家や流派の対立もあって、注釈行為はますます盛行し、伝承などを交えた、現代の私たちから見ると一見荒唐無稽な説が語られる注釈も多くあらわれます。[3]に挙げた『古今集為家抄《ためいえ》』は、藤原定家の子息である為家が弘長三年〈一二六三〉に宗尊《むねたか》親王に進覧したという伝承を持つ注釈書ですが、実際はもっと後代の二条家流に連なる某が種々の説をとりまとめたものとされています。この注釈書が「宇治の橋姫」詠に付した説に、嫉妬によって夫に捨てられた女が鬼になって夫と女を取り殺したいと誓いを立て、宇治河に百晩髪を浸して水神に祈って鬼になって望みを叶え、やがて橋姫として祀られたとあります。

中世に書かれた古典作品の注釈は、能などの作品に大きな影響を与えており、おそらくこうした注釈が「剣巻」の鬼の形象、あるいは謡曲『鉄輪《かなわ》』の、嫉妬の余り鬼になった女の形象に影響しているのでしょう。鬼になるために髪を五つに固め、顔に朱を塗るなどの行為は、呪術行為と関係していると考えられています。『閑居友《かんきょのとも》』に、やはり夫に捨てられ恨んで鬼となった女が、髪を飴で五つに固めたり紅の袴を着たりしている様子が書かれており、それも参考になるでしょう(→参考資料4)。

参考資料

〈西行と江口の君〉

1　『新古今和歌集』巻十・羇旅・九七八、九七九

天王寺にまうで侍りけるに、にはかに雨のふりければ、江口に宿を借りけるに、貸し侍らざりければよみ侍りける

西行法師

世の中をいとふまでこそ難《かた》からめかりの宿りをも惜しむ君かな　（九七八）

返し

遊女妙

世をいとふ人とし聞けば仮の宿に心とむなと思ふばかりぞ（九七九）

本文『新古今和歌集　上』角川ソフィア文庫、久保田淳訳注（二〇〇七、角川学芸出版）

【通釈】

天王寺に詣でましたときに、急に雨が降ったので、江口に宿を借りようとしたところ、貸さなかったので詠みました歌

西行法師

この世を厭い捨てることまでは難しいかもしれませんが、かりそめの旅の宿を私がお借りすることまでも、惜しみなさるあなたなのですね。かりそめのこの世に執着するのと同じように…。

返し

遊女妙

世を厭って出家なさった方だとうかがったので、俗世そのままの私の宿など、心を留めなさいますな、かりそめの現世に執着なさらぬようにと思うばかりですよ。

2　『撰集抄』巻九第八話「江口遊女事」

過《す》ぎぬる長月廿日《はつか》あまりの比《ころ》、江口といふ所を過侍《すぎはべり》しに、家は南北の河岸にさしはさみ、心は旅人《りよじん》のゆききの船を思ふ遊女の有様、いと哀《あはれ》にはかなきものかなと見たてりし程に、冬をまちえぬ村時雨《しぐれ》のさえくらし侍しかば、けしかる賤《しづ》が伏屋《ふせや》に立《たち》より、晴れ間まつまの宿をかり侍りしに、あるじの遊女ゆるす気色《けしき》の見え侍らざりしかば、なにとなく、

世の中をいとふまでこそかたからめかりのやどりををしむ君かな

と読《よ》みて侍しかば、あるじの遊女うちわらひて、

家をいづる人としきけばかりの宿に心とむなとおもふばかりぞ

と返《かへ》して、いそぎ内に入れ侍りき。ただ時雨の程のしばしの宿とせんとこそ思ひ侍しに、この歌の面白さに、一夜の臥しどとし侍りき。

このあるじの遊女は、今は四十《よそぢ》余りにや成りぬらん、みめことがらさもあてにやさしく侍りき。夜もすがら、何となく事ども語りし中に、この遊女のいふやう、「いとけなかりしより、かかる遊女と成り侍りて、年比《としごろ》その振舞をし侍れども、いとびんなく覚えて侍り。女は

殊《こと》に罪の深きと承るに、この振舞さへし侍し事、げに前の世の宿習《しゆくしふ》の程思《おも》ひ智《し》られ侍りて、うたてしく覚え侍しが、この二三年はこの心いと深くなり侍し上、年もたけ侍ぬれば、ふつにそのわざをし侍らぬ也。同じ野寺の鐘なれども、夕《ゆふべ》は物の悲しくて、そぞろに泪《なみだ》にくらされて侍り。このかりそめのうき世には、いつまでかあらんずらんと、あぢきなく覚え、暁には心のすみて、別れをしたふ鳥の音なんど、殊にあはれに侍り。しかあれば、ゆふべには、今夜すぎなばいかにもならんと思ひ、暁には、この夜あけなばさまをかえて思ひとらんとのみ思ひ侍れども、年を経て思ひなれにし世の中とて、雪山《せつせん》の鳥の心地して、今までつれなくてやみぬる悲しさ」とて、しやくりもあへず泣くめり。

このこと聞くに、あはれにありがたく覚えて、墨染の袖しぼりかねて侍りき。夜明け侍《はべり》しかば、名残はおほく侍れども、再会を契りて別れ侍ぬ。

さて、帰る道すがら、貴く覚えて、いくたびか泪をおとしけん。今更心をうごかして、草木をみるにつけても、かきくらさるる心地し侍り。狂言綺語《きぎよ》の戯《たはぶ》れ、讃仏乗の因とは是《これ》かとよ。「かりの宿をもおしむ君かな」といふ腰折《こしをれ》を、我よまざらましかば、この遊女やどりをかさざらまし。しからば、などてか、かかるいみじき人にもあひ侍《はべる》べき。この君故に、われも聊《いささか》の心を須臾《しゆゆ》の程、発《おこ》し侍りぬれば、無上菩提の種をも、いささか、などか兆《きざ》さざるべきと、うれしく侍り。

さて、約束の月、尋ねまかるべきよし思ひ侍りし程に、或《ある》上人の都より来《きたり》て、打ちまぎれて、空しく成りぬる本意なさに、便《たより》の人を語《かたらひ》て、消息し侍りしに、かく申し送り侍りき。

かりそめの世には思ひを残すなとききしことの葉わすられもせず

と申遣《もうしつかはし》て侍りしに、たよりに付《つけ》て、その返事侍りき。いそぎひらいて侍りしかば、よにもをかしき手にて、

わすれずとまづきくからに袖ぬれて我身《わが》はいとふ夢の世の中

と書きて、又、おくに、「さまをこそ替《かへ》侍りぬれ。しかはあれど、心はつれなくて」なんど書きて、又かく、

髪おろし衣の色はそめぬるになほつれなきは心なりけり

と書きて又侍りき。泪そぞろにもろくて、袂にうけかねて侍りけり。さもいみじかりける遊女にてぞ侍りける。

左様のあそび人《びと》なむどは、さもあらん人になじみ愛せられればやなんどこそおもふめるに、その心をもてはなれて、一筋に後世《ごせ》に心をかけん、有難きに侍らずや。よもをろをろの宿善にても侍らじ。世々に蓄へおきぬる戒行どもの、江口の水にうるほされぬるにこそ。歌さへ面白くぞ侍る。さても又、「よひには、この夜すぎなばと思ひ、暁には、あけなばと泪を流す」と語り侍し心の、つひにうちつづきぬるにや、さまかへぬるは。その後も尋ねまかりたく侍しを、さまかへて後は、江口にもすまずとやらむ聞侍《ききはべり》しかば、つひに空しくてやみ侍りき。彼《か》の遊女の最後の有様、なにと侍るべきと、返す返すゆかしく侍り。

本文『撰集抄全注釈』撰集抄研究会編著（二〇〇三、笠間書院）

〈鬼の形象〉

3　謡曲『鉄輪《かなわ》』

〈梗概〉　夫に捨てられた女（シテ）が、その夫を殺そうと貴船に丑の刻参りをする。すると、貴船明神から「赤い衣を着、顔に丹を塗り、頭に鉄輪をかぶってその三つの足に火を灯し、怒る心を持つならば鬼神となるだろう」とのお告げを得、その通りにするとたちまち女は生きながら鬼となる。いっぽう、近ごろ夢見の悪い元の夫は、陰陽師の晴明のもとに行き占ってもらったところ、命を狙われていると言われ、晴明に祈禱を頼む。

鬼となった女（後《のち》ジテ）は晴明の用意した夫と後妻の形代《かたしろ》を祭壇のところに見つけ、後妻の形代をさんざん打ったのちに夫を捉えようとするが、晴明の用意した祭壇の三十番神に攻められて果たせず、「まづこのたびは帰るべし」と言って姿を消す。

能之図　狩野柳雪「鉄輪」（国立能楽堂所蔵）

＊後ジテのつける面《おもて》の名が「橋姫」という怨霊面（鬼形）である。

4　『閑居友《かんきょのとも》』「恨みふかき女、生きながら鬼になる事」

中ごろの事にや。美濃《みの》の国とききしなめり。いたうむげならぬ男《をとこ》、事のたよりにつけて、かの国《くに》にある人の娘に、ゆきかふ事ありけり。ほどもはるかなりければ、さこそは心のほかの絶《た》えまもありけめ。いまだ世の中をみなれぬ心にや、ふつにうき節《ふし》に思ひなしてけり。まれの逢瀬《あふせ》も、また、かやうの心やみえけん、男も、恐《をそろ》しくなんなりにける。

さて、冬草のかれなんはてにければ、この女、すべてものも食はず、また、年のはじめにもなりぬべければ、そのそめきにも、この人のもの食はぬ事もさとむる人もなし。

さて、つねに障子《さうじ》をたてて、ひきかづきてのみありければ、心なくよりくる人もなし。かかるほどに、あたりちかく飴いれたる桶《をけ》のありけるをとりつつ、我髪《わがかみ》を五つに髻《もとどり》に結ひあげて、この飴《あめ》をぬりほして、角《つの》のやうになんなしつ。人、つゆ知ることなし。さて、紅《くれなゐ》のはかまをきて、夜、しのびに走り失せにけり。これをも家《いゑ》のうちの人、さらに知らず。さて、「この人、失せにたり。よしなき人ゆゑに、心《こころ》をそらになして、淵《ふち》、川《かは》に身をすてたるかな」と尋ねもとむれども、さらなり、なじかはあらん。

さてのみすぎゆくほどに、年月もつもりぬ。父母《ちちはは》もみな失せぬ。三十年ばかりとかやありて、おなじ国のうちに、はるかなる野中に、やぶれたる堂《だう》のありけるに、鬼のすみ、馬・牛飼《か》ふをさなき者をとりて食ふといふ事、あまねくいひあへりけり。遠目《とほめ》にみたる者どもは、「かの堂《だう》の天井《てんじやう》のうへになんかくれゐる」といひける。あまたの郷《さと》の者、おのおのいひあはせて、「さらば、この堂に火をつけて焼《や》きてみん。さて、堂をあつまりて作るにこそは侍らめ。仏をあたむ心にても焼かばこそ罪《つみ》にても侍らめ」などいひつつ、その日とさだめて、弓《ゆみ》、矢籠《しこ》かいつけ、ゆみのあきまなどしたためて寄りきにけり。

さて、火をつけて焼くほどに、なからほど焼くるに、天井より角五つあるもの、あかき裳《も》、腰にまきたるが、いひしらずけうとげなる、走りおりたり。さればこそとて、おのおの弓をひきてむかひたりければ、「しばしもの申さん。左右《さう》なく、なあやまち給《たま》ひそ」といひけり。「なにものぞ」といひければ、「我はこれ、そこのなにがしの娘《むすめ》なり。くやしき心をおこして、かうかうの事をしていでて侍しなり。さて、その男をばやがてとり殺してき、その後は、いかにももとの姿には、え《ゑ》ならで侍しほどに、世中もつつましく、居所《ゐどころ》もなくて、この堂になんかくれて侍つる。さるほどに生《い》ける身のつたなさは、もののほしさ、堪《た》へしのぶべくもなし。すべてからかりけるわざにて、身の苦しみ、いひのべがたし。夜、昼《ひる》は、身のうちの燃えこがるるやうにおぼえて、くやしく、よしなきことかぎりなし。願はくは、そこたち、かならずあつまりて、心をいたして、一日のうちに法花経書《か》き供養《くやう》じてとぶらひ給《たま》へ。また、このうちの人々、おのおの妻子《めこ》あらむ人は、かならずこの事いひ広めて、あなかしこ、さやうの心をおこすなといましめ給へ」とぞいひける。さて、さめざめと泣きて、火の中にとびいりて、焼けて死にけり。

けうときものから、さすが又あはれ也。げに心のはやりのままに、ただ一念の妄念にはかされて、ながき苦しみを受けけむ。さこそはくやしくかなしく侍りけめ。その人の行方《ゆくへ》、よもよく侍らじものを。孝《けう》養《やう》もしやしけん。それまでは語るともおぼえず侍き。

本文『中世の文学　閑居友』美濃部重克校注（一九七四、三弥井書店）

SECTION 2

10

よみがえる魔王

『雨月物語』

上田秋成《あきなり》作、安永五年〈一七七六〉刊行の『雨月物語』は九つの短編からなる怪異小説です。

掲出本文はその巻頭に収録された一編、「白峯《しらみね》」。

讃岐国《さぬきのくに》の白峯（現、香川県坂出市《さかいで》）を訪れた西行《さいぎょう》は、
保元《ほうげん》の乱に敗れ、この地に流罪となった崇徳《すとく》院の陵墓を詣でます。

供養のため経文を読み上げ、一首の和歌を捧げる西行。

そこに、恨みの念に凝り固まり、魔王へと化した院の霊が姿を現します…。


あふ坂の関守《せきもり》にゆるされてより、秋こし山の黄葉《もみぢ》見過しがたく、浜千鳥の跡ふみつくる鳴海《なるみ》がた、不尽《ふじ》の高嶺《たかね》の煙《けぶり》、浮嶋がはら、清見が関、大磯《いそ》小いその浦々、むらさき艶《にほ》ふ武蔵野の原、塩竈《しほがま》の和《な》ぎたる朝げ

【通釈】

京と大津とを隔てる逢坂山の関所の番人に通行を許されてから、秋の山の紅葉を見過ごすこともできず東国の各地を回った。浜千鳥が足跡を残す鳴海潟（愛知県名古屋市）、富士

しき、象潟《きさがた》の蜑《あま》が苫《とま》や、佐野の舟梁《ふなばし》、木曾の桟橋《かけはし》、心のとどまらぬかたぞなきに、猶《なほ》西の国の歌枕見まほしとて、仁安三年の秋は、葭《あし》がちる難《なに》波《は》を経《へ》て、須磨明石の浦ふく風を身にしめつも、行々讃岐《さぬき》の真尾坂《みをざか》の林《はやし》といふにしばらく笻《つゑ》を植《とど》む。草枕はるけき旅路の労《いたはり》にもあらで、観念修《くわんねんしゆ》行《ぎやう》の便《たより》せし庵《いほり》なりけり。

この里ちかき白峯といふ所にこそ、新院の陵《みささぎ》ありと聞きて、拝みたてまつらばやと、十月《かみなづき》はじめつかた、かの山に登《のぼ》る。松柏《まつかしは》は奥ふかく茂《しげ》りあひて、青雲《あをぐも》の軽靡《たなび》く日すら小雨《こさめ》そぼふるがごとし。児《ちご》が嶽《だけ》といふ嶮《けは》しき獄背《みねうしろ》に聳《そばだ》ちて、千仞《じん》の谷底《たにそこ》より雲霧《くもきり》おひのぼれば、咫尺《まのあたり》をも鬱悒《おぼつかな》きこちせらる。木立《こだち》わづかに間《す》きたる所に、土墩《つちたか》く積《つ》みたるが上に、石を三かさねに畳《たた》みなしたるが、荊蕀薜蘿《うばらかづら》にうづもれてうらがなしきを、これならん御墓《みはか》にやと心もかきくらまされて、さらに夢現《ゆめうつつ》をもわきがたし。

現《げ》にまのあたりに見奉りしは、紫宸清涼《ししんせいりやう》の御座《みくら》に朝政《おほまつりごと》きこしめさせ給ふを、百《もも》の官人《つかさ》は、かく賢《さか》しき君ぞとて、詔恐《みことかしこ》みてつかへまつりし。近衛院《このゑのゐん》に禅《ゆづ》りましても、藐姑射《はこや》の山の瓊《たま》の林《はやし》に禁《し》めさせ給ふを、思ひきや、麋鹿《びろく》のかよふ跡のみ見えて、詣《まう》でつかふる人もなき深山《みやま》の荊《おどろ》の下に神がくれ給はんとは。万乗《ばんじよう》の君にてわたらせ給ふさへ、宿世《すくせ》の業《ごふ》といふもののおそろしくもそひたてまつりて、罪をのがれさせ給はざりしよと、世のはかなきに思ひつづけて涙わき出づるがごとし。

終夜《よもすがら》供養《くやう》したてまつらばやと、御墓のたひらなる石の上に座をしめて、経文《きやうもん》徐《しづ》かに誦《ず》しつつも、かつ歌よみてたてまつる。

山の噴煙、浮島が原（静岡県東部）、清見が関（静岡県静岡市）、大磯小磯（神奈川県大磯町）の浦々、紫草の咲き匂う武蔵野の原、塩竈《しおがま》（宮城県塩竈市）の海の朝凪《なぎ》の景色、象潟《きさがた》（秋田県にかほ市）の漁師の苫葺《とまぶ》きの小屋、佐野（群馬県高崎市）の舟橋、木曾（長野県南西部）山中の架け橋。どれ一つとして心惹かれないものはなかったが、さらに西国の歌枕も見たいと思い、仁安三年〈一一六八〉の秋は、葭《あし》の花散る難波《なにわ》（大阪市）を経て、須磨・明石（兵庫県）の海風を身に感じながらも、行き行きて讃岐国《さぬきのくに》の真尾坂《みおざか》（香川県坂出市）の林というところにしばらく滞在することにした。長らくの旅寝の疲れをいたわるためではなく、仏道修行のための庵《いおり》を結んだのである。

この里の近く白峯《しらみね》というところに崇徳《すとく》院の陵墓があると聞いて、拝み申し上げたいと思い、十月上旬、この山に登る。松や柏《かしわ》の葉が深く茂り合って、雲のたなびく晴天の日ですら小雨がそぼ降るかのような暗さである。児《ちご》が嶽《だけ》という険しい峯が背後にそびえ、はるかな谷底からは霧が立ち上ってくるので、目の前でさえもはっきりと見えないように感じる。木立のわずかに空いたところ、土を高く盛った上に石を三つ重ねたものがある。野茨《のいばら》や蔓草《つるくさ》に埋もれてもの悲しい様子であるが、これが御墓であろうかと思うと心も暗くなり、夢なのか現実なのか、全くはっきりとしない。

生前の院のお姿を目《ま》のあたりに拝見したのは、紫宸殿《ししんでん》・清涼殿《せいりょうでん》の御座所で政《まつりごと》をなさっていたときで、数多の官吏《つかさ》が、

松山の浪のけしきはかはらじをかたなく君はなりまさりけり

猶心怠《おこた》らず供養《きようやう》す。露いかばかり袂《そで》にふかかりけん。日は没《い》りしほどに、山深き夜のさま常《ただ》ならね、石の牀《ゆか》木の葉の衾《ふすま》いと寒く、神《しん》清《す》み骨《ほね》冷《ひ》えて、物とはなしに凄《すざま》じきここちせらる。月は出でしかど、茂《しげ》きが林《もと》は影をもらさねば、あやなき闇《やみ》にうらぶれて、眠《ねぶ》るともなきに、まさしく円位《ゑんゐ》々々とよぶ声す。

眼《め》をひらきてすかし見れば、其の形異《さまこと》なる人の、背《せ》高く痩《や》せおとろへたるが、顔のかたち、着たる衣の色紋《いろあや》も見えで、こなたにむかひて立てるを、西行もとより道心《だうしん》の法師《ほふし》なれば、恐ろしともなくて、ここに来たるは誰《た》そと答ふ。かの人いふ。前《さき》によみつること葉のかへりごと聞えんとて見えつるなりとて、

松山の浪にながれてこし船のやがてむなしくなりにけるかな

喜《うれ》しくもまうでつるよ、と聞ゆるに、新院の霊《れい》なることをしりて、地にぬかづき涙を流していふ。さりとていかに迷はせ給ふや。濁世《ぢよくせ》を厭離《えんり》し給ひつることのうらやましく侍りてこそ、今夜《こよひ》の法施《ほふせ》に随縁《ずゐえん》したてまつるを、現形《げぎやう》し給ふはありがたくも悲しき御こころにし侍り。ひたぶるに隔生即忘《きやくしやうそくまう》して、仏果円満《ぶつくわゑんまん》の位《くらゐ》に昇らせ給へと、情《こころ》をつくして諫《いさ》め奉る。

新院呵《から》々と笑はせ給ひ、汝《なんぢ》しらず、近来《ごろ》の世の乱《みだれ》は朕《わ》がなす事《わざ》なり。生きてありし日より魔道にこころざしをかたぶけて、平治《へいぢ》の乱《みだれ》を発《おこ》さし

何とも賢明な君であるとその仰せをかしこんでお仕えしていた。近衛《このえ》帝に御位をお譲りになってからも、華麗な御殿にお住まいになっていらっしゃったが、まさか鹿の通う足跡ばかりが見えて、お参りする人もいない深山の藪の下でお眠りなさっていようとは。天子というお立場でいらっしゃってでさえ、前世の宿縁というものに恐ろしくも絡まれて、罪業から逃れることがおできにならなかったのだと、人の世のはかなさが重ねて思われ、涙が湧き出るかのようにあふれる。

夜通し御供養申し上げようと、御墓の前の平らな石の上に座ってお経を静かに唱えながらも、一首の歌をお詠み申し上げた。

陸奥の歌枕「末の松山」のように、当地の松山の潟に寄せては返す波の景色は昔も今も変わらないであろうのに、君はありし日の跡形もなくおなりになってしまった。

なおも心をひきしめ供養をする。露と涙とがいったいどれほど深く袖を濡らしたことであったろうか。日が沈むころ、深山の夜はただならぬ様子で、石の上に座って降りかかる落ち葉だけを夜具にするのではとても寒く、心身共に冴え渡り、何とはなく凄《すさ》まじい心地がする。月は出たけれども、葉の茂る木々はその光を遮り、文目《あやめ》も分からない闇に心もしおれ、まどろみかけていると、たしかに「円位《えんい》、円位」と私の法名を呼ぶ声がする。

め、死して猶朝家《てうか》に祟《たたり》をなす。見よ見よ、やがて天《あめ》が下《した》に大乱《らん》を生ぜしめん、といふ。（中略）

西行いふ。君かくまで魔界《まかい》の悪業《あくごふ》につながれて、仏土《ぶつど》に億万里を隔て給へば、ふたたびいはじとて、只黙《もく》してむかひ居たりける。

時に峯谷《みねたに》ゆすり動きて、風叢林《はやし》を僵《たふ》すがごとく、沙石《まさご》を空《そら》に巻上《まきあ》ぐる。見る見る一段の陰火《いんくわ》、君が膝《ひざ》の下《もと》より燃上《もえあが》りて、山も谷も昼のごとくあきらかなり。光《ひかり》の中につらつら御気色《みけしき》を見たてまつるに、朱《あけ》をそそぎたる竜顔《みおもて》に、荊《おどろ》の髪膝《かみひざ》にかかるまで乱れ、白眼《しろきまなこ》を吊《つ》りあげ、熱《あつ》き嘘《いき》をくるしげにつがせ給ふ。御衣は柿色《かきいろ》のいたうすすびたるに、手足の爪《つめ》は獣《けもの》のごとく生《お》ひのびて、さながら魔王の形《かたち》、あさましくもおそろし。空《そら》にむかひて、相模《さがみ》々々と、叫《よ》ばせ給ふ。あと答へて、鳶《とび》のごとくの化鳥《けてう》翔《かけ》来り、前《まへ》に伏《ふ》して詔《みことのり》をまつ。院、かの化鳥にむかひ給ひ、何ぞはやく重盛が命《いのち》を奪《と》りて、雅仁清盛《まさひときよもり》をくるしめざる。化鳥こたへていふ。上皇《じやうくわう》の幸福《さいはひ》いまだ尽《つ》きず。重盛が忠信ちかづきがたし。今より支干《えと》一周《めぐり》を待たば、重盛が命数《よはひ》既に尽きなん。他《かれ》死《し》せば一族の幸福《さいはひ》此の時に亡ぶべし。院、手を拍《う》つて怡《よろこ》ばせ給ひ、かの讐敵《あたども》ことごとく此の前の海に尽すべしと、御声谷峯に響《ひび》きて、凄《すざま》しさいふべくもあらず。魔道の浅ましきありさまを見て涙しのぶに堪《た》へず。復《ふたた》び一首の歌に随縁《ずゐえん》のこころをすすめたてまつる。

よしや君昔の玉の床《とこ》とてもかからんのちは何にかはせん

刹利《せつり》も須陀《しゆだ》もかはらぬものをと、心あまりて高らかに吟《うた》ひける。

目を開いて暗いなかを透かし見ると、異様な姿で、背が高く痩せ衰えた人物が、顔かたちや着衣の色柄もはっきりと見えないが、こちらを向いて立っている。西行はもとより道心《どうしん》深い僧であるので、恐ろしいとも思わず、「ここに来たのはどなたか」と答える。その人は言う。「先ほど詠んだ歌の返歌をしようとやって来たのだ」。

松山の寄せては返す波に流されてやって来た船が、そのままむなしく朽ちてしまったように、我が身も流刑地であるこの地で生涯を終えてしまったことよ。

「嬉しいぞ、よく参ってくれた」とおっしゃるので、西行はこれが崇徳院の霊であることを知り、地に額《ぬか》ずいて涙を流して言った。「それにしても、どうして成仏なさらずお迷いになっていらっしゃるのでしょうか。穢《けが》れた現世から逃れなさったことがうらやましくございますからこそ、仏縁にあやかるようにと、今夜、御回向《えこう》申し上げましたのに、このようにお姿をお見せになりますのは、もったいないことながらも悲しい御心でございます。ただひたすらにこの世の妄執から離れ、満ち足りた成仏の位《くらい》にお昇りなされませ」と、心を尽してお諫め申し上げる。

院はからからとお笑いになり、「そなたは知るまい、近頃の世の乱れは私のしわざなのだ。生前より魔道に心を傾けて平治の乱を起こさせ、死してもなお、朝廷に祟りをなすのだ。よく見ておけ、やがて天下に大乱を生じさせよう」と言う。（中略）

此のことばを聞《きこ》しめして感《め》でさせ給ふやうなりしが、御面《みおもて》も和《やはら》ぎ、陰火もややうすく消えゆくほどに、つひに竜体《みかたち》もかきけちたるごとく見えずなれば、化鳥《けてう》もいづち去《ゆ》きけん跡もなく、十日あまりの月は峯にかくれて、木《こ》のくれやみのあやなきに、夢路《ゆめぢ》にやすらふが如し。ほどなくいなのめの明けゆく空に、朝鳥《あさとり》の声《こゑ》おもしろく鳴きわたれば、かさねて金《こん》剛経《がうきやう》一巻《くわん》を供養《くやう》したてまつり、山をくだりて庵《いほり》に帰り、閑《しづ》かに終夜《よもすがら》のことどもを思ひ出づるに、平治の乱よりはじめて、人々の消息、年月のたがひなければ、深く慎《つつし》みて人にもかたり出でず。（後略）

本文『改訂版　雨月物語』角川ソフィア文庫、鵜月洋訳注（二〇〇六、角川学芸出版）

西行は「我が君がこれほどまでに魔界の悪縁につながれ、極楽浄土から億万里も隔たっていらっしゃるのであれば、私はもはや何も申し上げますまい」と言って、ただ黙って向かい合っていた。

そのとき、峰も谷も揺れ動き、林をなぎ倒すかのような激しい風が吹いて、小石や砂を空に巻き上げた。見る見るうちに一塊の陰火が君の膝の下から燃え上がって、山も谷も昼のように明るくなった。その光のなかでよくよくご様子を拝見すると、赤く染まったお顔に、おどろの髪は膝《ひざ》にかかるまでに長く乱れ、白い目をつりあげて熱い息を苦しそうに吐いていらっしゃる。お召し物は柿色《かきいろ》のひどくすすけたもので、手足の爪は獣《けもの》のように鋭く伸び、さながら魔王そのままのお姿はあさましくも恐ろしい。院は空に向かって「相模《さがみ》、相模」とお呼びになる。「はっ」と答えて、鳶《とび》のような怪しい鳥が飛び来たって、御前にひれ伏してお言葉を待つ。院はその化鳥に向かいおっしゃる。「なぜ早く重盛《しげもり》の命を奪って、雅《まさ》仁《ひと》（後白河上皇）や清盛《きよもり》を苦しめないのだ」。化鳥は答える。「上皇の幸運はまだ尽きておりません。重盛の忠義の真心には近づきがたいのです。今から十二年待てば、重盛の寿命は尽きるでしょう。彼さえ死ねば平氏一族の幸運も消え失せるはずです」。院は手を打ってお喜びなさり、「あの仇敵どもをことごとく、この前の海で滅ぼしてやろう」とのお声は谷や峰に響き、その凄まじさは言葉に表せない。西行は、魔道のあさましい有様を見て涙を抑えることができず、再び一首の歌を詠んで、仏縁に帰依《きえ》する御心になるようお勧め申し上げる。

　我が君よ、たとえ昔は玉のような御殿にお住まいになっていたとしても、このようにお亡くなりになってしまったら、いったいそれが何になるのでしょう。

「王侯も農民も死んでしまえば変わらないものですのに」と、思いあふれて声も高らかに詠み上げた。

　院はこの言葉をお聞きになって感じるところがおありのようであった。お顔も和《やわ》らぎ、陰火も段々薄く消えていくうちに、遂にお姿も掻き消すかのように見えなくなると、化鳥もどこへ去ったのか跡形もない。十日余りの月は峰に隠れて、木々の暗闇で文目も分からず、まるで夢の世界に迷い込んだようであった。ほどなく夜の明けゆく空に、朝鳥の囀《さえず》りがすがすがしく響きわたってきたので、重ねて金剛経一巻を読んで供養申し上げ、山を下って庵に帰る。静かに一夜の出来事を思い出してみると、平治の乱よりはじまり、人々の身の上など年月にも間違いがないので、この夜のことは深く慎《つつし》んで人にも語らなかった。（後略）

解説

1　秋成ってどんな人？

享保十九年〈一七三四〉、大坂に生まれた上田秋成は、十代から二十代にかけて俳諧《はいかい》に親しみ、明和三年〈一七六六〉、三十三歳で処女小説の『諸道聴耳世間猿《しょどうききみみせけんざる》』を刊行します。井原西鶴《いはらさいかく》作の『好色一代男《こうしょくいちだいおとこ》』を嚆矢《こうし》とする浮世草子《うきよぞうし》の小説ジャンルでは、江島其磧《えじまきせき》作の『世間子息気質《せけんむすこかたぎ》』（正徳五年〈一七一五〉刊）以降、特定の身分や職業に属する人間の特徴的な性格、つまり気質を誇張化して描く「気質物《かたぎもの》」と呼ばれる形式が流行します。秋成の処女作も、この「気質物」の末期の作品に位置付けられ、翌明和四年には第二作の『世間妾形気《せけんてかけかたぎ》』が上梓《じょうし》されます。浮世草子がマンネリズムに陥るころ、新たなタイプの小説が登場します。都賀庭鐘《つがていしょう》作、寛延二年〈一七四九〉刊の『英草紙《はなぶさぞうし》』です。中国の俗語体小説（白話《はくわ》小説）を翻案し舞台を日本に移したもので、読本《よみほん》のジャンルの初作とされています。和漢混淆《こんこう》の独特な文体、作者の歴史観を盛り込んだ緊密な構成など、知識人の好みに適った高踏的な作風は秋成を大いに刺激しました。こうして秋成三作目の小説、読本の『雨月物語』が生まれます。

序文によれば『雨月物語』の脱稿は明和五年三月ですが、刊行されたのはその八年後の安永五年〈一七七六〉。このタイムラグをどう見るかは諸説あるところです。この間、秋成の人生には大きな転機が訪れました。秋成は四歳のとき、大坂堂島《どうじま》の紙油商、嶋屋に養子に入りますが、明和八年にこの嶋屋が焼失し、商人から医者へと転身します。また、同じ頃、国学者《こくがくしゃ》の加藤宇万伎《うまき》に入門もしました。

天明六年〈一七八六〉から七年にかけて、本居宣長《もとおりのりなが》と古代音韻と太陽生成神話をめぐって激しい論争を繰り広げたことが有名なように、『雨月物語』刊行後の秋成が活動の中心に置いたのは国学や和歌でした。そうした秋成は、文化四年〈一八〇七〉、国学関係の自著八十余編を井戸の中に廃棄するという挙に出ます。そして死の前年の文化五年、『雨月物語』と並ぶ代表作『春雨《はるさめ》物語』の稿が成ります。自筆草稿など数種の写本で伝わるこの短編集には、歌論のみで綴られる編が含まれるなど思想性に富み、小説という枠組みでは捉えきれない世界が展開されます。国学の立場から解放され、虚構の中で自由に遊ぶ。それが晩年の秋成が辿り着いた「物語」の境地だったのかもしれません。

2　「白峯《しらみね》」の構想

『雨月物語』の各編は、日本や中国の多様な文学作品を縦横に利用して構成されています。例えば、丈部左門《はせべさもん》との再会の約束を果たすため、赤穴宗右衛門《あかなそうえもん》が自ら死を選び魂魄《こんぱく》となってやって来るという「菊《きっ》花《か》の約《ちぎり》」の話は、時代設定を『陰徳《いんとく》太平記』（戦国時代の西日本を舞台にした軍記）に借りつつ、白話小説の『古今《ここん》小説』に収録される「范巨卿雞黍死生交《はんきょきょうけいしょしせいのまじわり》」を翻案したものですし、青年豊雄《とよお》が、蛇の化身である真女児《まなご》という女性につきまとわれる「蛇性《じゃせい》の婬《いん》」の話は、白話小説『警世通言《けいせいつうげん》』中の「白娘子永鎮雷峰塔《はくじょうしながくらいほうとうにしずまる》」を種本に、和歌山県の道成《どうじょう》寺《じ》に伝わる安珍《あんちん》・清姫《きよひめ》伝説を組み合わせたものです。

「白峯」ではどうでしょう。西行の白峯参詣は、西行の私家《しか》集『山《さん》家集《かしゅう》』（→参考資料2・☞P19課題三）をはじめ、軍記の『保元物語』や説話の『撰集抄《せんじゅうしょう》』巻一第七話（→参考資料3）に見られる逸話です。秋成はこれらを典拠としながらも、さらに、諸国一見《いっけん》の僧が土地に由縁《ゆかり》の霊に出会うという夢幻能《むげんのう》そのままの作品構成を謡曲『松山天狗』から採り入れています（→参考資料4・☞P20課題四）。秋成の古典利用は構想段階に止まらず、細部の語句にも及びます。その端的な例が、西行とは直接関係のない話である『撰集抄』巻二第四話「花林院発心」の一節を冒頭部で利用していることでしょう（☞P20課題五）。ちなみにこの冒頭部からしばらくの間、西行という主語が明示されていないことに気がつきましたか？　主語がないことで読者は旅人（西行）と同化し、共に幻想世界へと迷い込んだかのような感覚に襲われます。秋成の仕掛けた巧みなトリックです。

このように見てくると秋成のオリジナリティはあまりないように思えるかもしれませんが、そうではありません。紙幅の都合で割愛した本文の「中略」の部分、すなわち、西行と院との間で交わされる議論にこそ秋成の独創がありました。要点は次の通りです。西行は院に保元の乱の挙が「天《あめ》の神の教へ給ふことわり」によるものか、自身の「人慾《にんよく》」によるものか尋ねます。院は中国の思想書『孟子《もうじ》』に説かれる易姓《えきせい》革命の論、つまり、天命を受けて民を治める君主が徳を欠いた場合、別の徳ある者が新たに天命を受け君主を廃して構わないという考えを持ち出し、後白河を倒そうとした行為の正当性を主張、「人慾」であることを否定します。それに対し西行は、天照大神《あまてらすおおみかみ》以来、皇統が絶えることのない日本では易姓革命はそぐわないと反論、応神《おうじん》天皇の皇子である大鷦鷯《おおさざき》の王《きみ》と菟道《うじ》の王の兄弟が、互いに皇位を譲り合ったような例こそ「人慾」のない行為であり、兄弟骨肉の争いは親への不孝であると切り返します。院は西行の主張の理を認めつつも、今度はいかに自分が酷い目に遭ったかを訴えます。いわく、懺悔《ざんげ》のために都に送った五部の大乗経《だいじょうきょう》が、呪詛《じゅそ》の疑いありとして藤原信西《しんぜい》によって送り返された。この無念さから魔道に入って平治の乱を起こし、平家の滅亡も間もなくであると。こうなるともはや感情論であり、理屈は通用しません。西行は黙るしかなかったのです。『雨月物語』にはこの「白峯」のほかにも、「仏法僧《ぶっぽうそう》」や「貧福論《ひんぷくろん》」のように登場人物による議論が主体となる話があります。怪異小説の側面が強調されがちな『雨月物語』のもう一つの面白さと言えるでしょう。

3　秋成から馬琴へ

ところで、保元の乱で崇徳院に味方した源為朝《ためとも》を主人公にした作品に、曲亭馬琴《きょくていばきん》作の『椿説弓張月《ちんせつゆみはりづき》』（文化四年〜八年刊）があります。馬琴と言えば『南総里見八犬伝《なんそうさとみはっけんでん》』も有名ですね。これら近世後期に主に江戸の地で行われた読本のことを後期読本と言います。『弓張月』は乱に敗れ大島に流された為朝が、伊豆諸島を平定し、さらには琉球に渡って内乱を鎮めるというスケールの大きな物語ですが、この為朝の妻白縫《しらぬい》が、讃岐で崇徳院に出会う場面には『雨月物語』「白峯」の影響が窺えます（→参考資料5・☞P20課題六）。この作品での院は魔道に入った後、眷属《けんぞく》の天狗を使って暴風雨から為朝を救うなど、主人公たちの守護神として描かれます。立場が変われば魔王も味方になる。そこには崇徳院のイメージの変容が見て取れるのです。

参考資料

1 皇室系図（数字は天皇の代数を示す）

待賢門院《たいけんもんいん》 ＝ 父帝（74鳥羽） ＝ 美福門院《びふくもんいん》

75崇徳 ― 重仁《しげひと》

雅仁《まさひと》（77後白河）

体仁《としひと》（76近衛）

2 『山家集』

讃岐に詣でて、松山のつと申す所に、院おはしましけん御跡尋ねけれど、かたもなかりければ

一三五三　松山の浪にながれてこし船のやがてむなしく成りにけるかな

一三五四　松山の浪のけしきはかはらじをかたなく君はなりましにけり

白峯と申しける所に、御墓の侍りけるにまゐりて

一三五五　よしや君昔の玉のゆかとてもかからん後は何にかはせん

本文『新編国歌大観』第三巻（一九八五、角川学芸出版）

3 『撰集抄』巻一第七話「新院御墓」

過《すぎ》にし仁安《にんあん》のころ、西国《さいこく》はる〲修行仕《つかまつり》侍りし次《ついで》、讃州《さんしう》みを坂《さか》の林と云所《いふ》にしばらくすみ侍りき。太山辺《みやまべ》のならの葉にていほりむすびて、妻木《つまぎ》こりたく山中の気色《けしき》、花の梢に弱る風、たれとへとてかよぶこ鳥、よもぎのもとのうづら、日終《ひねもす》にあはれならずと云事なし。長松のあか月、さびたるさるのこゑを聞《きく》に、そゞろにはらわたを断《たち》侍りける。栖《すみか》は、後世《ごせ》の為とも侍らねども、心ぞそゞろにすみておぼゆるにこそ。

かくても侍るべかりしに、浮世中《うきよのなか》には、思《おもひ》をとゞめじと思侍りしかば、立離《たちはなれ》なんとし侍りしに、新院の御墓《みはか》おがみ奉らんとて、白峰と云所に尋《たづね》参り侍りしに、松の一村《ひとむら》茂れる辺《ほとり》に、くぎぬきしまはしたる。是なん御墓にやと、今更かきくらされて物も覚えず。まのあたり見奉りし事ぞかし。清冷《せいりやう》、紫震《ししん》の間にやすみし給《たまひ》て、百官にいつかれさせ給、後宮後房のうてなには、三千の美翠《ひすい》のかんざしあざやかにて、御まなじりにかゝらんとのみしあはせ給しぞかし。万機の政《まつりごと》を、掌《たなごころ》ににぎらせ給ふのみにあらず、春は花の宴を専にし、秋は月の前の興つきせず侍りき。あに思ひきや、今かゝるべしとは。かけてもはかりきや、他国辺土の山中のおどろの下に朽《くち》させ給ふべしとは。貝、鐘の声もせず、法花三《ほっけざん》

昧《まい》つとむる僧一人もなき所に、たゞ、峰の松風のはげしきのみにて、鳥だにかけえぬ有さま見奉りしに、そゞろに泪を落し侍りき。

始ある物はおはりありとは聞《き》侍りしか共、いまだかゝるためしをば承《うけたまはり》侍らず。されば、思をとむまじきは此世《この》也。一天の君、万乗のあるじも、しかのごとく苦みを離《はなれ》まし〱侍らねば、せつり、しゆだかはらず、宮もわら屋もはてしなき物なれば、高位もねがはしきにあらず。我等もいくたびか、彼《かの》国王とも成《なり》けんなれども、隔生即忘《きやくしやうそくまう》して、都《すべて》おぼえ侍らず。唯、行《ゆき》てとまりはつべき仏果円満の位のみぞ、ゆかしく侍る。とにもかくにも、おもひつゞくるまゝに、泪のもれ出《いで》侍りしかば、

よしや君昔の玉のゆかとてもかゝらん後は何《なに》にかはせん

と、打《うち》ながめられて侍りき。盛衰《じやうすい》は今に始《はじめ》ぬわざなれども、殊更心驚《おどろか》れぬるに侍り。（後略）

本文『撰集抄全注釈』撰集抄研究会編著（二〇〇三、笠間書院）

4　謡曲『松山天狗』

〈掲出部までのあらすじ〉都嵯峨に住む西行（ワキ）は新院こと崇徳院崩御の報を聞き、弔いのため讃岐国を訪れる。土地の老人（前シテ）の案内で院の廟所のある松山（現香川県坂出市）までやって来た西行であったが…。

シテ詞「これこそ新院《ゐん》の御廟所松山にて候へ。なんぼうあさましき御有様《おんありさま》にて候ふぞ。

ワキ「さてはこれなるが新院の御廟《ごべう》にてましますかや。昔は玉楼金殿《ぎよくろうきんでん》の御住居《おんすまひ》。百官卿相《ひやくくわんけいしやう》にいつかれ給ひし御身《おんみ》の。かかる田舎《でんじや》の苔《こけ》の下《した》。人も通はぬ御廟所のうち。涙も更にとゞまらず。あら御痛《おんいた》はしや候《ざふらふ》。

詞 かくあさましき御有様。涙ながらにかくばかり。よしや君《きみ》昔の玉の床とても。かゝらん後《のち》は何にかはせん。

シテ詞「あら面白の御詠歌《ごえいか》や。賤しき身にも思ひやりて。西行を感じ奉れば。

ワキ「実《げ》にや処も天《あま》ざかる。

地「鄙人《ひなびと》なれどかくばかり。〱。心知らるる老《おい》の波の立ち舞ふ姿まで。さもみやびたる気色《けしき》かな。春を得て咲く花を。見る人もなき谷の戸に。鳴く鶯《うぐひす》の声までも処からあはれを催《もよほ》す春の夕《ゆふべ》かな。

ワキ詞「いかに尉殿《じようどの》。君御《ご》存命の折々は。いかなる者か参り御《おん》心を慰め申して候ふぞ。

シテ「君御存命の折々は。都の事を思《おぼ》し召し出し。御逆鱗《おんげきりん》のあまりなれば。魔縁《まえん》みな近づき奉り。あの白峯《しろみね》の相模坊《さがみばう》にしたがふ天狗とも。参るより外《ほか》は余《よ》の参内《さんだい》はなく候。かやう申す老人も。常々《つねぐ》参り木蔭《こかげ》を清め。御《おん》心を慰め申しゝなり。

詞 さても西行《さいぎやう》唯今の詠歌の言葉。肝《きも》に銘じて面白さに。老《おい》の袂をしほるなり。

地「暇《いとま》申してさらばとて。又立ち帰る老の波。翁さびしき木《こ》の本《もと》に立ち寄ると見えしが影の如くに失せにけり。中入間

後シテ出端「五蘊《ごうん》もとより皆これ空《くう》。何によつて平生《へいぜい》の身を愛せん。軀《く》を守る幽魂夜月《いうこんやげつ》に飛ぶ。

詞 いかに西行《さいぎやう》。これまで遥々《はるぐ》下る志こそ。返す〲も嬉しけれ。又唯今の詠歌の言葉。肝に銘じて面白さに。いでいで姿を現さんと。

地「云ひもあへねば御廟しきりに鳴動して。玉體《ぎよくたい》あらはれおはします。

真《まこと》に妙《たへ》なる玉體の。〳〵。花の顔《かほ》ばせたをやかに。こゝも雲井《くもゐ》の都の空の。夜遊《やいう》の舞楽《ぶがく》は。〳〵。面白や。舞

地「かくて舞楽も時過ぎて。〳〵。御遊《ぎよいう》の袂を返し給ひ。舞ひ遊び給へば。又古《いにしへ》の都の憂《う》き事を。思《おぼ》し召し出し。逆鱗の御姿。あたりを払つて。恐ろしや。

地「あれ〳〵見よや白峯の。〳〵。山風《やまかぜ》あらく吹き落ちて。神鳴《かみな》り稲妻《いなづま》しきりに満ち〳〵雨遠近《をちこち》の雲間より。天狗の姿は現れたり。早笛

ツレ「そも〳〵これは。白峯に住んで年を経《ふ》る。相模坊とは我が事なり。

詞 さても新院思はずも。此松山に崩御なる。常々参内申しつゝ。御心《おん》を慰め申さんと。小天狗《せうてんぐ》を引き連れて。

地「翅《つばさ》をならべ数々《かず〳〵》に。〳〵。此松山に随ひ奉り。逆臣《げきしん》の輩《ともがら》を悉く取りひしぎ。蹴殺《けころ》し会稽《くわいけい》を雪《すゝ》がせ申すべし。叡慮《えいりよ》を慰め。おはしませ。働

シテ「其時君も悦びおはしまし。

地「其時君も悦びおはしまし。御感《ぎよかん》の御言葉《おんことば》数々なれば。天狗もおの〳〵頭《かうべ》を地につけ拝し奉り。これまでなりとて小天狗《せう》を。引きつれ虚空《こくう》にあがるとぞ見えしが。明け行く空も白峯の。〳〵梢《こずゑ》に。又飛びかけつて。失せにけり。

本文『日本名著全集　江戸文藝之部　第二十九巻　謡曲三百五十番集』（一九二八、日本名著全集刊行会）

5 『椿説弓張月』前篇巻之六・第十五回

（前略）只《たゞ》ひとり直嶋《すぐしま》に潜《しのび》ゆき、御所《ごしよ》のほとりを徘徊《はいくわい》して、彼此《をちこち》を尋《たづね》たてまつれば、御所《ごしよ》よりは遥《はるか》こなたなる浪《なみ》うち際《ぎわ》に、磯馴《そなれ》し松一樹《まつひとき》ありて、彼処《かしこ》に人蔭《ひとかげ》してければ、是《これ》こそと思ひつゝ歩《あゆ》みよるに、新院《しんいん》は、樹下《このもと》よりさし出たる、巖石《いはほ》の上に結跏趺座《けつかふざ》し、さゝやかなる机《つくえ》に経《きやう》を載《の》せて、御まへに置《おき》給へり。

寔《まこと》にむかしの竜顔《りうがん》にはあらじと見えて、思ひしよりはいと窶《やつれ》はて給ひつ。剃《おろ》させ給ひし御髪《みぐし》のふたたび長伸《たけの》びたるが、御髃《おんかたさき》にふり乱《みだ》れ、御髭《おんひげ》なども長《なが》く垂《たれ》て、秋《あき》の柳《やなぎ》に異《こと》ならず。御衣《ぎよい》もめし換《かふ》る事なかりけるにや、破《や》れ垢《あか》つきし香染《こうぞめ》の法衣《ころも》の御袖《おんそで》、浦風《うらかぜ》に吹翻《ふきかへ》されたる間《ひま》より、白《しろ》く細《ほそ》やかなる御手《おんて》の、骨《ほね》のみ高《たか》くあらはれて、御指《おんゆび》の爪《つめ》も尖《するど》く見え給へり。（中略）

新院《しんいん》はよく聞食《きこしめし》て、いと苦《くる》しげなる御息《おんいき》を、数回《あまたゝび》吻《つき》て宣《のたま》ふやう、「（中略）いざさらばこの経文《きやうもん》を魔道《まどう》へ回向《ゑこう》し、われ生《いき》ながら魔王《まわう》となりて、憎《にく》しとおもふ義朝信西等《よしともしんせいら》はいふもさら也、雅仁《まさひと》にもうきめ見せてんと誓《ちかひ》をたて、日となく夜《よ》となく懸念怠《けねんおこた》らざるかひありて、まづ信頼義朝《のぶよりよしとも》に謀反《むほん》のこゝろをつけて、信西《しんせい》を殪《ころ》させ、又義朝《よしとも》をは家隷長田《いへのこおさだ》に討《うた》せて、父《ちゝ》を誅《ちう》するの天罰《てんばつ》を示《しめ》し、又清盛《きよもり》に驕奢《おごり》のこゝろを憑《つけ》て、雅仁《まさひと》を押籠《おしこめ》させ、すべての讐《あた》は過半《くわはん》ころし剿《つく》しつ今は清盛《きよもり》が氏族親族《うからやから》のみ残《のこ》れり。見よ〳〵、久《ひさ》しからずして、彼等《かれら》をば当国《たうこく》へ引よせて、この海《うな》原《ばら》の水屑《みくず》となさん。こゝに夙願《しくぐわん》五年《いつとせ》に及《およ》びて、やうやく成就《じやうじゆ》の時至《ときいた》

れば、汝《なんぢ》に見《まみゆ》る事、今《けふ》をはじめとして、又今《けふ》を終《をは》りとす。とく〳〵帰《かへ》り去《さる》べし」と仰《おふ》すれば、（中略）彼経机《かのきやうづくえ》を高《たか》く捧《さゝげ》て、衝《つ》と御軀《おんみ》を起《おこ》し給ひ、且《しばら》く咒文《じゆもん》を唱《となへ》つゝ、夥《あまた》の御経《おんきやう》を海上《うみづら》へ、破落〻〻《はら〳〵》と擲《なげう》ち給へば、風颯《かぜさつ》とおろし来《き》て、忽地《たちまち》逆《さか》まく浪《なみ》のまに〳〵、潮水《うしほ》激《げき》して立のぼり、鯨鯢《くじら》の吹《ふ》くに髣髴《さもに》たり。時《とき》に一道《いちどう》の黒気《こくき》、玉體《ぎよくたい》を掩《おほ》ひ隠《かく》す程《ほど》こそあれ、雷《いなびかり》晃《きらめ》きわたり、雲間《くものうち》にあやしの御姿《みすがた》、隠〻《いん〳〵》《○チラ〳〵》として見えさせたまへば、今ははや天狗道《てんぐどう》にや入り給ひけん、と思ひ奉るに浅《あさ》ましく、白縫《しらぬひ》はしばしそなたを俯《ふし》おがみ、夢路《ゆめぢ》をたどる心持《こゝち》しつ、わが住《す》む浦《うら》に帰《かへ》りしが、果《はた》して新院《しんいん》は、次《つぎ》の日に崩《かく》れ給ひぬ。（後略）

本文『日本古典文学大系60　椿説弓張月上』後藤丹治校注（一九五八、岩波書店）

SECTION 3

文体・メディア・あそび

文学は、人の営みを言語を媒体にして表現する芸術ですが、その表現方法には多様なスタイルがあります。固有の文字が存在しなかった『万葉集』の時代には、中国伝来の漢字を利用して日本語が表現され、短歌のみならず長歌や旋頭歌など、さまざまな音数律を持つ詩（韻文）の形式が模索されました。こうして『百人一首』に代表される和歌文化が生まれます。一方、音数律にとらわれない散文では、平安時代の平仮名の発明を経て和文と呼ばれる文章様式が確立し、『源氏物語』を頂点とする物語文学の世界が花開きます。

文学は、文字によって表現されるものだけではありません。肉体を通じての表現に演劇がありますが、それを文字化した戯曲、例えば歌舞伎の台本は、セリフとト書きという特有のスタイルで構成されます。また、絵巻や浮世絵といった絵画による表現は、言語表現を補完しつつ、その世界観をさらに発展させるものとして機能しました。

文学は、文化現象の表徴としての側面もあります。難しいイメージのある古典ですが、所詮はその時々の人々が人生を楽しむために生み出した「あそび」です。本セクションでは、文字を出発点にしながら、その裏側に潜む古えの日本人たちの息吹に触れてみましょう。

SECTION 3

11

『万葉集』

漢字であそび、漢字とたたかう

『万葉集』は現存日本最古の歌集です。
まだ平仮名、片仮名のない時代、歌人たちは漢字を用いて日本語を記していました。
そこには労苦と悦楽の両面があったと思われます。

① **巻一・四五～四九　雑歌　柿本人麻呂**

軽皇子《かるのみこ》、安騎《あき》の野に宿《やど》らせる時に、柿本朝臣人麻呂《かきのもとのあそみひとまろ》が作る歌

やすみしし　我《わ》が大君《おほきみ》　高照《たかて》らす　日《ひ》の皇子《みこ》　神《かむ》ながら　神《かむ》さびせ
すと　太敷《ふとし》かす　京《みやこ》を置きて　こもりくの　泊瀬《はつせ》の山は　真木《まき》立つ
荒き山道《やまぢ》を　岩《いは》が根《ね》　禁樹《さへき》押しなべ　坂鳥《さかどり》の　朝越えまして　玉か
ぎる　夕《ゆふ》さり来《く》れば　み雪《ゆき》降る　安騎《あき》の大野《おほの》に　はたすすき　篠《しの》を
押しなべ　草枕《くさまくら》　旅宿《たびやど》りせす　古《いにしへ》思ひて

（巻一・四五）

【通釈】

① 軽皇子《かるのみこ》が安騎野《あきの》に宿られた時に、柿本朝臣人麻呂《かきのもとのあそんひとまろ》
が作った歌

〈やすみしし〉わが大君《おおきみ》の〈高照らす〉日の神の御子
軽皇子は　神であるままに　神らしく振る舞われるべく
天皇のいらっしゃる　都をよそに〈こもりくの〉泊瀬《はつせ》
の山は　真木《まき》が茂り立つ　荒い山道だが　岩石や　邪
魔な木を押し倒し〈坂鳥《さかどり》の〉朝越えられて〈玉かぎ

短歌

② 安騎の野に　宿る旅人《たびひと》　うちなびき　眠《い》も寝《ぬ》らめやも　古《いにしへ》思ふに　（巻一・四六）

③ ま草《くさ》刈る　荒野《あらの》にはあれど　もみち葉《ば》の　過ぎにし君《きみ》の　形見《かたみ》とそ　来《こ》し　（巻一・四七）

④ 東《ひむがし》の　野《の》にかぎろひの　立つ見えて　かへり見すれば　月傾《かたぶ》きぬ　（巻一・四八）

⑤ 日並《ひなみし》の　皇子《みこ》の尊《みこと》の　馬並《な》めて　み狩《かり》立たしし　時《とき》は来《き》向かふ　（巻一・四九）

本文『新編日本古典文学全集6　万葉集①』小島憲之他校注・訳（一九九四、小学館）

漢字原文

① 軽皇子、宿㆓于安騎野㆒時、柿本朝臣人麻呂作歌

八隅知之　吾大王　高照　日之皇子　神長柄　神佐備世須等　太敷
為　京乎置而　隠口乃　泊瀬山者　真木立　荒山道乎　石根　禁樹
押靡　坂鳥乃　朝越座而　玉限　夕去来者　三雪落　阿騎乃大野尓
旗須為寸　四能乎押靡　草枕　多日夜取世須　古昔念而

（巻一・四五）

る〉　夕方になると　雪の降る　安騎《あき》の大野に　すすきの穂や　篠《しの》を押し伏せて　〈草枕〉　旅寝をなさる　日《ひ》並皇子《なみしのみこ》がここに来られた時のことを偲《しの》んで　（巻一・四五）

短歌

② 安騎の野に　仮寝する旅人は　くつろいで　寝てなどいようか　故皇子のいらした当時を思うと　（巻一・四六）

③ 〈ま草刈る〉　荒れ野ではあるが　〈もみち葉の〉　今は亡き皇子の　形見《かたみ》の地としてやって来られた　（巻一・四七）

④ 東方の　野にかげろうが　立っていて　振り返って見ると　月は西に傾いた　（巻一・四八）

⑤ 日並《ひなみし》の　皇子の尊《みこと》が　馬を並べて　狩を催された　同じその時刻になった　（巻一・四九）

短歌

② 阿騎乃野尓　宿旅人　打靡　寐毛宿良目八方　去部念尓
（巻一・四六）

③ 真草苅　荒野者雖レ有　葉　過去君之　形見跡曾来師
（巻一・四七）

④ 東　野炎　立所レ見而　反見為者　月西渡
（巻一・四八）

⑤ 日双斯　皇子命乃　馬副而　御獦立師斯　時者来向
（巻一・四九）

本文『新編日本古典文学全集6　万葉集①』小島憲之他校注・訳（一九九四、小学館）

解説

1 『万葉集』ってどんな歌集？

『万葉集』は、全二十巻、四千五百首ほどの歌を収める、現存日本最古の歌集です。雄略《ゆうりゃく》天皇の歌に始まり、大伴家持《おおとものやかもち》の歌に終わります。ただし、雄略天皇などは伝承上の歌人と考えられ、実際に歌が本格的に作られるのは、七世紀半ば斉明《さいめい》天皇・天智《てんじ》天皇の時代あたりからと想定されています。一方、『万葉集』最後の歌、「新《あらた》しき年の初めの初春《はつはる》の今日《けふ》降る雪のいや頻《し》け吉事《よごと》」（巻二十・四五一六）は、天平《てんぴょう》宝字《ほうじ》三年〈七五九〉正月に詠まれました。このように『万葉集』は、奈良時代以前の歌と奈良時代半ばまで、およそ百年間の歌が収められた歌集なのです。

現在、私たちが日本語を書き記す際は、この文章もそうですが、漢字・ひらがな・カタカナを用います。しかし、ひらがな・カタカナは、平安時代に漢字から生まれた文字です。つまり『万葉集』の時代は、漢字のみで日本語は表記されていたのです。歌は短歌体であれば、五七五七七という音数律が原則であり、長歌も五七五七…五七七という型に一般的になっています。したがって、漢字のみであっても全く訓《よ》めないということはありません。しかし、事細かなニュアンスがすべて伝わるわけではないのも事実で、『万葉集』の享受は歌に訓を付けることの歴史に他ならないのであります。この点は3で解説します。

2 人麻呂の表現

A 一首で考える

今回主に読んでいくのは、教科書などでも見たことがあるかもしれない④「東の」の歌です。この歌の作者、柿本人麻呂は奈良時代以前に活躍し、壮大な長歌や、漢字表記に工夫を凝らすなど多種多様な歌を詠んでいます。まさに『万葉集』を代表する歌人です。『百人一首』の歌人としてもなじみ深いでしょうが、紀貫之《きのつらゆき》が『古今和歌集』「仮名序」において「歌の聖《ひじり》」と述べたことで、日本文学史上でも重要な歌人として位置づけられるようになりました（→参考資料1）。人麻呂の代表作とされるこの一首を、まずは一首の歌として読んでおきましょう。

「東の　野にかぎろひの　立つ見えて」と上《かみ》三句は、東側の野に「かぎろひ」が立つことを視覚で捉えています。原文「炎」の「かぎろひ」は詳細不明ですが、赤い光の様相としておきます。東側の描写に続き「かへり見すれば」とまなざしは振り返る先、西に向かいます。そこには「月傾きぬ」と沈み行く月が描かれています。そうなると、東の野の「かぎろひ」は日の出間近の徐々に明るくなるイメージでしょう。夜明けの太陽と月とで繰り広げられる美しい情景ですが、単純な対比で示すのではなく、「かへり見すれば」と作中主体の具体的な行動が入ることで、動的な印象を与える一首となっています。

B 歌群で考える

(1)　長歌①を読む

今、一首の歌として読みましたが、『万葉集』ではこの人麻呂詠は一首のみでは成り立っていません。題詞に「軽皇子《かるのみこ》、安騎《あき》の野《の》に宿らせる時に、柿本朝臣人麻呂が作る歌」とあります。軽皇子（後の文《もん》武《む》天皇。父は草壁皇子《くさかべのみこ》、母は元明《げんめい》天皇）が「安騎の野」（奈良県宇陀《うだ》市）に宿った時の歌です。野に出向くのは、「狩り」のためと考えるのが古代文学での一般的な感覚です。「狩り」に皇子が単身で赴《おもむ》くとは考え難く、将来の天皇になる人物に多くの人々が付き従ったのでしょう。もちろん人麻呂もその中のひとりとして。

長歌は「やすみしし　我《わ》が大君《おほきみ》　高照《たかて》らす　日《ひ》の皇子《みこ》　神《かむ》ながら　神《かむ》さびせすと　太敷《ふとし》かす　京《みやこ》を置きて　こもりくの　泊瀬《はつせ》の山は　真木《まき》立つ荒き山道《やまぢ》を　岩《いは》が根《ね》　禁樹《さへき》押しなべ　坂鳥《さかどり》の　朝越えまして　玉《たま》かぎる　夕《ゆふ》さり来《く》れば」と、「我が大君」「日の皇子」と表現された軽皇子が、神として、都から泊瀬の山を越えて進み行くさまが、「やすみしし」「高照らす」「こもりくの」と、枕詞を多用しながら格調高く詠まれています。そして朝夕を対句的に表現しながら、夕方に「み雪《ゆき》降る　安騎《あき》の大野《おほの》に　はたすすき　篠《しの》を押しなべ　草枕《くさまくら》　旅宿《たびやど》りせす　古《いにしへ》思ひて」と、狩り場「安騎の大野」に「旅宿り」をしたと詠じられます。注目したいのは最後の句に「古思ひて」と過去を追懐している点です。しかし、この長歌の中に「古」は具体化されていません。漠然とした過去とまずは捉えて読み進めましょう。

軽皇子の安騎野の狩りは、『万葉集』の配列から、持統《じとう》六年〈六九二〉三月〜八年〈六九四〉十二月に行われたと考えられます。軽皇子は、天武十二年〈六八三〉生まれで、この狩りの時は十歳程度となります。「真木立つ　荒き山道を　岩が根　禁樹押しなべ」と困難な道を勇ましく進む表現と、行動の実態との乖離《かいり》はあるのでしょうが、将来が嘱望された皇子にはこのような表現も不自然ではなかったのかもしれません。また、行程も不自然なところがあり、当時の都、藤原京から、安騎野（宇陀）に行くのに泊瀬を通るのは明らかに遠回りなのです（↓参考資料2）。人麻呂はこのあたりの地形をよく知っていたはずですから、何かの意図があるのでしょうが、現在でも解明に至りません。

(2)　「短歌」をめぐって

この長歌に対して「短歌」が四首並びます。「東の」はその三首目です。一般に長歌に附随する五七五七七の短歌体の歌は「反歌」とされます。内容は長歌の要約であったり、長歌を発展させたりと、さまざまです。『万葉集』でも「反歌」という用語が一般的ですが、人麻呂は時折「短歌」とすることがあり、独立性が強い場合に用いられるという考え方もあります。その「短歌」を順に見ておきましょう。

(3)　短歌②を読む

この歌は、「宿る旅人」「古思ふに」と宿ることと古への志向が明記され、長歌の末尾を受け継ぐような内容ですが、「眠も寝らめやも」と「めやも」という上代特有の反語を用い、「旅人」すなわち、狩りへ参加した人たちが、寝付けぬ興奮の中にいることがうかがえます。見落としたくないのは、長歌の主体が軽皇子（「旅宿りせす」の「す」は尊敬）であるのに対し、この歌は随行した人々が主体であるという点です。子供の皇子はスヤスヤ寝ているけれど、随行者たちは懐旧の思いの中、寝られなかったのかもしれません。

(4)　短歌③を読む

この歌で、宿っている安騎野は「荒野」と表現され、その荒野にふさわしいよう「もみち葉の過ぎにし君」と比喩的に、亡くなってしまった目上の男性「君」を登場させます。この「君」とは誰なのでしょうか。軽皇子その人ではないもうひとりの「君」がいるのです。この狩りに参加した人たちには自明であり、当時の享受者もよく承知していたでしょうが、明記されない以上、現在の私たちは、一旦踏みとどまっておくしかないでしょう。その「君」を思い起こすよすがが「形見」の地として、安騎野にやって来たのでした。

そして次の④が当該「東の」の歌です。②において眠る時間を詠むのに対して、④は東の曙光と西の傾く月とを詠じ、明け方の描写がされていることは先に見たとおりです。つまりこの「短歌」には時間の推移が読み取れることになります。

(5) 短歌⑤を読む

短歌四首目の「日並の皇子の尊」とは、『万葉集』では草壁皇子（軽皇子の父）を指します。日、すなわち太陽に並ぶ皇子として草壁皇子が讃美されているのでした（草壁皇子の父親、天武《てんむ》天皇は「日《ひ》の皇子」と表現されました）。その草壁皇子が、この安騎野の地で狩りに出た時間がやって来たと表現しています。

ここで明確に草壁皇子がクローズアップされます。つまり、短歌③の「君」は草壁皇子であり、その思い出の地として、安騎野に来たことがわかります。長歌①と短歌②で「古」と漠然と描かれていた追懐の対象も草壁皇子の狩りであると推測できるでしょう。

草壁皇子は、天武天皇と持統天皇との子で、天武天皇の後継者として目されていました。しかし、持統三年〈六八九〉に二十八歳の若さで亡くなってしまいました。今は亡きその草壁皇子の狩り出立の時間を想起するということは、現実にこれから軽皇子が狩りに出立することを暗示するのでしょう。つまり、軽皇子に亡き草壁皇子を重ね合わせることになります。若くして没した草壁皇子への追悼の念が短歌②の「眠も寝らめやも」の背景にあるのかもしれません。

なお、草壁皇子、日並皇子が亡くなった時に、柿本人麻呂の詠んだ挽歌が『万葉集』に収められています（→参考資料3）。その③「あかねさす　日《ひ》は照《て》らせれど　ぬばたまの　夜渡《よわた》る月《つき》の　隠《かく》らく惜《お》しも」は、月が隠れたことを惜しむ一首ですが、日並皇子の挽歌という文脈では、その隠れ行く月に日並皇子、草壁皇子を投影していると判断するのも間違いではないでしょう。

ここで、軽皇子の安騎野の歌に戻りましょう。長歌から四首の短歌に、時の流れが描かれたことは既に確認した通りですが、草壁皇子と軽皇子とが重ね合わせられていることも重要でしょう。その点で鍵を握るのは、短歌④「東の」の歌です。そこでは、東の夜明けと西の月の沈みゆくさまが描かれていました。太陽と月とが印象的です。異なる歌ですが、同じ人麻呂により、軽皇子は「日の皇子」、草壁皇子は「日並の皇子」と表現されました。太陽の軽皇子と、太陽に並ぶもの、月をイメージさせる草壁皇子です。月が沈み、日の皇子、軽皇子の時代がここに始まることを感じさせる一群と読めるでしょう。

3 『万葉集』の享受――訓の歴史――

本解説冒頭で述べたように、『万葉集』は漢字文献で、この作品を読むことは訓《よ》みを付すことでもありました。天暦《てんりゃく》五年〈九五一〉、村上《むらかみ》天皇は源順《みなもとのしたごう》ら梨壺《なしつぼ》の五人に、「古万葉集よみときえらば」（『順集』）せました。この時にどのような本が作られたかは不明です。

　その後、多くの歌人たちが『万葉集』にアプローチしましたが、体系的に『万葉集』を訓もうとしたのが、十三世紀半ばに活躍した仙覚《せんがく》という僧侶です。仙覚の業績は、西本願寺《にしほんがんじ》本『万葉集』などに伝わります。その本は、現在の『万葉集』の注釈書などの底本《そこほん》になるように、現在『万葉集』を読む上で欠かせないものなのです。

　その仙覚の仕事で最も大きい意味を持つのは、漢字原文に傍訓の形で訓みを付した点です。それまでの訓の付け方は、漢字原文とは別行に、ひらがなもしくはカタカナの歌が書かれるというものでした。用いられた漢字とは乖離した歌が生まれることもあったのです（☞P22課題三）。仙覚は漢字に即して、地道に訓を施していったことに今なおその価値が尊重されるのです。ただし、仙覚はお世辞にも文学センスを有する人物とは言えず、表現に巧緻を極めた『新古今和歌集』のような和歌文学の世界を仙覚がどこまで理解していたのだろうかと思わされる節もあります。愚直なまでに『万葉集』という漢字文献に向き合い、おそらく索引のようなものをも作成していた仙覚だからこそ、『万葉集』の本来有する古代性とでも言うべきものを、ありがたくも維持したテキストを生み出せたとも言えるでしょう。

　仙覚以降、『万葉集』の施訓に大きな意味を持ったのは、契沖《けいちゅう》や賀《か》茂真淵《もまぶち》などが推進した江戸時代の国学《こくがく》です。彼らは、文献学的なアプローチをしつつ、日本の古代をトータルに把握すべく『日本書紀《にほんしょき》』なども深く読み込み、そして『古今和歌集』なども精読するように文学センスも十分に有し、『万葉集』を読み解いていきました。国学者の理解が、現代の解釈に大きな影響を与えた例は少なくありません。

　その最たるものが、今回取り上げた「東の」の一首でしょう。実はこの一首は、江戸時代まで、

　東野《アヅマノノ》　炎《ケブリノ》　立《タテル》　所《トコロ》見《ミ》而《テ》　反見為者《カヘリミスレバ》　月西渡《ツキカタブキヌ》

と訓まれていました。しかし、賀茂真淵『万葉考《まんようこう》』によって、

　東《ヒムカシノ》　野《ノニ》炎《カギロヒノ》　立《タツ》所《ミ》レ見《エ》而《テ》　反見為者《カヘリミスレバ》　月西渡《ツキカタブキヌ》

と改められ、現代に至るのです。しかし、真淵は、従来の訓を否定し、なぜこのように訓むのかを明言していません。真淵の類稀なる感覚が発動したに過ぎないかもしれません。とは言え、人麻呂がそう詠んだと思いたくなるスケールの大きさがあり、今も多くの研究者たちがこの訓みに魅了され続けています。

　しかし、その訓みは、「西渡」を「かたぶく」と訓めるのか、など問題を残しています。人麻呂はどのように詠んだのでしょうか。人麻呂が記したと考えられる漢字原文の表記「東野炎立所見而反見為者月西渡」はあまりに我々に与えてくれる情報が少ないのです。でも、それは我々がわかっていないだけなのかもしれません。人麻呂は漢字とたたかい、漢字であそび、一首を詠んだのでしょう。それを解決するのは、この解説を読んでいるあなた自身なのかもしれません。

　ただ、正確に訓めていないのかもしれませんが、人麻呂が夜明けの、東の「炎」と西の「月」とを、「反見」することで視覚的に把握したことを伝える雄大な一首であるのは間違いないでしょう。

参考資料

1 『古今和歌集』「仮名序」

いにしへよりかく伝はるうちにも、ならの御時《おんとき》よりぞ広まりにける。かの御代《みよ》や歌の心をしろしめしたりけむ。かの御時に、正三位《おほきみつのくらゐ》柿本人麿なむ歌の聖《ひじり》なりける。これは君《きみ》も人《ひと》も身を合はせたりといふなるべし。秋の夕べ、竜田川《たつたがは》に流るる紅葉《もみぢ》をば、帝《みかど》の御目には錦《にしき》と見たまひ、春の朝《あした》、吉野《よしの》の山の桜は、人麿が心には、雲かとのみおぼえける。また、山辺赤人《やまべのあかひと》といふ人ありけり。歌にあやしく妙《たへ》なりけり。人麿は、赤人が上《かみ》に立たむこと難《かた》く、赤人は、人麿が下《しも》に立たむこと難くなむありける。

本文『新版 古今和歌集』角川ソフィア文庫、高田祐彦訳注（二〇〇九、角川学芸出版）

【通釈】

古代からこのように（歌が）伝わるうちに、奈良の天皇の時代から広まった。その時の天皇は歌の本質を深く理解しておられたのであろう。その時に正三位柿本人麿は、歌の聖《ひじり》であった。これは君主も人臣も一心同体であるというのに違いない。秋の夕べに、竜田川に流れる紅葉《もみじ》を帝の目には錦《にしき》としてご覧になり、春の朝に、吉野山の桜は人麿の心には雲かとばかり思われた。また山辺赤人という人がいた。歌に不思議なほどすぐれていた。人麿は赤人の上に立つことが難しく、赤人は人麿の下に立つことが難しかった。

2 万葉地図

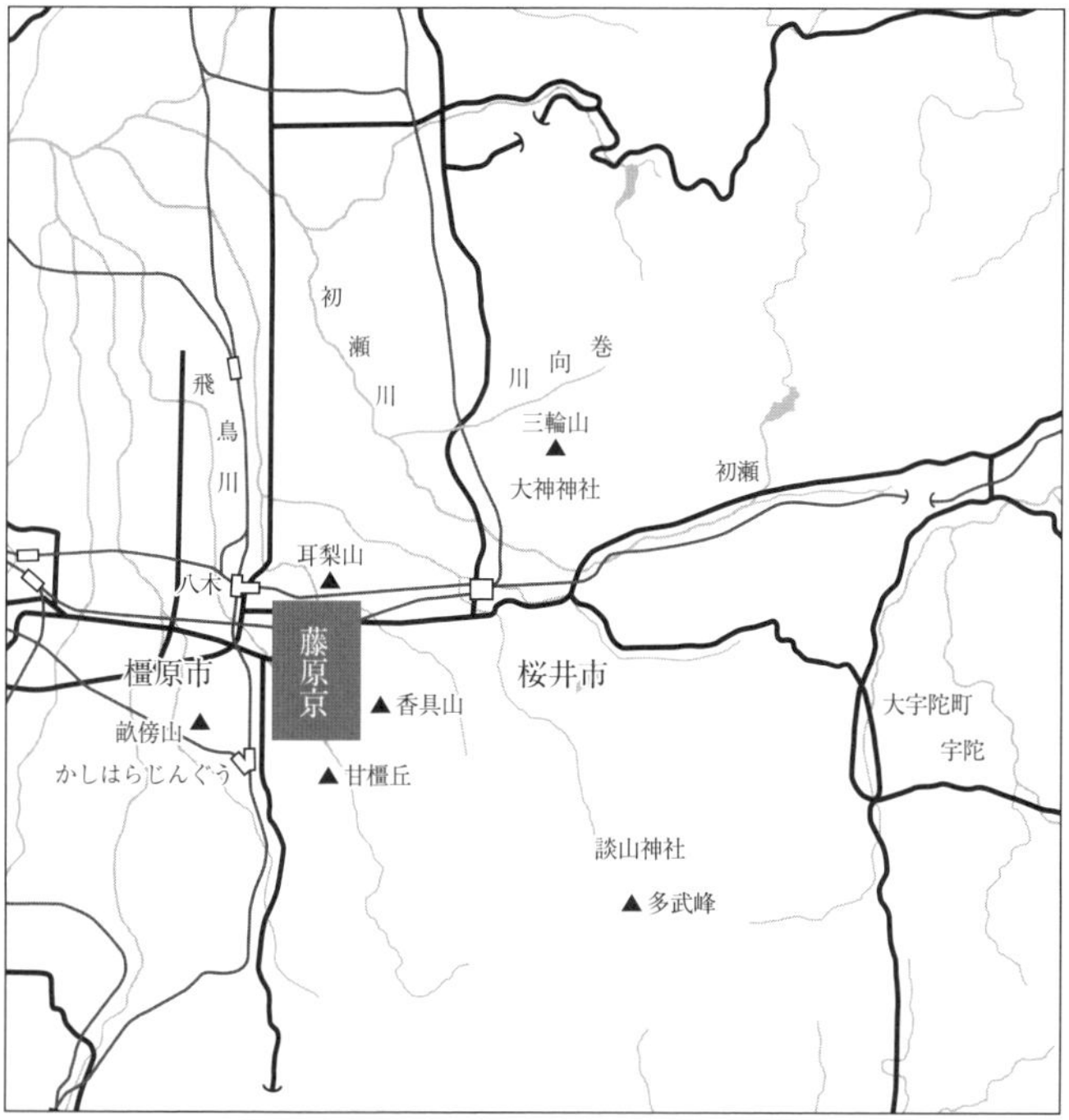

3 『万葉集』日並皇子挽歌

日並皇子尊《ひなみしのみこのみこと》の　殯宮《あらきのみや》の時に、柿本朝臣人麻呂が作る歌一首
并《あは》せて短歌

① 天地《あめつち》の　初めの時の　ひさかたの　天《あめ》の河原《かはら》に　八百万《やほよろづ》　千万《ちよろづ》
神《かみ》の　神集《かむつど》ひ　集ひいまして　神《かむ》はかり　はかりし時に　天照《あまて》
らす　日女《ひるめ》の命《みこと》　天《あめ》をば　知らしめすと　葦原《あしはら》の　瑞穂《みづほ》の国
を　天地の　寄り合ひの極《きは》み　知らしめす　神の尊《みこと》と　天雲《あまくも》の
八重《やへ》かき分《わ》けて　神下《かむくだ》し　いませまつりし　高照《たかて》らす　日《ひ》の
皇子《みこ》は　飛ぶ鳥の　清御原《きよみ》の宮に　神《かむ》ながら　太敷《ふとし》きまして
天皇《すめろき》の　敷きます国と　天《あま》の原《はら》　石門《いはと》を開《ひら》き　神上《かむあが》り　上《あが》りいま
しぬ　我《わ》が大君《おほきみ》　皇子《みこ》の尊《みこと》の　天《あめ》の下《した》　知らしめしせば　春花《はるはな》の
貴《たふと》からむと　望月《もちづき》の　たたはしけむと　天の下　四方《よも》の人の
大船《おほぶね》の　思ひ頼みて　天《あま》つ水《みづ》　仰《あふ》ぎて待つに　いかさまに　思《おも》ほ
しめせか　つれもなき　真弓《まゆみ》の岡《をか》に　宮柱《みやばしら》　太敷きいまし　み
あらかを　高知《たかし》りまして　朝言《あさこと》に　御言問《みことと》はさず　日月《ひつき》の　まね
くなりぬれそこ故《ゆゑ》に　皇子《みこ》の宮人《みやひと》　行《ゆ》くへ知らずも
（巻二・一六七　挽歌）

反歌二首

② ひさかたの　天《あめ》見るごとく　仰《あふ》ぎ見し　皇子の御門《みかど》の　荒れまく
惜《を》しも
（巻二・一六八　挽歌）

③ あかねさす　日は照らせれど　ぬばたまの　夜《よ》渡る月の　隠《かく》らく
惜しも
（巻二・一六九　挽歌）

本文『新編日本古典文学全集6　万葉集①』小島憲之他校注・訳（一九九四、小学館）

【通釈】

日並皇子尊の殯宮《ひんきゅう》の時に、柿本朝臣人麻呂が作った歌一首
あわせて短歌

① 天地《あめつち》の　始まりの時の　〈ひさかたの〉　天の河原に　八百万《やおよろず》
千万《ちよろず》の神々が　神の集りに　集られて　相談に　相談を重ねた
時に　天照らす　日女《ひるめ》の尊《みこと》は　天の原を　お治めになるとて　葦《あし》
原《はら》の　瑞穂《みずほ》の国を　天と地の　寄り合う遠い果てまでも　お治め
になる　神の御子《みこ》として　天雲の　八重《やえ》かき分けて　天つ神が
地上にご降臨願った　〈高照らす〉　日の御子の子孫であられる天
武天皇は　〈飛ぶ鳥の〉　清御原《きよみ》の宮に　自ら　御殿を営まれて
この国は代々の天皇が　お治めになる国として　天の原の岩戸を
開き　天に登り　お隠れになった　わが大君　日並皇子尊《ひなみのみこのみこと》が
天下を　お治めになったとしたら　春の花のように　貴いであろ
うと　満月のように　お見事であろうと　天下の　四方八方の人
が　〈大船の〉　頼りに思って　〈天つ水〉　仰ぎ見て待っていたの
に　どのように　考えられてか　縁もない　真弓《まゆみ》の岡に　宮柱《みやばしら》
を　しっかりと立て　殯宮《あらきのみや》を　高く営まれて　朝のお言葉も
おっしゃらないまま　月日も　ずいぶん経ったので　そのために
　皇子の宮人たちは　途方に暮れているよ

② 〈ひさかたの〉　天《あめ》を見るように　仰《あお》ぎ見た　皇子の宮殿の　荒れ
ゆくのが惜しいなあ

③ 〈あかねさす〉　日は照らしているが　〈ぬばたまの〉　夜空を渡る
月が　隠《かく》れるのが惜しいなあ

SECTION 3

12

絵は何を語るか

『源氏物語』柏木巻

将来を期待された青年貴公子、柏木は、光源氏の妻女三宮と密通し、その間に薫と呼ばれる子が生まれますが、柏木は、その子を遺して、はかなく死んでしまいます。源氏は、全てのことを自分の胸一つにおさめる決意をし、生後五十日目の祝いを迎えた薫を我が子として、抱きあげました。

御乳母《めのと》たちは、やむごとなく、めやすき限りあまたさぶらふ。召し出でて、仕《つか》うまつるべき心おきてなどのたまふ。「あはれ、残り少なき世に、生《お》ひ出づべき人にこそ」とて、抱《いだ》き取りたまへば、いと心やすくうち笑《ゑ》みて、つぶつぶと肥えて白ううつくし。大将などの児生《ちごお》ひ、ほのかに思し出づるには似給はず。女御の御宮たち、はた、父帝の御方ざまに、

【通釈】

薫の乳母《めのと》には、身分もあって、見た目もよい者たちだけが、たくさんお仕えする。光源氏は、その者たちをお召しになり、若君にお仕えする際の心得など、お話しになった。「ああ、老い先短い私であるのに、これから大きくなってゆく、この子の運命であるよ」と、抱きあげなさると、薫は人

王気《わうけ》づきて気高うこそおはしませ、ことにすぐれてめでたうしもおはせず。この君、いとあてなるに添へて、愛敬づき、まみのかをりて、笑がちなるなどを、いとあはれと見給ふ。思ひなしにや、なほ、いとようおぼえたりかし。ただ今ながら、眼居《まなこゐ》ののどかに恥づかしきさまも、やう離れて、かをりをかしき顔ざまなり。宮はさしも思し分かず、人はた、さらに知らぬことなれば、ただ一所の御心の内にのみぞ、「あはれ、はかなかりける人の契りかな」と見給ふに、大方の世の定めなさも思し続けられて、涙のほろほろとこぼれぬるを、今日は言忌《ことい》みすべき日をと、おしのごひ隠し給ふ。「静かに思ひて嗟《なげ》くに堪へたり」と、うち誦《ず》じ給ふ。五十八を十《とを》とり捨てたる御齢《よわひ》なれど、末になりたる心地し給ひて、いとものあはれに思さる。「汝が爺《ちち》に」とも、いさめまほしう思しけむかし。

「この事の心知れる人、女房の中にもあらむかし。知らぬこそねたけれ。をこなりと見るらむ」と、安からず思せど、「わが御咎《とが》あることはあへなむ。二つ言はむには、女の御ためこそ、いとほしけれ」など思して、色にも出だし給はず。

いと何心なう物語りして笑ひ給へるまみ、口つきのうつくしきも、「心知らざらむ人はいかがあらむ。なほ、いとよく似通ひたりけり」と見給ふに、「親たちの、子だにあれかしと、泣い給ふらむにも、え見せず、人知れずはかなき形見ばかりをとどめ置きて、さばかり思ひ上がり、およすけたりし身を、心もて失ひつるよ」と、あはれに惜しければ、めざ

なつこく笑みを浮かべ、まるまると肥えたそのさまは、白くてかわいらしい。大将（光源氏の子、夕霧）などが、子どもだった時のことを、光源氏はかすかに思い起こしてみるけれども、それとは似ていらっしゃらない。女御（光源氏の娘、明石の女御）が入内してもうけなさった宮さまたちは、やはり、父帝の御血筋のために、いかにも王家の者といった気高さを備えていらっしゃるけれども、しかし格別に優れて美しいというわけでもない。かたやこの君（薫）は、たいそう気品があるのに加えて、愛嬌があり、目もとが美しく、よく笑うのを、源氏は、なんとかわいらしいことかとご覧になる。そう思って見るからか、やはり実の父、柏木によく似ている。すでに今から、目元が穏やかで気品あるふうであるのも、人並みすぐれて、匂い立つような美しさである。母の女三宮は、そうしたことを、あまりよくわかっておいでになく、他の人はいよいよこの子の出生の秘密など、知らぬことであったから、源氏はただ一人、自身のお心のうちに「ああ、父柏木とは、何とはかない縁であったことか」と、ご覧になると、人の世の無常が思い続けられて、涙がほろほろとこぼれ落ちるが、いや今日は、この子の五十日の祝いの日、こうしたことは慎まねばならぬと、涙をふき、お隠しになった。源氏は、白楽天の有名な詩の一節を「静かに思ひて嗟くに堪へたり（心静かに思えば、嘆くに十分なことだ）」と、口ずさみなさる。白楽天がこの詩を作ったのは五十八歳の時のこと。源氏は今四十八歳で、十歳お若いけれども、人生も

ましと思ふ心もひき返し、うち泣かれ給ひぬ。

本文『源氏物語　第七巻』角川ソフィア文庫、玉上琢彌訳注（一九七一、角川学芸出版）

終わりに近い思いがして、万感、胸に迫りなさる。源氏としては、その先の詩の文句までつづけて、「汝が爺《ちち》に（お前の父に似ることのないように）」と、忠告したくお思いになったことであろうよ。

「この秘密を知っている者が、女房のうちにもいることであろうよ。それが誰であるかわからぬのは癪なこと、私を愚か者と眺めていることであろう」と思うと、心穏やかでないが、自分のことは忍んでもよいが、どちらかと言うならば、女三宮のお立場の方が、おかわいそうなのだと、源氏はお思いになって、全て自分の胸におさめなさる。

なんとも無邪気に、おしゃべりし笑いなさる薫の目元のあたり、口つきのかわいらしさも、「事情を知らぬ者はどう思うことであろう。やはり、父親の柏木にとてもよく似ていることだ」と、ご覧になるにつけても「何も知らぬ柏木の両親が、柏木を惜しんで、せめて子を残しておいてくれたらと、涙に暮れていらっしゃるだろうに、お目にかけるわけにもいかず、誰に知らせることもなく、このはかない形見、薫だけをこの世に遺して、柏木はあれだけ志を高く持ち、よく出来た御方であったのに、我と命を落としなさったことよ」と、かわいそうにも、口惜しくも思いになって、密通を許せないこととかみしめた心も一変、思わず涙がこぼれなさるのであった。

解説

1 『源氏物語』ってどんな作品？

次のような誤解をしている人はいませんか？　あらゆる技芸に優れた、美貌の持ち主にして、生まれも申し分のない光源氏が、さまざまな女君たちと恋に明けくれるさまを描いた優雅な王朝絵巻――それが『源氏物語』だ、と。

しかしその実、この物語は、そうした楽天的な世界を描いているわけではありません。『源氏物語』は、そのはじめから、思うにまかせぬ、あるいは結ばれてしまったが故に、かえって苦しまなければならない男女の皮肉な関係や、心のすれ違いを、くりかえし描いてゆきます。

例えば、次のように。光源氏との間に子までなしながら、その関係は秘密のそれとして、晴れて夫婦となることはついになかった藤壺。源氏とのたった一度の逢瀬を夢とかみしめつつも、人妻たる自らの立場を思って源氏との関係を閉ざした空蟬。子を授かり、夫婦の間に深い信頼関係が生まれはじめた、その刹那、命を落としてしまった葵上――。

さてしかし、何と言ってもこうした皮肉な男女の、あるいは人と人との関係が、正面から描き出されるようになったのは、おもに第二部と呼ばれる物語が幕を開けてからのことです。

2 第二部、それは誤解を主題とした物語である

『源氏物語』の第三十四巻若菜上から、第四十一巻幻までを、『源氏物語』の第二部と呼ぶことが、今日広く行われています。そしてそれは、今言ったように、人と人との、皮肉な心のすれ違いを主題にした物語でした。冒頭部分に即して、そのことを具体的に見てみましょう。

若菜上巻の物語は、新たに女三宮という人物を登場させるところから始まります。彼女は光源氏の兄、朱雀院の鍾愛《しょうあい》の娘でした。出家をこころざす朱雀院は、源氏に、女三宮の「後ろ見」となってくれるよう懇願します。光源氏も、病がちの兄たっての願いを断ることもできず、女三宮の「後ろ見」を引き受けます。朱雀院は、わが娘を託す相手として、源氏こそ最も信頼に足る人物と信じ、源氏もまた兄の願いをかなえてやりたいと願った。ここにあるのは、互いを信じ、心通わし合う兄弟の姿であると言ってよいでしょう。が、すでにそこに、皮肉なすれ違いが起きていることを見逃すわけにはいきません。

朱雀院と源氏、ふたりの間で、「後ろ見」という言葉が使われていることに注意したいと思います。我が娘の「後ろ見」になってほしい――朱雀院にとって、それは、女三宮の「夫」となってほしいというのと、ほとんど同義でした。が、その思いを、光源氏が、どこまで共有できていたか。源氏が、「後ろ見」をお引き受けいたしましょうと言った時、それは文字通りの「後見役」、親代わりの世話役を、お引き受けしますということだったのではないか。なにせ源氏には、長の年月をともに過ごしてきた、最愛の人紫の上がいるのですから。

そのように行き違いをはらんだまま、源氏のもとにやってきた女三宮が、幸せな結果を人々にもたらすはずがありません。後に朱雀院は、我が娘が十分な待遇を受けていないと、光源氏の「後ろ見」ぶり

に不満の意をあらわにし、源氏は源氏で、なぜそのように言い募られねばならないのかといったふうに、当惑します。あれだけ思いやりに満ち、心通わせ合っていたかに見えた兄弟の間には、まったく皮肉なかたちで、大きな心の懸隔が生まれてしまうのです。というよりも、物語は、そのように両者の思惑が微妙にすれ違ってゆく、皮肉な状況を描き出すために、そのはじめから「後ろ見」という、曖昧きわまりない言葉を使っているわけですね。

3 白楽天の詩・絵巻との比較

ところで、そうした女三宮に、異常な憧れを抱いた青年がいました。太政大臣家の跡継ぎ、柏木です。桜舞い散る六条院（源氏の邸宅）の蹴鞠の日、唐猫のいたずらによってめくれ上がった簾の向こうに、女三宮を垣間見た彼は思いを募らせ、ついに密通にいたります。それは、あまりに幼稚な女三宮の実像を知らずに突き進んだ、柏木の誤解のなせるわざであったと言って良いでしょうが、結果、宮は懐妊してしまいます。両者の密通は、柏木が女三宮に送った手紙の不始末で、源氏の知るところとなり、柏木は、自らに目をかけてくれた源氏を裏切ってしまった罪悪感と、恐怖の思いのなかで命を落とします。

月満ちて生まれた、柏木の遺児、薫を抱いて、光源氏の胸には万感の思いがこみ上げてくる、それが本文に掲げた箇所ですが、ここで源氏は、亡き柏木を許しつつ、白楽天の詩の一節を口ずさみます。白楽天は、中唐の詩人として、その詩は、日本の文学にも大変な影響を与えました。その白楽天が、五十八歳ではじめて男児を授かった時につくった詩が「自嘲」（→参考資料1）。生きることに不器用だったお前の父にどうか似ることのないようにと、年とってもうけた子を祝福しながら、しかし自身に残された寿命を思うと、この年で子を抱くというのは「喜ぶに堪《た》へ、亦嗟《またなげ》くに堪へたり」だと、白楽天は歌います。

光源氏も、ちょうど四十八歳。白楽天から「十とり捨てたる」齢で、世間からは源氏の子と信じられている薫を抱くこととなった運命を、「静かに思ひて嗟くに堪へたり」であると述懐します。もとの詩から「喜ぶに堪へ」が、捨てられていることに注意しましょう。白楽天と違って、自身の腕のなかに眠る子が、不義の子であるが故の、『源氏物語』ならではの工夫にほかなりません。

さてこの場面は、国宝「源氏物語絵巻」にも絵画化されています（→参考資料2）。この絵巻に関しては、興味深い報告がなされています。すなわち、この絵をX線で撮影してみると、背後から、別の図柄——光源氏に抱き上げてもらったことを喜ぶかのように、手を高く差し出す薫の像が浮かび上がるというのです。この絵は、一度描き直されているということになりますが、ではなぜ、薫の手は消されたのでしょうか？　薫が抱いてほしいと言わんばかりに、源氏に手を差し出す構図のかもしだす幸福な雰囲気、それをヒントにして考えてみましょう。

参考資料

1 「自嘲《じちよう》」

五十八翁方有後
静思堪喜亦堪嗟
一珠甚小還慙蚌
八子雖多不羨鴉
秋月晩生丹桂実
春風新長紫蘭芽
持盃祝願無他語
慎勿頑愚似汝爺

五十八翁《をう》方《まさ》に後《のち》有《あ》り。
静《しづか》に思《おも》へば喜《よろこ》ぶに堪《た》へ亦《また》嗟《なげ》くに堪《た》へたり。
一珠《しゆ》甚《はなは》だ小《せう》にして還《かへ》つて蚌《ばう》に慙《は》ぢ、
八子《し》多《おほ》しと雖《いへど》も鴉《からす》を羨《うらや》まず。
秋月《しうげつ》晩《おそ》く生《な》る丹桂《たんけい》の実《み》、
春 風《しゆんぷう》新《あらた》に長《ちやう》ず紫蘭《しらん》の芽《め》。
盃《はい》を持《も》ち祝願《しゆくぐわん》して他《た》の語《ご》なし、
慎《つつし》んで頑愚《ぐわんぐ》汝《なんぢ》が爺《ちち》に似《に》ること勿《なか》れ。

本文と訓読は『白楽天全詩集』佐久節訳注（一九七八、日本図書センター）

【通釈】

五十八になってはじめてあとつぎができた。考えて見れば喜ばしいようでもあり嘆くべきようでもある。この子は未だ小さな真珠のようなもので蚌《はまぐり》に対して恥ずかしいくらいであるが、鴉が八子《し》あるのをあえて羨ましくは思わない。秋になってようやく生《な》った丹桂《たんけい》の実か、春風に吹かれて新たに長《ちやう》じた紫蘭の芽にでもたとえるべき大切な子である。杯《さかづき》を持って祝う言葉は他に見つからない、どうかお前の父（白楽天自身のこと）のように頑固で愚かな男にはなってくれるな。

2 「源氏物語絵巻」柏木巻

『源氏物語　第十巻』角川ソフィア文庫、玉上琢彌訳注（一九六五、角川学芸出版）
〈画　須貝稔〉

SECTION 3

13

百首から広がる豊かな世界

『百人一首』

鎌倉時代に歌人藤原定家によって選ばれたという『百人一首』。たった百首のアンソロジーは、時代を越え、ジャンルを越え、現代にまで大きな影響を与えています。ここではその一端を垣間見てみましょう。

1 『百人一首』

*和歌の上の番号は『百人一首』の歌順

1 秋の田のかりほの庵《いほ》の苫《とま》を荒《あら》みわが衣手《ころもで》は露にぬれつつ　天智《てんぢ》天皇

天智天皇……推古三十四年〈六二六〉～天智十年〈六七一〉。舒明天皇の子。母は皇極天皇。中臣鎌足とともに蘇我氏を倒し、大化の改新をおこなう。この歌は、

【通釈】

1 秋の田の番をするために建てた仮小屋は、菅《すげ》や茅《ちがや》で編んで屋根に葺《ふ》いた苫《とま》の目が粗いので、そこにいる私の袖は、漏れてくる露で濡れに濡れている。

『万葉集』巻十におさめられる作者未詳歌が伝承されるうちに天智天皇の歌となり、表現も多少変わったもの。十世紀後半成立の『古今和歌六帖』で、すでに天智天皇の歌とされ、『後撰集』秋中に天智天皇御製として入集した。

2

春過ぎて夏来《き》にけらし白妙《しろたへ》の衣ほすてふ天《あま》の香具山《かぐやま》

持統《ちとう》天皇

持統天皇……大化元年〈六四五〉～大宝二年〈七〇二〉。天智天皇の第二皇女。叔父である天武天皇（大海人皇子）の后として壬申の乱にも行軍を共にし、その崩御後帝位に就いた。草壁皇子（文武天皇の父）の母。

40

忍《しの》ぶれど色に出《い》でにけりわが恋は物や思ふと人の問ふまで

平兼盛《たひらのかねもり》

平兼盛……生年未詳～正暦元年〈九九〇〉。光孝天皇の曾孫篤行王の子。はじめ兼盛王と名のるが、臣籍降下し、平氏となった。平安中期の有力歌人で、三十六歌仙のひとり。

41

恋すてふわが名はまだき立ちにけり人知れずこそ思ひそめしか

壬生忠見《みぶのただみ》

壬生忠見……生没年未詳。十世紀中頃の人。幼名は名多《なた》。壬生忠岑の子。身分は高くなかったが、多く歌合の作者として活躍。三十六歌仙のひとり。

60

大江山《おほえやま》いく野の道の遠ければまだふみもみず天《あま》の橋立《はしだて》

小式部内侍《こしきぶのないし》

2

春が過ぎて夏が来たらしい。白い衣を干すという天《あま》の香《か》具《ぐ》山《やま》、そこにまさしく真っ白に衣が干されている。

○白妙の衣　「白妙」は「栲」（楮《こうぞ》の繊維）で織った白い衣のこと。○天の香具山　畝傍《うねび》山、耳成《みみなし》山とともに大和三山の一つ。奈良県橿原《かしはら》市にある。

40

恋しさを忍びたえているけれども、とうとう顔色に出てしまったよ、私の恋は。「何か物思いでもしているのか」と人が尋ねるほどまでに。

41

恋をしているという私の噂はもう立ってしまったよ。人知れず、ひそかに思い始めたのに。

60

大江山《おおえやま》を越え、生野などの大きな野を通り過ぎてゆく道小式部内侍……生年未詳～万寿二年〈一〇二五〉。二十六、七歳か。橘道貞の娘で、母は和泉式部。母とともに上東門院彰子に出仕し、母式部に対して「小式部」と呼ばれた。関白藤原教通に愛されて静円《じょうえん》を生み、頼宗《よりむね》、定頼《さだより》らの貴公子にも愛された。

99

人もをし人もうらめしあぢきなく世を思ふゆゑに物思ふ身は

後鳥羽院《ごとばゐん》

後鳥羽院……治承四年〈一一八〇〉～延応元年〈一二三九〉。第八十二代天皇。安徳天皇が平家に奉じられて三種の神器とともに都落ちしたため、後白河院によって急遽選ばれ、神器のないまま即位した。建久九年〈一一九八〉に譲位、院政を敷く。多芸多才で、譲位後特に和歌を好み、『新古今和歌集』を下命。下命者だが実質的な撰者でもあった。承久三年〈一二二一〉七月、鎌倉幕府の執権北条義時を討とうとした承久の乱に敗れ、出家、隠岐に流され、同地に没した。

100

ももしきや古き軒端《のきば》のしのぶにもなほあまりある昔なりけり

順徳院《じゅんとくゐん》

順徳院……建久八年〈一一九七〉～仁治三年〈一二四二〉。第八十四代天皇。後鳥羽天皇第三皇子。和歌を藤原定家に師事し、内裏で歌合・百首歌を数多くおこない、内裏歌壇を築く。後鳥羽院とともに承久の乱を起こし、佐渡に流され、同地に没した。

本文『新版百人一首』角川ソフィア文庫、島津忠夫訳注（一九六九、角川学芸出版）

のりが遠いので、まだ天《あま》の橋立《はしだて》の地は踏んでみたこともありませんし、丹後の母からの文もまだ見ていません。

○大江山　歌枕。丹波国《たんばのくに》桑田郡（今の京都市西京区大枝沓掛町）の山で、大枝山とも書き、「老《おい》の坂」とも言う。○いく野　丹波国天田郡（現、京都府福知山市）の野。「行く」を掛ける。○まだふみもみず「踏みもみず」と「文も見ず」とを掛ける。○天の橋立丹後国与謝郡（現、京都府宮津市）にある景勝地。

99

人がいとおしくも、また恨めしくも思われる。おもしろくないと世の成り行きを思うがゆえに、思い悩むこの身には。

○あぢきなく　何をしてもうまくいかず、苦々しい思いを言う。面白くなく。

100

宮中の古い軒端に生える忍ぶ草を見るにつけ、やはり偲んでも偲び尽くせない、昔の御代であるなあ。

○ももしき　宮・大宮（皇居のこと）にかかる枕詞「ももしきの」から転じて内裏・宮中の意。○古き軒端のしのぶにも　皇居が荒れ果て、軒先に忍ぶ草が生えても放置されるほど衰微した皇室を暗示する。「しのぶ」は昔を恋い慕

2 『万葉集』

1 巻十・二一七四、作者未詳歌

秋田苅《あきたかる》　借廬乎作《かりいほをつくり》　吾居者《わがをれば》　衣手寒《ころもでさむく》　露置尓家留《つゆぞおきにける》

2 巻一・二八

藤原宮《ふじはらのみや》に天《あめ》の下治《をさ》めたまひし天皇《てんわう》の代《みよ》　高天原広野姫《たかまのはらひろのひめ》天皇、元年丁亥《ていがい》、十一年に位を軽太子《かるのひつぎのみこ》に譲り、尊号を太上天皇といふ

天皇御製歌

春過而《はるすぎて》　夏来良之《なつきたるらし》　白妙能《しろたへの》　衣乾有《ころもほしたり》　天之香来山《あめのかぐやま》

本文『新編日本古典文学全集6・8　万葉集①③』小島憲之他校注・訳（一九九四、一九九五、小学館）

3 天徳四年〈九六〇〉三月三十日「天徳内裏歌合」

廿番

左　忠見

恋すてふわが名はまだきたちにけり人しれずこそ思ひそめしか

右勝　兼盛

う意の「偲ぶ」という動詞に、しのぶ草（シダ科の植物）を掛ける。○昔　王朝の盛時。古典で王朝の聖代というと延喜《えんぎ》（醍醐天皇）・天暦《てんりゃく》（村上天皇）の御代が一般的だが、『百人一首』の場合、巻頭の天智天皇の御代を指すとも考えられる。

1 稲刈りのための仮小屋を作り、私がいると、袖もひんやりして、露が置いている。

2 藤原の宮の天皇の御代　高天原広野姫天皇（持統天皇）、十一年に位を軽太子に譲り、尊号を太上天皇と言う

春が過ぎて、夏が来たらしい。真っ白な衣が干してある、あの天の香具山に。

二十番

左　忠見

恋すてふ……（41の訳を参照）

右　兼盛

しのぶれど……（40の訳を参照）

しのぶれど色にいでにけりわが恋は物や思ふと人のとふまで

右勝　　兼盛

少臣奏云、左右歌伴以優也、不レ能レ定二申勝劣一、勅云、各尤可二歎美一、但猶可レ定申云、小臣譲二大納言源朝臣一、敬屈不レ答、此間相互詠揚、各似レ請二我方之勝一、少臣頻候二天気一、未レ給二判勅一、令三密詠二右方歌一、源朝臣密語云、天気若在レ右歟者、因レ之遂以レ右為レ勝、有レ所レ思、暫持疑也、但左歌甚好矣

〈訓読〉少臣奏して云はく、「左右の歌、共にもつて優なり。勝劣を定め申すこと能はず」と。勅して云はく、「おのおの尤も歎美すべし。ただしなほ定め申すべし」と云ふ。小臣、大納言源朝臣に譲るも、敬屈して答へず。この間相互に詠み揚ぐること、おのおの我方の勝を請ふに似たり。少臣頻りに天気を候《うかが》ふに、いまだ判勅を給はず。密かに右方の歌を詠ぜしむるか。源朝臣密かに語りて云はく、「天気もしくは右に在るか」てへれば、これに因りて遂に右をもつて勝となす。思ふ所有りて、暫くは持に疑ふなり。ただし、左歌甚だ好しと。

本文『新編国歌大観』第五巻（一九八七、角川学芸出版）

少臣（判者の謙称・判者は左大臣藤原実頼）が奏上して言うには、「左右の歌は、共に優れております。勝ち劣りを定め申し上げることができません」と。（村上天皇が）勅しておっしゃるには、「それぞれもっとも歎美すべき歌である。ただし、それでも判定を下しなさい」と言うので、判者である私は大納言源高明に判を譲ったが、平身低頭して答えない。その間も、左右双方とも歌を声高に映じて、それぞれ自分の方の勝を請うているようである。判者である私が何度も天皇のご様子をうかがっているのに、まだ勅判をくださらない。が、右方の「しのぶれど」の歌をひそかに詠じられたように見えた。源高明朝臣が密かに言うには、「天子のご意向は右歌にあるのかもしれない」と言うので、これによって、ついに右を勝ちとした。私自身は、思うところがあってしばらくは持（引き分け）ではないかと疑っていた。ただ、左歌はとても良いと。

4 『金葉和歌集』巻九・雑上・五五〇

和泉式部、保昌に具して丹後に侍りけるころ、都に歌合侍りけるに、小式部内侍歌詠みにとられて侍りけるを、定頼卿、局のかたにまうできて、歌はいかがせさせ給ふ、丹後へ人はつかはしてけんや、使ひまうで来ずや、いかに心もとなく覚すらんなど、たはぶれて立ちけるをひきとどめてよめる

小式部内侍

大江山いく野の道の遠ければふみもまだみず天の橋立

本文『新日本古典文学大系　金葉和歌集　詞花和歌集』川村晃生他校注（一九八九、岩波書店）

和泉式部が、（夫の）保昌に連れ添って丹後に下向していた頃、都に歌合がありました時、小式部内侍が歌人に選ばれていましたのを、定頼卿が宮中の局にやってきて、「歌はどうなさいましたか。丹後へ人は遣わしましたか。使いはまだ戻ってきませんか、どんなに心許なく心配にお思いでしょうね」などとたわむれて立ったのを引きとめて詠みました歌

小式部内侍

大江山を越え、生野などの大きな野を通り過ぎてゆく道のりが遠いので、天の橋立の地はまだ踏んでみたこともありませんし、丹後の母からの文もまだ見ていません。

○ふみもまだ見ず　『金葉集』伝本でのかたち。

『十訓抄』三ノ一

和泉式部、保昌が妻《め》にて、丹後に下りけるほどに、京に歌合ありけるに、小式部内侍、歌詠みにとられて、よみけるを、定頼中納言たはぶれて、小式部内侍ありけるに、「丹後へ遣はしける人は参りたりや。いかに心もとなくおぼすらむ」といひて、局《つぼね》の前を過ぎられけるを、御簾《みす》よりなからばかり出《い》でて、わづかに直衣《なほし》の袖をひかへて、

大江山いくのの道の遠ければまだふみも見ず天の橋立

とよみかけけり。思はずに、あさましくて、「こはいかに。かかるやうやはある」とばかりいひて、返歌にも及ばず、袖を引き放ちて、逃げら

和泉式部が藤原保昌の妻として、丹後国に下っていた頃、京で歌合があって、娘の小式部内侍が歌人に選ばれて、詠んだのだが、藤原定頼中納言はふざけて、小式部内侍がいたところで「丹後へお遣わしになった人はお帰りになりましたか。どんなにご心配でいらっしゃるでしょう」と言って部屋の前を通り過ぎていこうとされたのを、御簾のなかから、半分ほど身を乗り出して、わずかに定頼中納言の直衣《のうし》の袖をつかまえて、

大江山……

れけり。

小式部、これより歌よみの世におぼえいできにけり。

これはうちまかせての理運《りうん》のことなれども、かの卿の心には、これほどの歌、ただいま、よみ出《いだ》すべし、とは知られざりけるにや。

本文『新編日本古典文学全集51　十訓抄』浅見和彦校注・訳（一九九七、小学館）

5 『百人一首宗祇抄』

春過ぎて夏きにけらし白たへのころもほすてふあまのかぐ山

此《こ》の歌は更衣《かうい》の心也。その故は、天のかぐ山は高山にて春の間は霞深くおほひかくしてそれともみえぬが、春過ぎぬれば霞たちさりて、夏の空に此の山さださだと明白にみゆるを白妙《しろたへ》の衣ほすとはいふなり。ほすは衣のえんなり。いかで明《あきらか》に見ゆればとて白妙の衣とはいふぞといふ人あり。春は霞の衣におほはれたる山、その霞の衣をぬぎたる様《さま》なれば、白妙の衣とはいへり。霞の衣をいへる詞也。

百人一首宗祇抄……室町時代初期に成立した『百人一首』の注釈書。藤原定家の孫のひとり為氏《ためうじ》が創立した二条家《にじょうけ》とその一派（二条派）によって、『百人一首』の正当な注として尊重された。『宗祇《そうぎ》抄』と呼ばれていたのは、室町時代末期に活躍した

と詠みかけたのだった。定頼卿は、思いがけないことで、驚いて、「これは何と言うことだ。こんなことってあるんだろうか」とばかり言って、返歌もできず、つかまえられた袖を引っ張って、逃げて行かれたのだった。

小式部は、これより後、歌のうまい歌人だという評判が世間に広まった。

この話は、どこにでもある、起こるべくして起こった当然のできごとだが、あの定頼卿の心づもりでは、これほどのすぐれた歌を、すぐさま歌うだろうとは考えてもいなかったのだろう。

春過ぎて…

この歌は、衣更えの内容を詠んでいるのである。その理由は、天の香具山は高い山で、春の間は霞が深く覆い隠して、その山が天の香具山だとも見えないが、春が過ぎたので霞も立ち去って、夏の空にこの天の香具山がはっきりと明らかに見えるのを、「白妙《たえ》の衣ほす」と言っているのである。「ほす」は衣の縁語である。どうしてはっきりと見えるから、と言って「白妙の衣」とは言うのだ、と言う人がいる。春は霞の衣に覆われていた山が、その霞の衣を脱いだ様子になるので、「白妙の衣」とは言うのである。霞の衣を言っている詞句である。

連歌師、宗祇が注を書いたものとされていたため。注釈自体は、為家孫にあたる二条為世《ためよ》の弟子、頓阿《とんあ》（正応二年〈一二八九〉～応安五〈一三七二〉）の周辺で成立したものと考えられている。

本文『百人一首古注抄』島津忠夫・上条彰次編（一九八二、和泉書院）

6 『蜀山先生狂歌百人一首』

1 秋の田のかりほの庵の歌がるたとりぞこなつて雪は降りつつ

2 いかほどの洗濯なればかぐ山で衣ほすてふ持統天皇

40 とどむれどよそに出《いで》にけりこむすこはうちにゐるかと人のとふまで

41 めせといふわか菜の声は立ちにけり人しれずこそ春になりしか

60 大江山いく野の道のとをければ酒呑童子のいびき聞えず

99 後鳥羽どののことばつづきのおもしろく世を思ふゆへにものおもふ身は

100 百色の御歌のとんとおしまいにももしきやとは妙に出あつた

本文『大田南畝全集　第一巻』濱田義一郎他編（一九八五、岩波書店）

1 「秋の田のかりほの庵の」の歌がるたを取り損なって「雪は降りつつ」を取ってしまった。

2 どれくらい洗濯物があるからといって、香具山で衣をほしているのだろう。持統天皇は。

40 引きとめてもよそ（遊郭か）に出て行ってしまう若い息子は、「うちにいますか」と人が問うまで遊びまわっている。

41 「召し上がれ」という若菜売りの声が響いている。人知れず、春になったのだなあ。

60 大江山は、いく野の道が遠いので、酒呑童子が酒に酔って寝てかいているいびきは聞こえない。

99 後鳥羽院どのの「世の中を思ふゆゑに物を思ふ身は」という詞続き（ごとば――ことば）はおもしろく。

100 百のさまざまな色合いの歌の一番最後に「ももしき（百敷）や」とは、不思議なくらいに語呂があったよ。

7 『うばが絵とき』（葛飾《かつしか》北斎《ほくさい》画）

1　秋の田の　天智天皇

2　春過ぎて　持統天皇

画像　国立国会図書館デジタル化資料

8 『百人一首』かるた

（執筆者架蔵）

解説

1 『百人一首《ひゃくにんいっしゅ》』とは？

『百人一首』のことは、お正月のかるた取りで知っている方も多いでしょう。ここで言う「百人一首」は、鎌倉時代の歌人である藤原《ふじわらの》定家《ていか》が選んだものとされ、奈良時代から鎌倉時代までの、百人の歌人の優れた和歌が、代々の勅撰和歌集《ちょくせんわかしゅう》から一首ずつ選ばれ、ほぼ年代順に並べられた秀歌撰《しゅうかせん》のことを言います（もともと百人一首は百人の歌人の和歌を一首ずつ集めた歌集という意の普通名詞です）。定家が京都嵯峨の小倉山《おぐらやま》の自分の山荘で選んだとも言われ、『小倉百人一首』とも称されます。

定家の日記『明月記《めいげつき》』によると、定家は息子為家の義父にあたる鎌倉幕府の要人、宇都宮頼綱《うつのみやよりつな》（法名は蓮生《れんしょう》）からの依頼を受け、彼の山荘の襖に飾る色紙に書く和歌を選び、自らしたためました。今見る『百人一首』はそれが原型とされています。

2 百首の和歌でたどる歴史

『百人一首』に入集する百首の和歌は、定家の目で選ばれたものですが、そこにはさまざまな選択基準が働いているようです。

まず、百首すべてが勅撰和歌集から採られています。勅撰集は天皇、または上皇の命によって編纂された公的な和歌集のことで、下命された撰者が、当代の和歌を含む前代までの和歌から秀歌を撰び、四季や恋などの部立《ぶだて》に分けて排列したもので、朝廷が政《まつりごと》をおこない、和歌が宮廷文化の中心的な地位を占めていた時代——つまり定家が生きていた時代ごろまで——においては、文化の頂点にあるものでした。『百人一首』は、定家がそのような秀歌集から選んだ百首からなる、言わば究極の秀歌撰なのです。

『百人一首』の和歌はほぼ時代順に並んでいますが、そこにも定家の意図があるようです。[1]で挙げた1の天智天皇、2の持統天皇は、平安朝を開いた桓武天皇の祖にあたる皇統で、しかもそれぞれ内乱を乗り越え都を制定した親子の天皇です。いっぽう99の後鳥羽院、100の順徳院は、鎌倉幕府を打倒しようと承久の乱を起こして平安朝の終焉をもたらした親子の天皇です。冒頭と最後にこの二組を置くことで、天皇が平安に国を治めてきた時代という枠組みを示し、その世に花開いた和歌の歴史を、この秀歌撰に籠めようとしたと考えられるのです。

また、『百人一首』に選ばれている和歌は、必ずしもその歌人の代表作でもなく、またそれ以前に評価されていた歌とも限りません。歌人もまたしかりです。たとえば[1]60の小式部内侍は、早世して家集もなく、遺された和歌も少ないのですが、母和泉式部同様に多くの男性に愛され、才気煥発で和歌にまつわる話が多い歌人であり、この歌もまつわる話のおもしろさから入集させたと考えられます（[4]参照）。

2の持統天皇も、『百人一首』成立までに編まれている勅撰集にはわずか一首しか入集していませんが、天皇の治世、和歌の歴史を語る上で欠かせない人物であったことは述べた通りです。天智天皇も同様に、勅撰集には二首しか入集していません。しかも1の和歌は『万葉集』の原歌ではかたちも多少違い、作者も未詳ですが（[2]参照）、『後撰和歌集』で天智天皇御製としているのに拠るものです。

いっぽうで、和歌の歴史を語る上で外せない和歌も、その詠み出された状況が再現されるかたちで入集しています。[1]40、41の和歌は、天徳四年〈九六〇〉三月三十日「天徳内裏歌合」の恋二十番で合わせられた二首です。甲乙つけがたいできばえで、勝負を付す際に判者が困り果て天皇に意向を聞いて勝負を決したという逸話が残ります。これら二首が詠まれた「天徳内裏歌合」は、村上天皇の御代におこなわれ、後世晴《はれ》の歌合（公的な歌合）の規範と仰がれた、和歌の歴史において重要な歌合でした。その上この番《つが》いには先に述べたように逸話も残っており（[3]参照）、定家としては外せない和歌だったのでしょう。後世にはおどろくような説話になってもいます（→参考資料）。

そのほかにも、『百人一首』の和歌は、さまざまな観点から考えることができます。たとえば、『百人一首』には恋の歌が四十三首と半分近くを占めますが、それは勅撰集の構成などから考えると、偏り過ぎています。四季の歌も、春より秋が倍以上、それも秋は紅葉や風を詠む歌が多く入集しており、そのアンバランスさは異例です。それは、晩年の定家の美意識と関わっていると考えられます。

また、入集する和歌が詠まれた背景から考えると、恋愛の贈答、旅路での歌、年末の述懐、といった日常の折から、歌合・歌会・百首歌などの定数歌、といった公的な場で詠み出されたものまで、あらゆる機会に詠まれた和歌が収められ、和歌のありようの歴史を見て取ることもできます。歌人の顔ぶれでは、罪に当たって流されていたり、早死にしたり、悲恋に見舞われたり、官位に恵まれなかったり、と、概して不遇な歌人が多く見られる点も指摘できます。

さらに、[1]1、2のような、『万葉集』を原歌とする和歌については、漢字のさまざまな機能を駆使して表記される『万葉集』の、訓や享受の歴史を垣間見ることもできます（☞P26課題四）。

わずか百首ですが、『百人一首』の語る歴史は奥深いのです。

3　文化としての『百人一首』

『百人一首』は、当代随一の歌人であり和歌の指導者であった藤原定家が晩年に撰んだ秀歌撰ということで、その後の歌壇の中心にいた定家の子孫らによってまず和歌の秘伝書として重視され、室町時代には歌道の入門書として尊重され、注釈がたくさんつけられました。その解釈や評価は、今と同様のものもあれば、まったく異なっているものもあり、また教訓めいた解釈がなされるなど、その当時の享受のありようがわかるものとなっています（[5]参照）。

また江戸時代以降は一般教養書として、あるいは絵の入った歌かるたとしても庶民に普及します。江戸時代の庶民は、『百人一首』をもとにした狂歌や川柳、浮世絵などを楽しんでいました（[6]〜[8]）。明治期には『百人一首』の競技かるたも生まれ、現在では、アニメやマンガ、ゲームにもなっています。

『百人一首』は、ただ一つの作品としてあるだけでなく、日本人にもっともなじみ深い古典であり、文化でもあるのです。

参考資料

『沙石集《しゃせきしゅう》』巻第五末ノ四「歌故《ゆゑ》に命を失ふ事」

一、天徳の歌合の時、兼盛・忠見、共に御随人《みずいじん》にて、左右《さう》に番《つが》ひてけり。初恋《はじめのこひ》といふ題を給はりて、忠見、「名歌よみ出でたり」と思ひて、「兼盛もいかでこれ程の歌よむべき」と思ひける。

恋すてふわが名はまだき立ちにけり人知れずこそ思ひそめしか

さて、既に御前《おんまへ》にて講じて、判ぜられけるに、兼盛が歌に、

つつめども色に出でにけりわが恋はものや思ふと人の問ふまで

共に名歌なりければ、判者、判じかねて、しばらく天気をうかがひけるに、御門《みかど》、忠見が歌をば、両三辺《りやうさんべん》御詠《ぎよえい》あり。兼盛が歌をば多辺《たへん》御詠ありける時、「天気左にあり」とて兼盛勝ちにけり。

忠見、心憂く覚えて、胸ふさがりて、それより不食《ふしょく》の病付きて、たのみ無き由《よし》聞こえて、兼盛訪《とぶら》ひければ、「別《べち》の病にあらず。御歌合の時、名歌よみ出だして覚え侍りしに、殿の、『ものや思ふと人の問ふまで』に、『あはや』と思ひて、浅ましく覚えしより、胸塞《ふさ》がりて、かく重《おも》り侍り」とて、遂に身まかりにけり。執心《しふしん》こそよしなけれども、道を執する習ひ、げにも覚えて、哀れなり。共に名歌にて、『拾遺』に入れられて侍るにや。

本文『新編日本古典文学全集52 沙石集』小島孝之校注・訳（二〇〇一、小学館）

SECTION 3

14

古典怪談の決定版

『東海道四谷怪談』

塩冶《えんや》家の浪人民谷伊右衛門《たみやいえもん》は、妻お岩を裏切り高家《こうの》に仕える伊藤喜兵衛《きへえ》の孫娘お梅との縁談を承諾、お岩は喜兵衛の策略によって顔が醜く変化する毒薬を飲まされ夫を恨んで憤死します。伊右衛門はお岩の死の咎《とが》を使用人の小仏小平《こぼとけこへい》になすりつけて殺害、ふたりの死骸を戸板に打ち付けて神田川に流しますが、その晩、祟りによって誤って新妻お梅と喜兵衛を殺めてしまいます。この事件から数日後、深川十万坪《じゅうまんつぼ》（現、東京都江東区北砂）の隠亡堀《おんぼうぼり》で釣りをする伊右衛門の前に再び怪異が…。

伊右[1] よしなき[2]秋山うせた斗《ばつかり》、口ふさぎに大事の[3]墨付《すみつき》、あいつに渡《わたし》て
　此身の[4]旧悪。ハテ、いらざる所へうせずとよいに[5]◯。
　　[6]ト思入《おもいいれ》、
　南無三《なむさん》、暮れたナ。どりや、さを、あげよふか◯。
ト[7]すごき合方《あいかた》、薄《うす》[8]どろ〳〵、[9]時のかね。此時、[10]両窓《りょうまど》

1 「伊右」…伊右衛門のセリフであることを示し、「頭書《かしらが》き」と言う。底本の文庫本では通読の便のための処置として役名が記されているが、歌舞伎の台本では近代以降の戯曲と異なり、役者名で表記されるのが通例で、原本では初演時に伊右衛門を演じた七代目市川団十郎の名が記されている。

2 「秋山」…秋山長兵衛。伊右衛門の悪友で掲出部の直前に登場。

おろし、くらくなる。伊右衛門、さおを上げてしまふ。此時、[11]こもをかけし[12]杉戸流《ながれ》よる。伊右衛門、思わず引よせて、

覚《おぼえ》の杉戸。

ト引よせて一方をとる。爰《ここ》に、おいわの死がい、肉脱せしこしらへ。此時薄どろ〳〵にて、両眼見開いて、鼠のくわへし[13]最前の守《まもり》をもつてゐる。伊右衛門、思入有《おもいいれあり》、

お岩〳〵。コレ、女《にょう》ぼう、ゆるしてくれろ。往生《おうじょう》しろよ。

ト此時[14]お岩、伊右衛門をきつと見つめ、守り袋をさしつけ、

いわ　うらめしい伊右衛門どの。[15]田みや、伊藤の血筋をたやさん。

ト守をさし出し、見つめるゆへ、こわげだつて、手早《てばや》く、くだんのむしろをかけて、

伊右　まだうかまぬナ。南無阿みだ仏〳〵。このまゝ、川へつき出したら、とびや、からすの◯。[16]ごふが尽《つき》たら仏になれ。

ト戸板をかへしみる。うしろには藻をかぶりゐる[17]小平《こへい》の死がい。伊右衛門、見定《みさだめ》んとする。薄どろ〳〵に成《なり》、かほにかゝりし藻は、ばらばらと落《おち》て、小平のかほ。両眼見《み》開《ひらき》、片手をさし出し、

小平　旦那さま。[18]薬を下され。

3　「墨付」…身元保証の書き付け。高師直《こうのもろのう》（史実の元禄赤穂《あこう》事件では吉良上野介《きらこうずけのすけ》に該当する人物）の直筆で、伊右衛門の母お熊がもらってきたものであったが、秋山から訴人すると脅された伊右衛門は口封じのためこれを渡してしまう。

4　「旧悪」…過去に犯した悪事。

5　「◯」…人物の感情を無言のうちに表情やしぐさで表現する演技のことを「思入れ《おもいい》」と言う。その演技を指示する略記号。

6　「ト」…台本において、役者の演技や演出、装置等の説明を記した部分は、「ト」から書き出すので「ト書き」と言う。

7　「すごき合方」…三味線の演奏の一種で凄惨な気分を演出する。歌舞伎におけるBGMは、江戸後期より舞台向かって左側（下《しも》手《て》）の黒御簾《くろみす》の中で演奏され、今日では黒御簾音楽と称する。

8　「どろ〳〵」…大太鼓の演奏の一種で怪奇現象が起こる際に用いる。「薄どろ」は長撥《ながばち》の先で細かく刻んで打つ打ち方で、他に大きく打つ「大どろ」などがある。

9　「時のかね」…黒御簾内に吊された釣鐘《つりがね》（「本釣《ほんつり》」とも）を打つ。当時の人々は寺などの鐘の音で時刻を知ったがそれを模したもので、ここでは淋しい雰囲気の演出。

10　「両窓おろし」…電気照明のない江戸時代では、劇場内を暗くする際に小屋の窓を閉めた。

11　「こも（菰）」…イネ科の真菰《まこも》を編んで作った敷物。筵《むしろ》の一種。

12　「杉戸」…お岩、小平の死骸が両面に打ち付けられた戸板。

13　「最前の守」…死んだお梅のお守り。母のお弓が形見としていたが、掲出部より前に鼠が持ち去るという怪異が起こっていた。

14　「お岩」…初演時には三代目尾上菊五郎が演じた。

トぢろりと見やる。伊右衛門、ぎよつとして、

伊右　又も死霊《しりょう》の。

と[19]抜打《ぬきうち》に死がいへ切付《きりつけ》る。どろ〳〵にて、此死がい、たちまち、ほねと成《なっ》て、ばら〳〵と水中へ落《おち》る。伊右衛門、ほつと溜《ため》いきついて、[20]きつと成《なる》。此時、[21]ばつたり音《おと》して、正《しょう》めんの[22]稲村押分《いなむらおしわけ》、[23]直助、[24]うなぎかきを持《もっ》て伺《うかがい》居《いる》。土堤下《どてした》の[25]樋《ひ》の口より、[26]与茂七《よもしち》、序まくの非人の成《なり》になり、[27]桐油に包《つつみ》し[28]廻文状《かいぶんじょう》をゑりにかけ、[29]糸だてにまきし[30]一《ひ》トこしをかゝへ、伺《うかがい》〳〵、高土手《たかどて》に上る。伊右衛門、伺《うかがい》みて、くだんの廻文状に手をかけ、直助、此中へは入《いり》、三人一寸《ちょつと》[31]立廻り。是《これ》より[32]鳴《なり》もの、[33]だんまりに成《なり》、三人、くらがりの立廻り。直助、うなぎかきにて打《うっ》て行《いけ》ば、与茂七、抜打《ぬきうち》に切《きる》。うなぎかき切れる。権兵衛と焼印《やきいん》の有柄《あるえ》のかた、与茂七の手へ納《おさま》り、廻文状は直助の手へは入《いる》。三人、立廻り[34]よろしく。足元に落有《おちてあり》し[35]びくをとつて、三人手をかけ、取上げる。薄どろ〳〵に成《なり》、びくはたちまち人の面《おもて》となり、かごの内《うち》より、[36]心火《しんか》もえ上《あが》り、此あかりにて、三人顔見合《みあわせ》、はつと捨る。心火きへ、どろ〳〵[37]打あげ、くらく成《なる》。[38]木のかしら。三人、三方へわかれて、ホツと思入《おもいいれ》。是《これ》をきざみにして、三方見やつて、よろしく。

15　「田みや（宮）」…「四谷怪談」の実説の姓である「田宮」の表記が混入してしまった例。

16　「ごふ（業）」…仏語で行為の意。前世や現世での行為の善悪により、現世や来世でそれに応じた報いを受けるというのが仏教の思想。ここでは鳶《とび》や烏《からす》の餌食になるという苦業を果たした上で晴れて成仏せよ、ということ。

17　「小平」…初演時には菊五郎が早替りで演じた。

18　「薬」…前幕で小平は、本来の主人小汐田又之丞《おしおだまたのじょう》（赤穂義士の潮田《うしおだ》又之丞がモデル）の病を治すため、民谷家に伝わるソウキセイという薬を欲していた。

19　「抜打」…刀を抜きざま切りつけること。

20　「きつと成」…動きを一瞬止めてちょっとしたポーズを取る演技。

21　「ばつたり」…ツケの音を表した擬音語。ツケとは見得などの役者の演技を際立たせる際に用いられる効果音で、舞台向かって右側（上手《かみて》）で木片を板に打ち付けて出す。

22　「稲村」…刈り取った稲を、乾燥させるため積み上げておくもの。

23　「直助」…お岩の妹お袖を騙し仮の夫婦になっていた悪党。次の幕「深川三角屋敷の場」では自身が主殺しの大罪を犯していたこと、また、契ったお袖が実の妹であることを知り自害する。初演時には五代目松本幸四郎が演じた。

24　「うなぎかき」…棒の先端に鉤《かぎ》状の金具が付いた鰻を捕るための道具。直助の変名である「権兵衛」の名の焼き印が押されている。

25　「樋の口」…水路に設置される戸口。開閉して水位を調節する。

26　「与茂七」…赤穂義士の矢頭右衛門七《やとうえもしち》をモデルとした人物で劇中では佐藤与茂七の名が用いられる。お袖の許嫁《いいなずけ》で、序幕「浅草観世音境内《かんぜおんけいだい》の場」では身をやつして師直屋敷に討ち入るための情報収集を行っていた。初演時には菊五郎が早替りで演じた。

本文『東海道四谷怪談』岩波文庫、河竹繁俊校訂（一九五六、岩波書店）

拍子幕。

27 「桐油」…桐油紙《とうゆがみ》の略。防水の効果があった。

28 「廻文状」…回覧して用件を伝える文書。討ち入りに関する連絡事項が記されていて、一味以外の手に渡ることは計画の発覚を意味する重大事であった。

29 「糸だて」…縦を麻糸、横を藁《わら》で織った筵。雨よけなどに用いる。

30 「一トこし（腰）」…腰の物、すなわち刀のこと。

31 「立廻り」…斬り合ったり格闘したりする演技。歌舞伎では各種の型があり、様式的な動きを見せる。

32 「鳴もの（物）」…三味線のほかに笛や太鼓、大小鼓などが加わった音楽のこと。

33 「だんまり」…舞台上の人物が真っ暗闇の中で辺りを探り合うさまを様式化して見せる演出。無言で行うので「だんまり」と言う。主立った出演役者が一堂に会する観客へのサービスであると同時に、作劇の上では登場人物が持ち物を交換することで、筋の展開を次へとつなげるという意味もある。

34 「よろしく」…作者が演技、演出を細かく指定せず、現場の判断に任せるときに使う用語。

35 「びく」…捕った魚を入れる籠《かご》。伊右衛門が持ってきたもの。

36 「心火」…ひとだま。焼酎を含ませた布を燃やして表現する。

37 「打あげ」…鳴物の演奏を終えること。

38 「木のかしら（頭）」…歌舞伎では一つの幕が終る際に、タイミングを見計らって拍子木《ひょうしぎ》を大きく「チョン」と一回打つ。これを「木（柝）の頭」と呼び、その後「チョンチョンチョン…」と細かく刻んで柝を打って幕を閉めていく。この幕の閉め方を「拍子幕」と言う。

解説

1　『東海道四谷怪談』ってどんな作品？

日本でもっとも有名な幽霊はおそらく「四谷怪談」のお岩様でしょう。皆さんも一度はお岩様の名前を耳にしたことがあるかと思いますが、いったいどんな幽霊か説明することができますか。お皿を数える幽霊？　いいえ、それは「皿屋敷」のお菊様です。片目の腫れ上がった醜い容貌になり、夫の裏切りを知って恨み死にする女性、それがお岩様です。東京都新宿区の四谷に「於岩稲荷」が祀られているように、この怪談には実説として伝えられているものがありますが、今日の我々が知る物語の大部分は、文政八年〈一八二五〉七月、江戸の中村座で初演された歌舞伎『東海道四谷怪談』において、作者の四代目鶴屋南北《つるやなんぼく》が創作したものに基づいています。全五幕から成るこの作品、お岩様が悲しき変貌を遂げるのが二《ふた》幕目の「雑司ヶ谷四ッ谷町《ぞうしがやよつやまち》の場」で、掲出したのはその続き、三《み》幕目「砂村隠亡堀《すなむらおんぼうぼり》の場」の終盤、物語が一番の盛り上がりを見せる場面です。

さて、本文の注を読んでみて、この作品がいわゆる「忠臣蔵《ちゅうしんぐら》」の話を背景にしていることに気がついたでしょうか？　決まって年末にＴＶで放映されるあの時代劇ですね。歴史的には「元禄赤穂《げんろくあこう》事件」と言い、元禄十五年〈一七〇二〉十二月、大石内蔵助《くらのすけ》以下四十七名の旧赤穂藩士が、主君浅野内匠頭《たくみのかみ》の仇を報じるため吉良上野介《きらこうずけのすけ》を討つという事件が起こりました。多くの脚色作が生まれましたが、中でも寛延《かんえん》元年〈一七四八〉八月、大坂の竹本座で初演された人形浄瑠璃《じょうるり》『仮名手本《かなでほん》忠臣蔵』がその決定版となったので、この事件の通称を「忠臣蔵」と言うようになりました。ここで注意しておきたいのは、当時は実際に起こった事件を実名そのままに脚色すると幕府のお咎《とが》めがあったということです。そこで作者はこの事件を室町時代の出来事として置き換え、内匠頭を塩冶判官《えんやはんがん》、上野介を高師直《こうのもろのう》という『太平記』の登場人物に仮託《かたく》しました。討ち入りのリーダー内蔵助も、実名をもじった大星由良助《おおぼしゆらのすけ》という架空の名になります。『東海道四谷怪談』にも佐藤与茂七《よもしち》や小汐田又之丞《おしおだまたのじょう》といった義士が登場しますが、実名通りでないのはこうした訳があるからです。

本作は初演時には『仮名手本忠臣蔵』とセットにして上演され、『忠臣蔵』の外伝としての枠組みが採られました。お岩様の夫伊右衛門《いえもん》も塩冶家の元家来という設定ですが、主家への忠義はどこ吹く風、討ち入りの計画に参加せず、あまつさえ敵師直の家来伊藤喜兵衛《きへえ》に婿入りしようとする不義士として描かれます。江戸時代も後期を迎え、かつては賞賛された武士の忠義も、現実の社会では顧みられなくなっていきます。作者南北はそうした世相を鋭く捉え、自身の欲望に忠実な等身大の武士の姿を伊右衛門に投影させたのです。

2　江戸の舞台を想像する

セリフとト書きから成る歌舞伎の台本は、舞台での上演を前提として作られるものであり、読み物として読むことを目的としたものではありません。したがって、読みこなすにはそれなりのコツが必要です。ト書きに記される多くの専門用語を正しく理解するのは言うまでもありませんが、その上で大切なのは、どのような演出のもとで役者がどういった動きをするのか、台本の記載に基づきながら実際の舞台面を頭に思い浮かべてみることです。『四谷怪談』は今日もしばしば上演される人気作ですから、もちろん現行の舞台がある程度は参考になります。ただし、例えば近代の大道具（→参考資料1）と初演時の台本の指定（→参考資料2）とに共通性はあるものの、そもそも舞台のサイズに大きな違いがあるように、それは江戸時代そのままという訳ではありません。

　江戸の人々が観ていた舞台が果たしてどのようなものであったか、それを知る手掛かりとなるのが台本以外の周辺資料です。皆さんは映画や演劇を観に行ったとき、記念にプログラムを買いませんか？　江戸時代の歌舞伎でも絵本番付《ばんづけ》と呼ばれる、各幕の主要な場面を絵で示した小冊子が発行されました（→参考資料3・☞P28課題四）。また、今日のポスターに類する辻《つじ》番付という刷り物も貼り出されます。歌舞伎役者は庶民にとっての憧れのスターですから、今のブロマイドのように役者を描いた浮世絵が演目毎に売り出されました。当時の役者の風貌がわかるとともに、衣裳の様子を窺うことができます。台本の理解を視覚的に助けてくれるのが、こうした絵画資料なのです。

3　江戸版メディアミックス

　本文の一番の眼目は、三代目尾上菊五郎がお岩様と小仏小平を早替りで演じる、いわゆる「戸板返し」の趣向です。浮世絵の中には仕掛け絵と言って、この趣向の再現を試みたものもあります（→参考資料4・☞P28課題五）。歌舞伎は当時の第一級のエンターテイメントですので、年代記や役者の名鑑、楽屋裏の解説書など、ありとあらゆる関連書籍が作られました。参考資料5の『御狂言楽屋本説《おきょうげんがくやのほんせつ》』二編上（二代目三亭春馬《さんていしゅんば》著、一蘭斎国綱《いちらんさいくにつな》画、安政六年〈一八五九〉刊）では、この早替りのトリックを知りたい読者のために、その秘密が明かされています（☞P28課題六）。

　現在、人気のあるTVドラマはノベライズ版が出版されることがありますが、江戸時代の歌舞伎でも同様のことが行われました。絵の周りにセリフや地の文を配した草双紙《くさぞうし》と総称される文学ジャンルは今日のマンガの原点にも擬されます。近世中期に起こり、赤本から黒本・青本、黄表紙、合巻《ごうかん》へと発展を遂げますが、この合巻の体裁を借りて、後期には正本写《しょうほんうつし》と呼ばれるものが生まれます。「正本」とは歌舞伎の台本のこと、つまり歌舞伎の紙上再現です。登場人物の顔は役者の似顔で描かれ、庶民はこれを通じて家に居ながらにして舞台を追体験しました。『四谷怪談』初演の翌年文政九年には早速正本写の『東街道中門出之魁四ッ家怪談』（尾上梅幸《ばいこう》作・花笠文京《はながさぶんきょう》代作・渓斎英泉《けいさいえいせん》画）が刊行されます（→参考資料6・☞P28課題七）が、さらにその次の年には後編として『四ッ家怪談後日譚《よつやかいだんごにちばなし》』が出版されます。この後編、内容は『四谷怪談』の続編ですが、実は歌舞伎での上演に基づいたものではありません。つまり、異なるメディアで独自の展開が遂げられているのです。江戸の歌舞伎文化、意外と現代のエンターテイメントに近いと思いませんか？

1　大正十四年〈一九二五〉七月・歌舞伎座の舞台面

3　絵本番付

（早稲田大学演劇博物館所蔵、ロ23-1-533）

（国立劇場所蔵）

2　台本における大道具の指定（舞台書き）

本舞台《ほんぶたい》、後《うしろ》黒幕、高足《たかあし》の土手。上《かみ》の方《かた》、土橋《どばし》。其下にくさりし枯《かれ》蘆《あし》、干潟《ひかた》の躰《てい》。（中略）焚火《たきび》にさすまたをたて、土瓶《どびん》をつるし、舞たいは流川《ながれがわ》の躰。能所《よきところ》に樋《ひ》の口《くち》、石地蔵、稲村《いなむら》、松の大樹《たいじゅ》、釣枝《つりえだ》。水《みず》草《くさ》くさり、都而《すべて》、十萬坪《じゅうまんつぼ》おんぼう堀《ぼり》の景色。禅の勤《つとめ》、時のかねにて幕明《あく》。

本文『東海道四谷怪談』岩波文庫、河竹繁俊校訂（一九五六、岩波書店）

4　「戸板返し」の仕掛け絵（三代目歌川豊国画「八代目片岡仁左衛門の民谷《たみや》伊右衛門《いえもん》、五代目板東彦三郎のお岩の亡霊・小仏小平亡霊」）

A

B

（国立劇場所蔵）

（東京都立中央図書館特別文庫室所蔵）

○おなじく
土手場《とてば》
•土手《とて》の
草《くさ》はしゅ
ろの葉《は》を
もちゆ。
但《たゞ》し、
こまかに
さくべし。
○おなじく
戸板《といた》がへし
これは両《りやう》めん
ともこしらへ物《もの》の
からだを附置《つけをき》、
くびの出《で》る
ほどに穴《あな》を
あけ、そこゟ首《よりくび》
をぬきさしして、
お岩小平《いはこへい》の早《はや》がはりを
なすべし。

土手《とて》

この穴はくさにてかくす。
くびをだす穴

くびをだす穴

6 正本写『浪花土産 東海道四ッ谷怪談』（天保三年〈一八三二〉刊。『東街道中門出之魁 四ッ家怪談』の似顔の一部を改刻したもの）

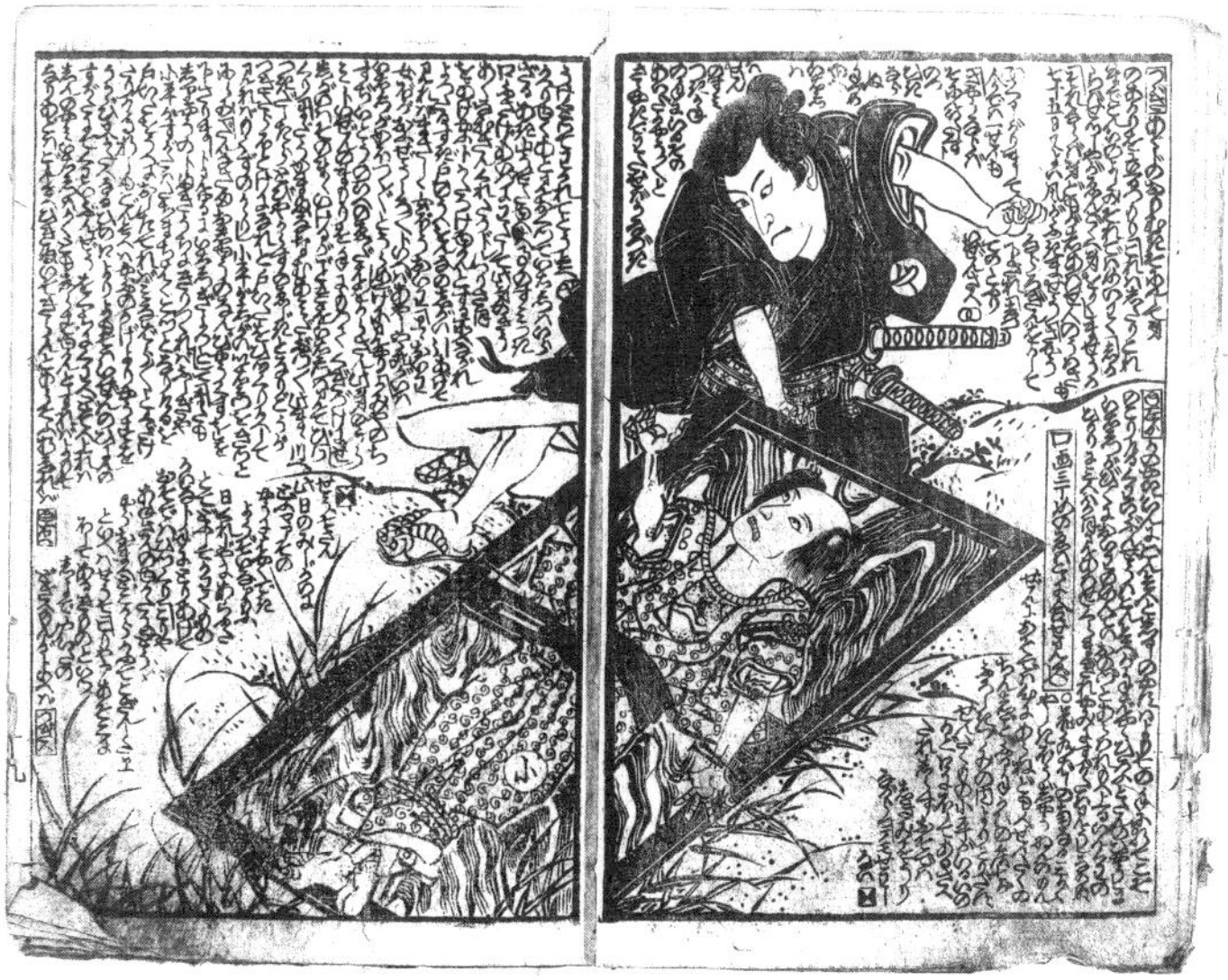

（抱谷文庫所蔵）

あと見送つて伊右衛門は「いらざる秋山うせたゆへ、大事の墨付口ふさげ、あいつに渡して此身の旧悪。南無三、暮れたか、ドレ釣竿を上げやふ」ト片付け行かんとする所へ、流れ寄つたる杉戸の上、女の死骸引上げて、見ればまさしく女房お岩。「ヱ、お岩、女房か。往生しろ〳〵」ト言へば、怪しや死骸は伊右衛門が顔つく〴〵と恨めしげに見やり、「神谷の血筋、伊藤の家の枝葉を枯らさん、此身の恨み」ト以前の守りを手に持つて、釘付けにせし死骸はそのまゝ、生けるがごときを伊右衛門は見てびつくり。「まだ浮かまぬな、南無阿弥陀仏〳〵。此まゝ川へ突き出したら、鳶や烏の餌食となり、業が尽きたら仏になれ」と戸板をひつくり返して見れば、藻屑のかゝりし小平が死骸、伊右衛門をきつと睨み、「旦那様、お主の難病、薬を下さりまし」ト見やるに、伊右衛門ぎよつとして、「またも死霊の」ト抜討ちに斬りつくれば、不思議や小平が姿はたちまち白骨となりけるを、戸板の上に押し立てれば、みなばら〳〵と砕けたり。かゝる折しも権兵衛は藪の蔭より様子を窺ひ、又かたへなる樋の口より与茂七は、以前の非人の姿にて廻文状を口にくわへ土手へ上がれば、真の闇、伊右衛門はかくとも知らず行かんとすれば与茂七なり、あとは権兵衛引き抜いて斬らんと争ふ折なれば、かの焼印に権兵衛としるしのやすは与茂七の手に折てこそ残りける。廻文状は権兵衛が、手早く拾ふとたんの拍子に、伊右衛門がびくにお岩の面体自づとあらはれ、燃へ上る陰火の光に三人は顔見あはせし暗まぎれ、闇に姿は見失いぬ。

翻刻に際しては適宜漢字を宛て、句読点、鍵括弧を補うなどの手を加えた。

主要参考文献一覧

古典全般

・『知ってる古文の知らない魅力』講談社現代新書、鈴木健一著（二〇〇六、講談社）

有名な古典の冒頭部を中心に、表現の連鎖を辿る、恰好な古典入門書です。

・『和歌とは何か』岩波新書、渡部泰明著（二〇〇九、岩波書店）

和歌を「演技」の視点でとらえ、明快に解説する書です。

・『千年の百冊』鈴木健一編（二〇一三、小学館）

奈良時代の『古事記』から幕末の橘曙覧の和歌までを取り上げています。現代語訳とともに古典本文が掲載され、さまざまな作品をダイジェストで楽しめる本になっています。

はじめに

・『能因本　枕草子　学習院大学蔵〈上〉』松尾聡編（二〇〇五、笠間書院）

本節で引用した『枕草子』はこの「能因本」によります。くずし字の学習にも適した書です。

SECTION 1

1　時代と文化を越えて『伊勢物語』

・『新版　伊勢物語』角川ソフィア文庫、石田穣二訳注（一九七九、角川学芸出版）

本章の本文はこの書によります。『伊勢物語』全章段に、詳しい注と現代語訳を付します。

――ほかに、以下の代表的な叢書にも、『伊勢物語』は収められており、注や訳文を比較しながら読み進めてみるとよいでしょう。

- 『新潮日本古典集成　伊勢物語』渡辺実校注（一九七六、新潮社）
- 『新編日本古典文学全集12　伊勢物語他』福井貞助校注（一九九四、小学館）
- 『新日本古典文学大系17　伊勢物語他』秋山虔校注（一九九七、岩波書店）

『鶯々伝』

- 『新釈漢文大系44　唐代伝奇』内田泉之助他訳注（一九七一、明治書院）

唐代に書かれた伝奇小説を他にも収めます。詳しい注と訳文がついています。

――ほかに、以下の代表的な叢書にも、『鶯々伝』は収められています。

- 『唐宋伝奇集　上下』岩波文庫、今村与志雄訳（一九八八、岩波書店）
- 『中国古典小説選5』黒田真美子著（二〇〇六、明治書院）

『旧日本伊勢物語』

- 『建部綾足全集　第七巻』（一九八八、国書刊行会）

2　花と紅葉と和歌『古今和歌集』

- 『新版　古今和歌集』角川ソフィア文庫、高田祐彦訳注（二〇〇九、角川学芸出版）

本章の本文はこの書によります。簡潔な解説もあり、文庫本一冊で『古今和歌集』の世界が満喫できます。

――その他『古今和歌集』にはさまざまな注釈書がありますが、代表的なものを紹介しておきます。見比べてみることをお薦めします。

- 『新日本古典文学大系5　古今和歌集』小島憲之他校注（一九八九、岩波書店）
- 『新編日本古典文学全集11　古今和歌集』小沢正夫他校注・訳（一九九四、小学館）
- 『古今和歌集全評釈　上中下』片桐洋一著（一九九八、講談社）

――研究史や研究の問題点を見わたしたり、いろいろな用語を学びたい場合には次の本をお薦めします。

- 『古今和歌集研究集成』第一〜三巻、増田繁夫他編（二〇〇四、風間書房）
- 『古今集　新古今集の方法』浅田徹他編（二〇〇四、笠間書院）
- 『平安文学研究ハンドブック』田中登他編（二〇〇四、和泉書院）

『伊勢物語』→ Section1-1

3　異本の世界をのぞく『狭衣物語』

- 『新編日本古典文学全集29・30　狭衣物語①②』小町谷照彦他校注・訳（二〇〇一、小学館）

本章の本文はこの書によります。『狭衣物語』を、全現代語訳付きで読むことができます。

——ほかに、以下の代表的な叢書にも、『狭衣物語』は収められていますが、底本が異なるので、本文じたいを比べながら、それぞれの本の違いを楽しむことができます。

- 『岩波古典文学大系79　狭衣物語』三谷栄一他校注（一九六五、岩波書店）
- 『新潮日本古典集成　狭衣物語　上下』鈴木一雄校注（一九八六、新潮社）

4 「先帝身投」の叙述と諸本『平家物語』

- 『新編日本古典文学全集45・46　平家物語①②』市古貞次校注・訳（一九九四、小学館）

本章の覚一本の本文はこの注釈書によります。現代語訳と詳細な頭注の他、版本の挿絵も豊富についていて、もっとも抒情的な本文を持つという覚一本の魅力を堪能しながら読めます。

——ほかに、以下の代表的な叢書にも『平家物語』は収められていますので、底本や注、訳文を比較しながら読み進めてみましょう。

- 『新日本古典文学大系44・45　平家物語　上下』梶原正昭他校注（一九九一、岩波書店）岩波文庫にも四分冊で収められています（一九九七〜二〇〇〇年）。
- 『新潮日本古典集成　平家物語　上中下』水原一校注（一九七九〜一九八一、新潮社）
- 『平家物語』全十二巻、講談社学術文庫、杉本圭三郎訳注（一九七九〜一九九一、講談社）
- 『日本の古典をよむ13　平家物語』市古貞次校訂・訳（二〇〇七、小学館）

新編全集のダイジェスト版です。現代語訳が先にあり、重要な場面を平易に読むことができます。

——以下の辞典、入門書も参考にしましょう。

- 『平家物語大事典』大津雄一他編（二〇一〇、東京書籍）

物語編、周縁編、研究編の三部から成る、研究の最先端を反映した大事典です。『平家物語』をテーマにしたドラマやマンガについても取り上げられ、豊富な図版や写真も収められています。各項目の記述も平易で、知りたいことをわかりやすく学べます。

- 『平家物語図典』五味文彦他編（二〇〇五、小学館）

三〇〇点以上という豊富なカラー絵画史料と写真、絵巻を用いての内容説明など、見て楽しい事典です。

- 『平家物語を読む—古典文学の世界』岩波ジュニア新書、永積安明著（一九八〇改版、岩波書店）

戦後の平家物語研究を牽引した歴史社会学者が、十人の登場人物を取り上げ、原文にふれながら、『平家物語』の全体像と文学としての豊かさを平易に説いたものです。入門書としても最適です。現在の研究が、こうした物語のとらえ方とどう異なっているかを考える上でも、まず見ておきたい一冊です。

- 『平家物語』岩波新書、石母田正著（一九五七、岩波書店）

もう一つ、古典的名著を紹介します。やはり歴史社会学者の著作ですが、鑑賞主体です。著者の研究は、戦後の歴史研究、文学研究双方に大きな影響を与えました。

•『90分でわかる平家物語』小学館101新書、櫻井陽子（二〇一一、小学館）

5 芭蕉の推敲の跡をたどる『おくのほそ道』

•『芭蕉　おくのほそ道』岩波文庫、萩原恭男校注（一九七九、岩波書店）

本章の本文はこの書によります。素龍清書の西村本を底本とし、『曾良旅日記』および古注の『奥細道菅菰抄《すがこもしょう》』も合せて収録されています。

•『新版　おくのほそ道　現代語訳／曾良随行日記付き』角川ソフィア文庫、潁原退蔵他訳注（二〇〇三、角川学芸出版）

底本は曾良本。一九五二年の初版以来、精緻な読みで『おくのほそ道』研究に大きな影響を与えている名著です。

•『天理図書館善本叢書和書之部第十巻　芭蕉紀行文集』（一九七二、八木書店）

曾良本や『曾良旅日記』の他、芭蕉自筆の『野ざらし紀行』『鹿島詣』など、天理図書館に所蔵される貴重な資料の影印を収録したもの。一九九二年には曾良本の影印をカラー版で収めた別冊が刊行されました。

•『芭蕉自筆　奥の細道』上野洋三他編（一九九七、岩波書店）

異説はありますが、芭蕉の自筆本と目される中尾本の影印および翻字が収録されています。

•『奥の細道行脚』櫻井武次郎著（二〇〇六、岩波書店）

『曾良旅日記』を丁寧に読み解き、芭蕉の旅の実体を浮かび上がらせた本です。

•『『おくのほそ道』解釈事典――諸説一覧』堀切実編（二〇〇三、東京堂出版）

•『おくのほそ道大全』楠元六男他編（二〇〇九、笠間書院）

解釈の上での先行諸説が章段毎にまとめられており、『おくのほそ道』研究の道しるべとなる本です。

•『芭蕉「かるみ」の境地へ』中公新書、田中善信著（二〇一〇、中央公論新社）

数多くある芭蕉入門の書のなかでも最新のものです。芭蕉の書簡も豊富に用いながら、俳風の変遷が平明に説かれます。

SECTION 2

6 三輪山伝説をめぐって『日本書紀』

•『新編日本古典文学全集2～4　日本書紀①～③』小島憲之他校注・

訳（一九九四～一九九八、小学館）

本章の本文はこの書によります。日本文学、中国文学、日本語学、歴史学、さまざまな研究の成果が盛り込まれています。

- 『日本書紀　一～五』岩波文庫、坂本太郎他校訂（一九九四～一九九五、岩波書店）

訓読を高水準で追求したテキストを文庫本で味わうことができます。

- 『日本の古典をよむ2・3　日本書紀上下』小島憲之他校訂・訳（二〇〇七、小学館）

新編全集のダイジェスト版で、現代語訳が先にあり、重要な場面を平易に読むことができます。

『古事記』

- 『新編日本古典文学全集1　古事記』山口佳紀他校注・訳（一九九七、小学館）

参考資料はこの書によります。高度な作品理解と、漢字文献の訓読とが融合しています。

- 『古事記注釈　一～八』ちくま学芸文庫、西郷信綱著（二〇〇五～二〇〇七　筑摩書房）

言葉にこだわりながら、『古事記』全体を鋭敏な感覚で読み解く書です。

- 『古事記と日本書紀』講談社現代新書、神野志隆光著（一九九九、講談社）

従来「記紀神話」と一括りで捉えてきた、日本神話を、それぞれ別の世界観を有する作品であるという視点から鋭利に論ずる書です。

『俊頼髄脳』

- 『新編日本古典文学全集87　歌論集』橋本不美男他校注・訳（二〇〇一、小学館）

7　誤読か？　創造か？『源氏物語』葵巻

- 『源氏物語』角川ソフィア文庫、玉上琢彌訳注（一九六四～一九七五、角川学芸出版）

本章の本文はこの書によります。『源氏物語』全五十四帖に、簡単な脚注と、全現代語訳を付します。文庫本として手に取りやすく、読みやすい書です。

――ほかに、以下の代表的な叢書にも、『源氏物語』は収められており、注や訳文を比較しながら読み進めてみるとよいでしょう。

- 『新潮日本古典集成　源氏物語　一～八』石田穣二他校注・訳（一九七六～一九八五、新潮社）
- 『新編日本古典文学全集20～25　源氏物語①～⑥』阿部秋生他校注・訳（一九九四～一九九八、小学館）
- 『新日本古典文学大系19～23　源氏物語　一～五』柳井滋他校注（一九九三～一九九七、岩波書店）

――以下の入門書も参考にしましょう。

- 『源氏物語』岩波新書、秋山虔著（一九六八、岩波書店）
- 『源氏の女君』塙新書、清水好子著（一九六七、塙書房）

・『紫式部』岩波新書、清水好子著（一九七三、岩波書店）

・『逢瀬で読む源氏物語』アスキー新書、池田和臣著（二〇〇八、アスキーメディアワークス）

・『男読み源氏物語』朝日新書、高木和子著（二〇〇八、朝日新聞社）

――本章の内容について、より詳しくは以下の書も参照。

・『源氏物語　表現の理路』今井上著（二〇〇八、笠間書院）

8 「宇治の橋姫」をめぐって『新古今和歌集』他

・『新古今和歌集　上下』角川ソフィア文庫、久保田淳訳注（二〇〇七、角川学芸出版）

本書の本文はこの書によります。和歌文学研究の第一人者による、コンパクトながら重要な指摘がつまった文庫です。

――ほかに、以下の代表的な叢書にも『新古今和歌集』は収められています。『新古今和歌集』は、伝本によって歌数や入集歌に異同もあります。注や訳文を比較しながら読んでみましょう。

・『新日本古典文学大系11　新古今和歌集』田中裕他校注（一九九二、岩波書店）

・『新潮日本古典集成　新古今和歌集　上下』久保田淳校注（一九七九、新潮社）

・『新編日本古典文学全集43　新古今和歌集』峯村文人校注・訳（一九九五、小学館）

・『日本の古典をよむ5　古今和歌集・新古今和歌集』小沢正夫他校訂・訳（二〇〇八、小学館）新編全集のダイジェスト版です。

『奥義抄』

・『日本歌学大系第一巻　奥義抄』佐佐木信綱編（一九五八、風間書房）

『袖中抄』

・『歌論歌学集成第四、五巻　袖中抄　上下』川村晃生校注（二〇〇〇、三弥井書店）

『無名抄』

・『無名抄』角川ソフィア文庫、久保田淳訳注（二〇一三、角川学芸出版）

・『歌論歌学集成第七巻　無名抄』小林一彦校注（二〇〇六、三弥井書店）

――以下の辞典、入門書も参考にしましょう。

・『和歌大辞典』（一九八六、明治書院）

・『歌ことば歌枕大辞典』久保田淳他編（一九九九、角川書店）

・『新編日本古典文学全集87　歌論集』橋本不美男他編（二〇〇二、小学館）

古代から近世までの歌論を取り上げ、現代語訳を付けている数少ない注釈書です。『奥義抄』や『袖中抄』は入っていませんが、歌論とはどういう書物か知る上で参考になります。

・『和歌文学の基礎知識』角川選書、谷知子著（二〇〇六、角川学芸出版）

歌の発生、修辞技法や歌の社会的役割、工芸の世界をはじめ日本文化全体におよぶ和歌の影響について、平易に論じられています。和歌の修辞などを学ぶのによいでしょう。

- 『藤原定家』ちくま学芸文庫、久保田淳著（一九九四、筑摩書房）

  『新古今和歌集』が撰進された時代の状況が、撰者のひとり藤原定家の生涯をたどりながら鮮やかに描き出されています。

9 「宇治の橋姫」の変容　謡曲『江口』他

- 『新編日本古典文学全集58、59　謡曲集①②』小山弘志他校注・訳（一九九七〜一九九八、小学館）

  本書の本文はこの書によります。現代語訳があり、図版も豊富です。

——他に、以下の代表的な叢書にも謡曲は収められています。主な謡曲はいずれにも収められていますが、叢書によって異なる曲が収載されてもいますので、いろいろ手に取ってみましょう。

- 『新日本古典文学大系57　謡曲百番』西野春雄校注（一九九八、岩波書店）
- 『新潮日本古典集成　謡曲集　上中下』伊藤正義校注（一九八三〜一九八八、新潮社）

——以下の辞典、入門書も参考にしましょう。

- 『新版　能・狂言事典』西野春雄他編（二〇一一、平凡社）
- 『能・狂言の見方楽しみ方』柳沢新治著（二〇一二、山川出版社）
- 『能・狂言の基礎知識』角川選書、石井倫子著（二〇〇九、角川学芸出版）

『撰集抄』

- 『撰集抄全注釈』撰集抄研究会編著（二〇〇三、笠間書院）

  西行が諸国を旅して見聞した話というようなスタンスで書かれた説話集。全訳をはじめて付した一冊です。

『閑居友』

- 『中世の文学　閑居友』美濃部重克校注（一九七四、三弥井書店）

  鎌倉時代初期、慶政という僧が記した説話集。本書と同様、本文を読みやすく校訂し、注をつけたものは、新大系にも収められています。

10 よみがえる魔王『雨月物語』

- 『改訂版　雨月物語』角川ソフィア文庫、鵜月洋訳注（二〇〇六、角川学芸出版）

  本章の本文はこの書によります。現代語訳が先にあるので、手に取りやすい本と言えるでしょう。

- 『雨月物語の世界』ちくま学芸文庫、長島弘明著（一九九八、筑摩書房）

  各短編について、秋成が典拠とした古典作品に丁寧な説明を加えながら、深い読みを提示した格好の『雨月物語』入門書です。

- 『雨月物語の世界　―上田秋成の怪異の正体』角川選書、井上泰至著（二〇〇九、角川学芸出版）

  『雨月物語』という怪異小説が生まれた時代背景を考えた一書。泉鏡花や三島由紀夫など後世の文学へ与えた影響についても言及されます。

・『阪大リーブル39　上田秋成　―絆としての文芸―』飯倉洋一著（二〇一二、大阪大学出版会）
秋成の評伝の最も新しいものです。近年研究が進んでいる秋成の交友関係について多く触れられています。

・『秋成文学の生成』飯倉洋一他編（二〇〇八、森話社）
研究の最新の成果を知ることができる論文集です。井上泰至「『雨月物語』典拠一覧」も至便。

・『完本　上田秋成年譜考説』高田衛著（二〇一三、ぺりかん社）
秋成研究のバイブル。一九六四年に明善堂から刊行されるも長らく入手困難でしたが、このほど増補されて復刊しました。

SECTION 3

11　漢字であそび、漢字とたたかう『万葉集』

・『新編日本古典文学全集6〜9　万葉集①〜④』小島憲之他校注・訳（一九九四〜一九九六、小学館）
本章の本文はこの書によります。現在の万葉学のスタンダードと言えるテキストです。

——その他『万葉集』にはさまざまな注釈書がありますが、代表的なものを紹介しておきます。見比べてみることをお薦めします。

・『新日本古典文学大系1〜4　万葉集　一〜四』佐竹昭広他校注（一九九九〜二〇〇三、岩波書店）

・『和歌文学大系　万葉集　一〜四』稲岡耕二校注・訳（一九九七〜、明治書院）

・『万葉集　一〜五』岩波文庫、佐竹昭広他校注（二〇一三〜、岩波書店）
新大系をさらに研究の進展に即して改めた書。

——『万葉集』の入門書としては次の書をお薦めします。

・『古典を読む　万葉集』岩波現代文庫、大岡信著（二〇〇七、岩波書店）
詩人であり、かつ古典への造詣の深い著者による、『万葉集』の鑑賞。平明な文体で、随所に鋭い指摘が見られ、『万葉集』の世界が身近になります。

・『万葉集鑑賞事典』講談社学術文庫、神野志隆光編（二〇一〇、講談社）
「鑑賞編」と「事典編」からなり、『万葉集』の基礎知識が紹介されています。特に「鑑賞編」は歌人別に歌が紹介されており、また鑑賞の内容も秀逸です。

12　絵は何を語るか『源氏物語』柏木巻

『源氏物語』→ Section2-7

白楽天の詩

・『白楽天全詩集』佐久節訳注（一九七八、日本図書センター）

白楽天の詩を、現代語訳付きで、読むことができます。

- 『白楽天詩選　上下』岩波文庫、川合康三訳注（二〇一一、岩波書店）
- 『白楽天』岩波新書、川合康三著（二〇一〇、岩波書店）

国宝「源氏物語絵巻」

- 『王朝絵画の誕生』中公新書、秋山光和著（一九六八、中央公論社）

国宝「源氏物語絵巻」の基本的な問題を解説。柏木巻にX線をあてた際の話など興味深いです。

13　百首から広がる豊かな世界『百人一首』

- 『新版　百人一首』角川ソフィア文庫、島津忠夫訳注（一九六九、角川学芸出版）

本書の本文はこの書によります。現代語訳、語釈、鑑賞などの諸項目はもちろん、撰者とされる藤原定家がどのような意識で百首を選んだかについて、前代の秀歌撰なども考慮に入れながらわかりやすく解説している点が有益です。

——ほかに、以下の文庫本などでも『百人一首』を読むことができます。

- 『百人一首　全訳注』講談社学術文庫、有吉保全訳注（一九八三、講談社）

現代語訳、語釈、出典、鑑賞、作者に加えて、古注が一首をどう解釈しているかについて書かれていて、享受を考える上で有益な一冊です。

- 『百人一首』ちくま文庫、鈴木日出男著（一九九〇、筑摩書房）

諸項目の他、技法が図解されている点がポイントです。巻末に「百人一首要語ノート」が付されており、重要古語や歌枕の魅力的な解説がついています。

——以下の入門書も参考にしましょう。

- 『原色小倉百人一首——朗詠ＣＤつき』シグマベスト、鈴木日出男他著（二〇〇五、文英堂）

オールカラーで写真も豊富、文法や技法解説もあります。学習参考書の類ですが、ハンディで、手軽に百人一首の歌にふれることができます。

- 『光琳カルタで読む　百人一首ハンドブック』久保田淳他著（二〇〇九、小学館）
- 『百人一首を楽しくよむ』井上宗雄著（二〇〇三、笠間書院）
- 『だれも知らなかった「百人一首」』ちくま文庫、吉海直人著（二〇一一、筑摩書房）
- 『江戸のパロディー　もじり百人一首を読む』武藤禎夫著（一九九八、東京堂出版）

『金葉和歌集』

- 『新日本古典文学大系9　金葉和歌集　詞花和歌集』川村晃生他校注（一九八九、岩波書店）

『十訓抄』

- 『新編日本古典文学全集51　十訓抄』浅見和彦校注・訳（一九九七、小学館）

江戸時代によく読まれた教訓的な説話集ですが、何とも言えない教訓もあり、おもしろく読めます。

『沙石集』

- 『新編日本古典文学全集52　沙石集』小島孝之校注・訳（二〇〇一、小学館）

14　古典怪談の決定版『東海道四谷怪談』

- 『東海道四谷怪談』岩波文庫、河竹繁俊校訂（一九五六、岩波書店）

　本章の本文はこの書によります。底本は早稲田大学演劇博物館所蔵の伊原敏郎旧蔵本。

――注釈書としては以下のものがあります。

- 『新潮日本古典集成　東海道四谷怪談』郡司正勝校注（一九八一、新潮社）
- 『歌舞伎オン・ステージ18　東海道四谷怪談』諏訪春雄編著（一九九九、白水社）

　底本は、それぞれ早稲田大学演劇博物館所蔵の鈴木白藤旧蔵本、東京大学国文学研究室所蔵本。なお、両書の校注者には、作者鶴屋南北に関する次の入門的な著作もあります。

- 『鶴屋南北』中公新書、郡司正勝著（一九九四、中央公論社）
- 『ミネルヴァ日本評伝選　鶴屋南北　――滑稽を好みて，人を笑わすことを業とす――』諏訪春雄著（二〇〇五、ミネルヴァ書房）

――他に関連書として以下のものもお薦めします。

- 『鶴屋南北の世界』小池章太郎著（一九八一、三樹書房）

　『東海道四谷怪談』を含む南北の代表作十二点について詳細に解説した本です。合せて、正本写合巻『四ツ家怪談』の文政九年初版本の影印と翻刻を掲載しています。

- 『お岩と伊右衛門　「四谷怪談」の深層』高田衛著（二〇〇二、洋泉社）

　お岩様の怪談を題材にした実録体小説『四谷雑談』との関連をはじめとして、『東海道四谷怪談』成立の背景に迫った論文集です。

＊新編日本古典文学全集は、ウェブサイト「Japan Knowledge」（有料・要登録）でも読むことができます。

[注]宝亀《ほうき》2年(771)、武蔵を東山道から東海道に移した。陸奥はもと東山道との境が明らかでなかったが、明治元年（1868）に陸奥を磐城《いわき》・岩代《いわしろ》・陸前・陸中・陸奥とし、出羽を羽前《うぜん》・羽後《うご》に分けた。また、北海道の国名は、明治2年（1869）以後のものである。

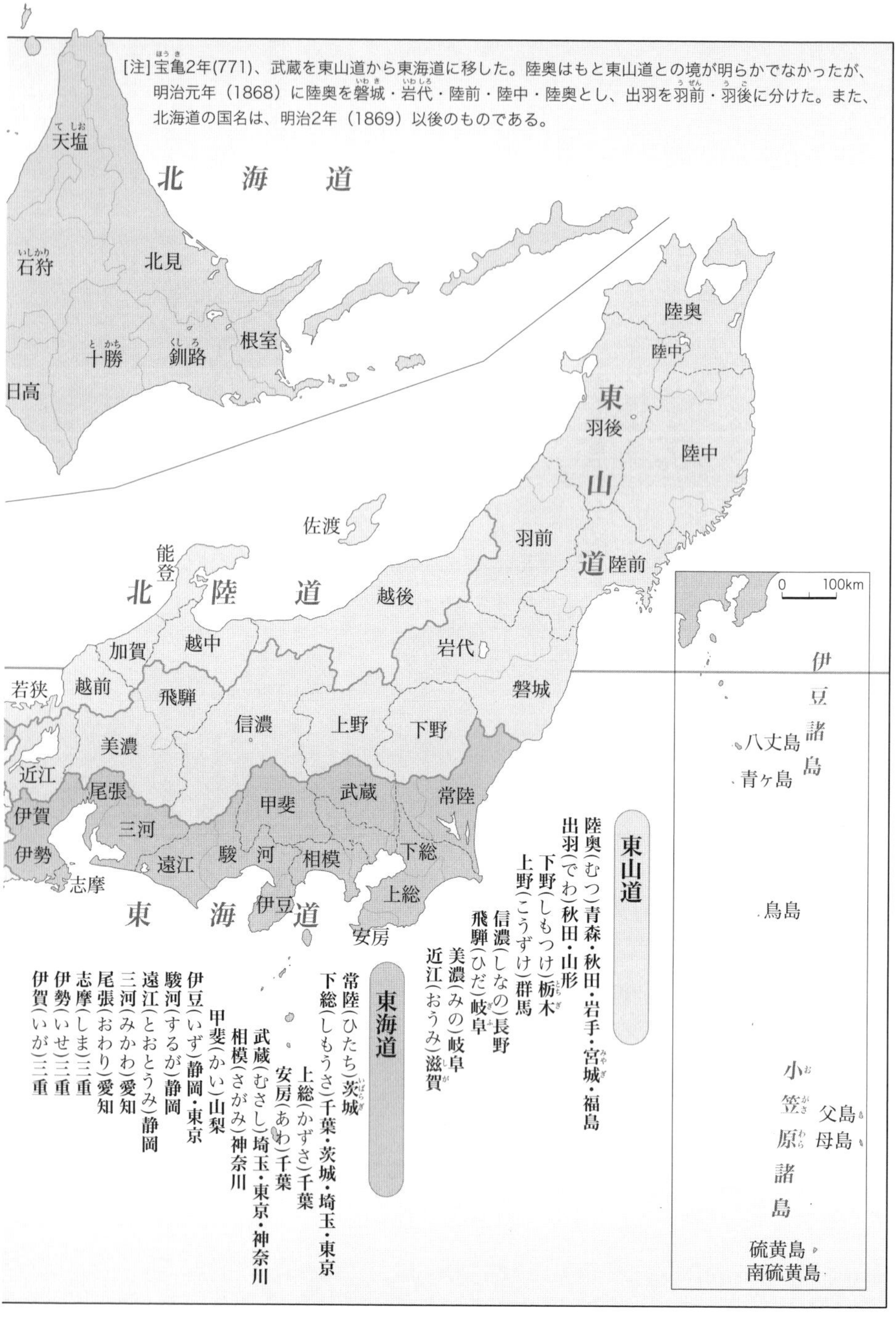

旧国名・都道府県名対照図

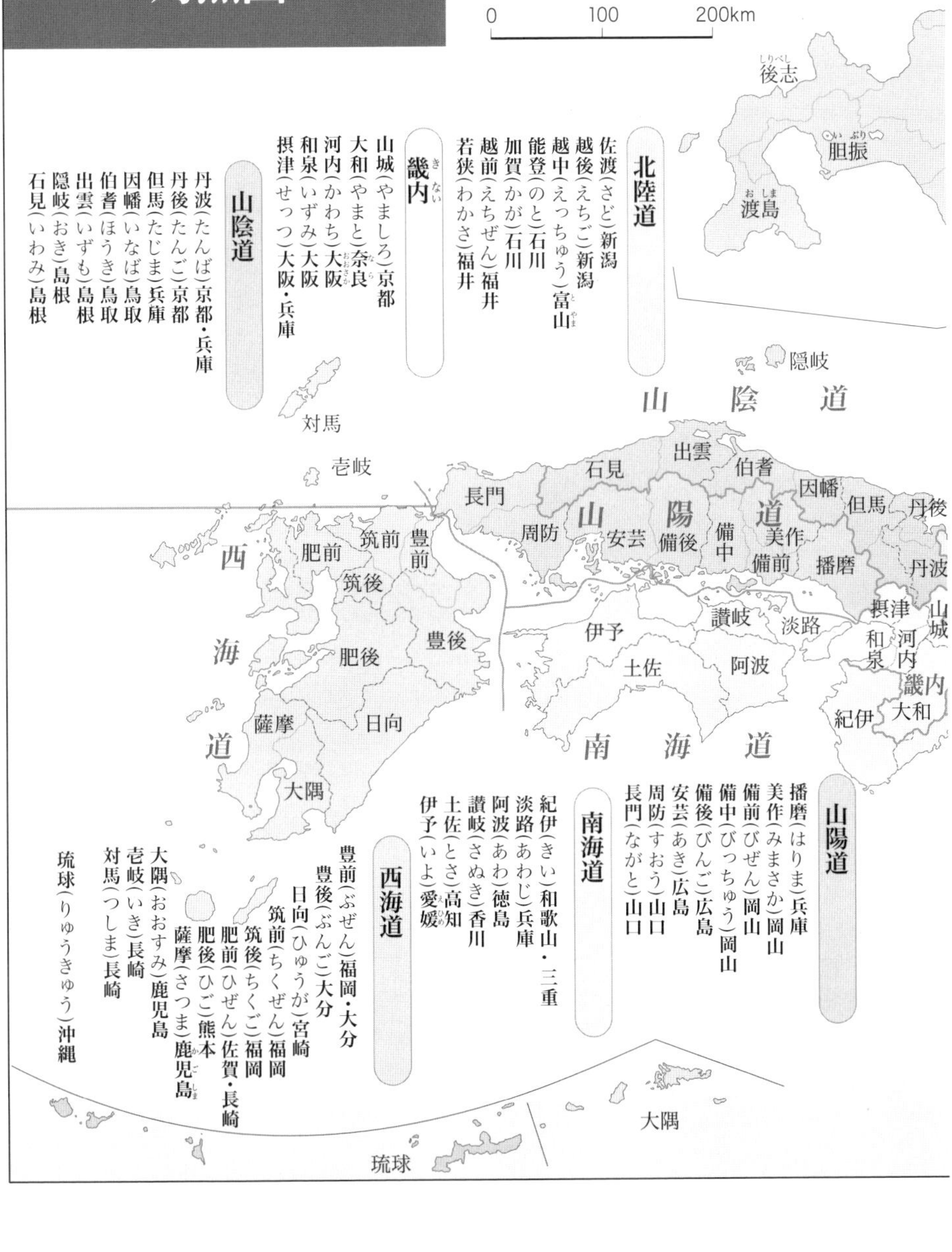

北陸道

佐渡(さど)新潟
越後(えちご)新潟
越中(えっちゅう)富山《とやま》
能登(のと)石川
加賀(かが)石川
越前(えちぜん)福井
若狭(わかさ)福井

畿内《きない》

山城(やましろ)京都
大和(やまと)奈良《なら》
河内(かわち)大阪《おおさか》
和泉(いずみ)大阪
摂津(せっつ)大阪・兵庫

山陰道

丹波(たんば)京都・兵庫
丹後(たんご)京都
但馬(たじま)兵庫
因幡(いなば)鳥取
伯耆(ほうき)鳥取
出雲(いずも)島根
隠岐(おき)島根
石見(いわみ)島根

山陽道

播磨(はりま)兵庫
美作(みまさか)岡山
備前(びぜん)岡山
備中(びっちゅう)岡山
備後(びんご)広島
安芸(あき)広島
周防(すおう)山口
長門(ながと)山口

南海道

紀伊(きい)和歌山・三重
淡路(あわじ)兵庫
阿波(あわ)徳島
讃岐(さぬき)香川
土佐(とさ)高知
伊予(いよ)愛媛《えひめ》

西海道

豊前(ぶぜん)福岡・大分
豊後(ぶんご)大分
日向(ひゅうが)宮崎
筑前(ちくぜん)福岡
筑後(ちくご)福岡
肥前(ひぜん)佐賀・長崎
肥後(ひご)熊本
薩摩(さつま)鹿児島《かごしま》
大隅(おおすみ)鹿児島
壱岐(いき)長崎
対馬(つしま)長崎
琉球(りゅうきゅう)沖縄

編著者紹介

今井上（いまい　たかし）
専修大学文学部教授
担当：Section1扉、1章、3章、7章、12章

中嶋真也（なかじま　しんや）
駒澤大学文学部教授
担当：はじめに、2章、6章、11章

光延真哉（みつのぶ　しんや）
東京女子大学現代教養学部教授
担当：Section3扉、5章、10章、14章

吉野朋美（よしの　ともみ）
中央大学文学部教授
担当：Section2扉、4章、8章、9章、13章

編集協力：（株）翔文社

大学生のための文学トレーニング 古典編

2013年10月15日 第1刷発行
2024年 3月 1日 第2刷発行

編著者：今井上、中嶋真也、光延真哉、吉野朋美
発行者：株式会社 三省堂　代表者 瀧本多加志
印刷者：三省堂印刷株式会社
発行所：株式会社 三省堂
〒102-8371 東京都千代田区麴町五丁目7番地2
電話　(03)3230-9411
https://www.sanseido.co.jp/

落丁本・乱丁本はお取り替えいたします。

ISBN978-4-385-36552-7
〈文学トレーニング古典編・160+32pp.〉

本書の内容に関するお問い合わせは、弊社ホームページの「お問い合わせ」フォーム（https://www.sanseido.co.jp/support/）にて承ります。